剣樹抄

けんじゅしょう

不動智の章

冲方丁

TOW UBUKATA

文藝春秋

剣樹抄　不動智の章

目次

装画・わいっしゅ
装丁・上楽藍

剣樹抄

不動智の章

童行の率先

一

「開静！　開静！」

東海寺の僧が、起床のときを告げた。

了助は、拾人衆が寝起きする西の僧房の庭石に座り、禅堂を振り返った。

暗くてよく見えないが、りりりりん、と勢いよく鳴らされる振鈴の音と、どんどんどん、と縁側を走る音が聞こえてくる。

まだ星がよく見えた。　明け六つ（午前六時頃）より前、暁の七つどき（午前四時頃）だ。　寺の僧はたいていその時間に起きると了助は知っていた。

無宿の頃、おとうや養い親の三吉と一緒に、寺の縁の下や軒下で雨露をしのいで寝るのが普通だったときの経験である。

今はさすがに地べたで寝ることはなく、そもそも大火で三吉が死ぬ前は、長屋暮らしができていた。　それでも、僧が起きれば追い払われる、と幼心に刻み込まれ、暁には自然と目覚めてしまうことが多かった。

6

そういうときは庭に出て、いつもの棒振り三昧、摺り足三昧か、何もせず庭石に座って暁闇の澄んだ空気を味わう。やむなく身につけた習慣だが、一日のうちで最も好きな時間だった。ひどく静かで、おのれの息の音、鼓動の音すら大きく聞こえる。誰もいない庭は、暗い中で無限に広がるようだ。あれこれ去来する思いも、日中だと心がざわざわするのに、暁どきだと不思議に穏やかに受け入れられる気がした。

明け六つから今日が始まるからだろうか、と了助は思う。暁はまだ昨日のうちだ。昨日を見送り、見知らぬ今日を迎える。そういう心の備えが何ごとにおいても大切だと摺り足を教えてくれた永山周三郎ら剣術家たちも言っていた。彼らの無惨な死も、暁闇の中では静かに思い返すことができた。

起床の声のあとすぐ、どたどたと多数の足音が響き出している。僧の朝は忙しい。みな跳び起きて布団を片付けるが、綺麗にたたんで仕舞う余裕もない。布団を丸めて棚に上げ、枕元の衣と袈裟を廊下の衣掛けにかけるや、襦袢姿で一目散に東司（厠）へ走り、次々に用を足す。また走って戻り、衣と袈裟を身につけ、単布団という半畳の布団の上で正座をする。僧の持ち物は、単布団と、寝るための一畳布団、衣だけだ。それ以外にある物といえば食事のための持鉢くらいで、私物は全て寺に預ける。

用意のできた僧たちが、小さな灯りを頼りに、ぞろぞろと本堂へ移動していった。朝課、すなわち朝の誦経を行うためだ。

了助は僧ではないので、座禅や誦経といった勤行には加わらない。僧になる意志を示さない限り、加えてもらえないというのが正しい。了助とともに寝起きする同房の少年たちもだ。彼らは

みな僧になるよりも、おのおのの特殊な技を磨いてお役目を頂戴し、幕府のために働くことを望んでいる。そうすれば、いずれ養子に出されたり、職人の徒弟になるなどして、新たな人生を得られる。そう老中の阿部忠秋から言われているのだから、疑わず一所懸命に働くのが当然、と考えているのだ。

了助はといえば、養子や徒弟という立場を必死に手に入れようという気持ちが、どうも起こらない。

水戸徳川光國からは、剣の腕を磨けば藩士になれるかもしれないと言われている。これは拾人衆にとっても望外のことで、お鳩などは、いつか了助がお侍になるのだと信じているふしがある。

だが岡両子からは、禅の素質があれば、廻国巡礼の通行手形が下される、とも言われていた。禅僧になるとはどういうことか、まだぴんとこないが、どこに行っても無宿人扱いされず、ほうぼうの寺が泊めてくれるというのは、大変魅力的だった。

一方で、中山勘解由などからは、首尾良く了助が拾人衆として務められるか、疑問視されているようだった。何かあると、

「お前は率先が過ぎる。死にたいか」

と厳しく叱られる。確かにそういうときもあった。自分がまだ生きているのは、単に運良く助けてもらえたからだ。それはわかる。だが、命令されない限り動くな、と言われると反発心がわいた。命令されたくないのとは違う。危機が迫るとき、命令など待ってられない、と思うからだ。野犬に囲まれたならば、こちらも獣のように戦わねば食い殺される。悪党に出くわしたとき、先んじて動かねば、いたぶられて殺される。じっと我慢していられないなら拾人衆をくびになる

と言われても、ぼんやりして死ぬよりましだと思ってしまう。

とはいえ寺を去ることは、もう考えていない。それは、いつでもできる。気づけばそう納得していた。どうせ僧にならない限り、ずっとはいられないのだ。得られる限りのものを得てから去っても遅くはない。

読み書きも覚えないうちから、ここを出ても良いことはない、というお鳩の言葉がよみがえったとき、

「おい、そこの童行！」

禅堂から声が飛んだ。

童行とは、僧の見習いの見習いだ。非公認の存在であり、古い習慣から寺住まいの年少者をそう呼ぶ。童行の上が喝食で、それが得度し剃髪して沙弥になり、やっと仏門に入ることになる。

この寺の拾人衆は一律に、僧のはるか手前の童行とされた。

「はい！」

了助が大声で応じた。僧は馬鹿でかい声でやり取りする。ふだんは黙々としているが、誦経のとき、指示を出すときは、大声を放つのだ。そのせいでこちらもつい声を張り上げてしまう。

「庫裏に水を運んでおいてくれ！」

慧雪という若い僧の声だと知れたが、

「はい！」

目をこらしても、暗くて姿が見えない。向こうはずいぶん夜目が利くらしい。すぐに相手が走り去る音がし、本堂からは大声で経を誦む声が聞こえてくる。

9

背後の雨戸の向こうで、同房の者たちの呻くような声が起こった。僧と了助の声で起こされたのだろう。寺では一日がとっくに始まっているのだから、了助は悪いことをしたとも思わない。

手にした木剣を腰の後ろで帯に差すと、井戸へ行って水を汲み、禅堂の裏手にある庫裏との間を、大桶が満杯になるまで往復した。

勤行には参加しないが、作務は命じられる。掃除、芥運び、薪の用意、草刈りなど、拾人衆としてのお務めがないときは、僧たちとともに働かされる。

炊事は別で、典座と呼ばれる古参の僧が担い、童行は手出しが許されない。飯炊きも調理も漬け物作りも、ひいては食事そのものが、禅宗においては重要な修行である。食事は、僧たちの命の糧であり、仏や祖師への供膳ともなるからだ。

その大事な修行の場である庫裏から戻ると、同房の少年たちが寝惚けまなこで縁側に出てきていた。

犬なみに鼻のきく伏丸。韋駄天と呼ばれる健脚自慢の燕、鳶一、鷹。軽業が得意な小次郎。大柄で力自慢の仁太郎、辰吉。十歳足らずの、春竹、笹十郎、幸松は、四行師という、目・耳・口・鼻のいずれかの技に長けた者になれるよう修行中だ。

行師とはもとは水先案内のことだが、様々な特技を持つ者たちの符牒であり、全部で十六行師もいるという。

十人の少年たちが眠そうな顔で雨戸を開くのを、了助も手伝ってやると、

「了助、いっつも早起きしてんねえ」

燕が、感心した顔で言った。

「おかげでおれらも食いっぱぐれねえんで助かるわ」

鳶一が言いつつ、うーんと伸びをした。

朝の誦経が終わると、ただちに僧は食堂に集まり、朝食を振る舞う粥座が始まる。それに遅れれば当然、朝食抜きだ。

「飯目当てに早起きか。無宿人は食い意地がはってんな」

鷹があくび混じりに呟き、

「今日も縁の下で寝てたんかい」

小次郎がへらへら笑った。

「布団で寝たよ」

了助があっさり返す。揶揄めいた言い方をされても気にしなかった。みな捨て子であり、同じ手合いだ。鷹も小次郎も了助よりずっと食い意地がはっているのはみんなわかっているし、縁の下で寝たことがない者のほうが、この房では少ないのだ。

「縁の下に布団しいて寝たとき」

仁太郎が言うと、辰吉が面白がってにやにやし、二人して膂力を見せつけるようにして雨戸をいくつもまとめて運んだ。

「飯、飯、飯！」

年少の三人が走って食堂へ向かい、

「ふわあ」

伏丸が大あくびをし、誰よりも遅れて仲間の後を追った。

禅堂も食堂も、以前は僧堂と呼ばれる母屋が兼ねていたそうだが、人と建物が増えるにつれて別々になったらしい。西のほかにも東と南の僧房があり、そちらは僧が寝起きしている。住職である罔両子の部屋は別棟の一角にあり、その前を通らねば宝蔵に行けないようになっていた。他にも開祖の庵や塔頭が幾つもあり、せっせと掃除すべき場所に不足はない。

了助と十人が食堂の縁側で行儀良く座っていると、朝課を終えた僧たちが走るようにして中へ入っていった。了助たちは彼らより遅れて入る。僧も了助たちも、持鉢を手に、決まった位置に座った。脚を組んで座る、禅の坐相である。合図があるまで、みな壁を向いていなければならない。

罔両子がふらりと現れ、席に着き、壁を向いた。

食事の進行を司るのは、飯台看と呼ばれる給仕役と、彼らを仕切る看頭である。

看頭が、大箸を持った。それを柝木として使い、ぱちりと叩いて合図を発した。

みなが一斉に前を向き、持鉢と相対した。鉢は五つあり、ひとまわりずつ大きさが違い、綺麗に重ねることができる。

食事中は、看頭の合図に従う。喋ってはならず、物音一つ立ててもいけない。

飯台看たちが速やかに、ただし音を立てぬよう細心の注意を払い、持鉢に粥をよそって回る。

梅干しや漬け物、寺の開祖が発明したという沢庵漬けも出される。

配膳が終わり、看頭の合図とともに、僧たちが飯台経を唱え始めた。了助には何と言っているかわからないが、門前の何とやらで、拾人衆のうち鷹と仁太郎が唱和し、みなでなんとなく似た

ような声を出す。

それが終わると、みなが箸を手に取った。はじめの頃、了助を大いに戸惑わせたのがその箸だ。看頭のものと同じ大箸なのである。自分の指よりずっと太いしろものを、どうにかこうにか使えるようになるのに、だいぶかかった。

また、禅宗の習慣には、生飯を空じる、というものがある。粥から三粒ほど箸で取り、反対の手の平の上で二度ほどくるくると回して浄め、卓の奥に置く。おのれの糧の一部を、鬼神や餓鬼に施すためだ。その昔、お釈迦様がそのようにしたという。置かれた米は飯台看が集め、庭に置いて鳥に食わせることで、施しとする。

ただでさえでかい箸に苦労しているのに、そんな真似をさせられ、かつ音を立てれば叱られるなど、理不尽きわまる。何度も箸を床に投げたくなったが、年下の拾人衆が巧みにしてのけるので、悔しくなって使いこなそうと必死になったものだ。

無音で食うのも大変だった。啜るのも、噛むのも、集中していないとすぐ音が出る。最初は食べている気がせず、馬鹿馬鹿しくて仕方なかった。僧にされるのは嫌だと思った理由の一つがこの無音の食事だが、しかし慣れてくると、これで良いと思えるから不思議だった。

粥一粒一粒の味を口の中で感じられ、全部で三回も粥をよそってもらえる。じっくり半刻もかけて食うから、急ぐ必要はない。梅干しつきの粥など、芥拾い暮らしの頃は無縁だった。美味い粥を毎朝たらふく食えるのだし、禅の坐相も無音の行も、今ではどうってことないという気分だ。

拾人衆の面々は了助よりもずっと慣れており、看頭や飯台看の目を盗むのも巧みだった。苦手な漬け物が出ると、隣の者に目配せし、梅干しと素早く交換したりする。まだ寺の食事になれな

い頃、了助の小鉢を使った交換が行われたりもした。了助の梅干しを、右隣の伏丸が漬け物と入れ替えるや、左隣の燕がその漬け物を取り、代わりに梅干しを置くということをされた。結果的に、了助の食事は変化せぬまま、伏丸が、苦手な漬け物を、燕の梅干しと交換したかっこうだ。

僧たちは拾人衆のお遊びに気づくふうもなく、あるいは気にもせず、粛然と食事を進めている。

やがて、だんだんと日が昇り、手元がはっきり見えるようになる。淡い光が食堂の内外に満ちてゆくこの時間も、了助は好きだった。おのれの空腹が満たされるだけでなく、別の何かも満たされる気がした。長く欠けたままだったものが、ふいに戻ったような感覚だ。小さい頃、おとうの腕の中で眠っていたおのれを思い出し、涙がにじむこともある。そういうときは、空じた生飯を見つめ、おとうや三吉があの世で飢えていませんようにと一心に祈ることで、心穏やかになれた。

明け六つの鐘が聞こえる頃、食事が終わった。僧たちが席を立ち、禅堂に戻った。座禅をするためだが、しばらくすると今度は喚鐘という小さな鐘が鳴らされる。

独参という、禅問答の開始を告げる鐘だ。朝と夕に二度、一人ずつ師が待つ部屋に入り、悟りを得るための問答を行う。このとき何を話したか、誰にも教えてはならないという決まりがある。

だが大昔の禅僧と師の問答を記した禅語録というものがあり、中でも重要な問いを公案という

らしい。よく休憩時間に僧たちが公案について話しているのを耳にするが、了助にはちんぷんかんぷんだ。

いわく、おのれの父母が生まれる前の、本来のおのれを出せ。いわく、犬にも仏性はあるか答えよ。いわく、片手で拍手をする音はいかに。こんな問いが何百とあるらしい。考えるだけでく

14

らくらする。

とはいえ拾人衆は、岡両子と問答する必要はない。御師たちからお務めを命じられないときは、作務に努め、寺のあらゆる場所を掃除する。それが終われば各自の技を磨く。何日かごとに年長の行師が来て、特殊な技を教えてくれる。

行師は年上とは限らない。三ざるの巳助、お鳩、亀一も、若いが優れた行師と目されていた。

その三人も、別の行師から上達を確かめられるらしい。巳助は御殿山のふもとの北品川宿の長屋、お鳩は品川湊の近くの商家、亀一は芝の座頭の組屋敷に住んでいるというが、了助は彼らの暮らしがどのようなものか知らなかった。

了助に限っていえば行師はいない。一時、水戸家の道場で剣術家たちから足運びや心構えを教わっただけである。

中山勘解由からは、棒振り以外にも学びたいことはあるかと尋ねられたが、読み書き以外にこれといったものがなかった。泳ぎや駆け足は自得しているし、三ざるのような特技が身につくとも思えない。

「了助のくじり剣法は大したものだぞ。他の拾人衆にも教えさせたらどうだ」

というのが光國の提案だったが、やはりその特異さが問題となった。真似できる者がいないのだ。摺り足を学び、刀を封じた重い木剣を振るうようになってからは、その特異さが際立つようになっている。

了助自身、野犬や奴どもを追い払えればよく、武技とは思っていなかった。それに、与えられた木剣を自在に振るうにもほど遠く、人に教えられるとは思えない。

そう話す了助に、

「ところで、なぜ棒を振るうのでしょう？」

と尋ねたのは罔両子だ。

了助はすぐに答えられなかった。

確かに、芥拾いの身ならまだしも、ここでは常に棒を携えている必要はない。いきなり野犬や奴どもに襲われる場所ではないのだ。なのに剣術家から教わった技を繰り返し練習し、ただの棒ではなく刀を封じた木剣を握っている。それでいて永山たちを殺した下手人である錦氷ノ介にも勝てはしない。いったい全体、お前の棒振りは何のためかと言われた気分だった。

「棒振りと摺り足の練習をしていると、おれの周りから、地獄がどっかにいってくれる気がするんです」

了助がどうにか答えると、罔両子がさも面白そうに大きく目を見開いて言った。

「いいですね。鬼河童の棒振り三昧、ぜひ続けましょう。しっかりあなたの周りの地獄払いをして下さいね」

以来、了助の棒振りには、ある種の祈願が備わるようになった。禅僧なら無になって仏性を悟るための三昧だというだろうが、それとは違う。光國などは、永山たちの無念を晴らすために了助が腕を磨いていると考えているらしく、心配している様子だった。それもやはり違った。自分は僧ではない。敵討ちを当然と考える武士でもない。なら何か。いつか木剣を本当におのれのものにすれば、それがわかる。そんな神妙な思いがあった。

古来、独自の芸能を拓くとは、そういうものであろう。花魁が郭中を歩むとき、足で円を描き、

憂き身を浮き身とする。力士が四股を踏み、邪気を払う。そうしたたぐいの新たな何かが生まれる期待を感じて、手にしたものをただ振るうのである。

その日も、作務を終え、木剣を振っていると、僧たちが独参を終えて掃除を始めた。着物の裾をはしょり、たすきを掛け、鉢巻きをし、それこそ一心不乱に箒がけや雑巾がけをする。これは作務の下準備で、掃除が終わると一斉に下駄履きで走り、庭に出頭する。目上の僧から指示を与えられ、作務となる。境内の草取り、木の剪定、池の石運び、水汲み、畑仕事、障子の張り替え、畳干しなどを行う。

たっぷり一刻も作務に努め、昼四つ（午前十時頃）に、斎座（昼食）となる。日が高くなる前に、僧も拾人衆も着衣を整えて食堂に集まり、無音のうちに食う。

食後はまた作務だ。了助は、お経を唱えるのが僧の仕事と思っていた。だが実際は働きづめで、そのためどの僧も身体つきは頑健そのものだ。

了助はここで、別のことを言いつけられていた。寺の客に、食事を運ぶのである。客は、両火房こと久我山宗右衛門だ。負傷したあとも無理をして火つけと辻斬りの下手人追跡のため働いたためすっかり衰弱し、寺で療養しているところだった。

了助が膳を運ぶと、

「かたじけない」

両火房が苦しげな息をこぼしつつ、起き上がって礼を言った。

食事が終わる頃に膳を下げに行くが、

「ありがとう」

そのたび両火房が手を合わせて膳を拝むので、なんとなく了助も拝み返すようになっていた。

両火房とのやり取りはそれだけで、了助は作務に戻り、それをこなすと、じきに色づく御殿山に向かって、木剣を振るった。

食事のたびに無音を体験するせいか、一足ごとに、おのれが立てる音が鮮明に聞こえた。木剣が空を切る音。息吹と鼓動。足が地を踏み、蹴る音。それらが集まって一つの調子をなすときほど手応えを得るたび、地獄から遠ざかれるのだと無邪気な実感がわいた。

ふと誰かが駆ける音がした。了助は、歩調を乱して体を崩さぬ気をつけつつ、

「了助っ！」

切迫した声がわくと同時に、くるりとそちらを向いた。

熊手を担いだ伏丸が、ぎょっとのけぞった。了助があまりに迅速に振り向いたため、木剣を振るわれると思ったらしい。

「どうした？」

了助が、手を下ろして尋ねた。伏丸は滅多に自分から人に話しかけない。それが駆けてきて叫ぶなど尋常ではなかった。

「へ、変な臭いがする」

「臭い？」

「ここじゃない。あっち」

伏丸が本堂と反対の、大きな池があるほうへ熊手を突き出した。

「何の臭いなんだ?」
「いっとう嫌な臭い」
　伏丸が言って生唾を呑んだ。顔を青ざめさせ、見るからに怯えていた。
「一緒に来てほしいのか?」
　伏丸がうなずいた。了助は池のほうへ歩んだが、反対側に来ても何もない。かと思うと、伏丸がまた熊手を宙にやった。一杯食わされたかとも思ったが、伏丸の怯えた顔が冗談ではないと告げていた。
　了助は柵を越え、林道を歩んだ。左に御殿山、右の林の向こうに田畑が見える。長閑そのものの景色だ。本当にこっちなのかと尋ねかけ、了助は息を詰まらせた。木剣を握らぬほうの手で鼻と口を覆い、嘔吐きをこらえた。涙がにじむ目で辺りを探ったが、何もなかった。
　どこかで虻や蠅がぶんぶん飛ぶ音がする。隣の伏丸が頭上を見て、呆けたような顔になり、へなへなと膝をついた。
　了助も顔を上げた。太い木の枝から、青黒いものがぶら下がっているのを見て、
　——ここも地獄だ。
　今すぐ木剣を振るって、悪しきものを打ち払わねばと本気で考えた。だが振るったところで届かない。打ったところで何も払えない。伏丸と一緒に、呆然となって見つめるほかなかった。
　町人風のかっこうをした、痩せた少年が、細帯で首をくくって死んでいた。

首が異様にのび、口からだらりと舌が垂れ、顔は虫だらけだ。四肢は変色し、衣の尻のところが汚物で濡れている。首をくくるとそうなることを了助は知っていた。

「弥太郎ォ……」

伏丸がしゃくり上げ、激しく嗚咽した。

二

このときの不幸は、御師、すなわち拾人衆の指導者が不在だったことだ。

歌会が催されるとかで、囮両子が高弟二名を連れて、水戸藩上屋敷に行っていた。光國も、中山勘解由も、阿部忠秋もそこにいる。四人とも品川から遠く離れた御城の向こう側である小石川に集まっていた。

ただちに異変を報せるため、三人の韋駄天が東海寺から放たれた。単独では時間がかかるため、日比谷や日本橋にいる他の韋駄天が、宿継式に報告の文を受け継ぐ。

三人も放ったのは、返事の文を一刻も早く運ぶためだ。報告の文が届けられる間、三人が道々に待機し、返事の文が来たらそれを受け継いで走るのである。

そう指示したのも、報告の文をしたためたのも、慧雪という僧だ。歳は二十四。すっきりとした理知的な風貌をしており、

「前は手合いだったんだぜ、あん人」

小次郎が、了助にそう教えてくれた。拾人衆として働くうち、仏門を志し、十九歳で得度した

という。今朝、暗がりにいる了助を見て取ったことからして、まだ技能がその身に生きているのだろう。

その慧雪に、

「弥太郎は絶対に首をくくったりしない」

発見者の伏丸がおいおい泣いて主張し、

「弥太郎を殺めたやつを探す!」

仁太郎が吠えるのへ、

「童行の率先は禁じられている!」

慧雪が怒鳴る、ということが繰り返された。大きな土蔵の前でのことで、蔵の冷たい土の上に、菰をかけられた弥太郎の屍が横たえられている。了助と伏丸が寺に報せ、僧たちの手を借りて木から下ろしたのだ。慧雪が屍を浄め、拾人衆が手伝った。汚れを拭い、目玉にわいた蛆を取り、飛び出た舌を何とか口の中に押し込んだ。

そのあとすぐ騒ぎとなり、了助は一歩下がって少年たちと慧雪の言い合いを見守っている。正直どちらを応援すればいいかわからなかった。

「弥太郎は良いやつだよう。のろまなおいらと仲良くしてくれてさあ。おいらがお務め頂戴できんのも弥太郎が面倒見てくれたからだよう。お願いだから、弥太郎をこんな目に遭わせたやつを探させてよう」

普段は茫々として何を考えているかわからない無口な伏丸が、嗚咽混じりに訴えるものだから、

「慧雪さんはもう手合いじゃねえから、おれらの気持ちもわかんねえんだ!」

仁太郎も、頭に血が昇ったようにわめくのだった。

「落ち着け。もう茶礼だ。特別に加えてやるから、心を静めろ」

慧雪がほとほと困ったように言った。

茶礼とは僧たちの休憩のことだ。昼八つ（午後二時頃）になると庫裏で車座になり、同朋と談話しながら英気を養う。茶や果物が振る舞われるが、口に出来るのは基本的に僧だけだ。拾人衆の幼い子どもらは果物にありつこうとし、庫裏の周りをうろうろする。めぐんでもらえることもあれば、そうでないこともあった。その果物も、このときばかりは効かなかった。

「そんなものより、弥太郎を取って食ってやる！」

仁太郎がますます物騒なことを言い出し、幼い春竹、笹十郎、幸松が、甲高い声で、そうだ、そうだ、とわめき立てた。

了助がぼんやりしていると、門の方から、別の子どもたちが四人ばかりやって来るのが見えた。出で立ちから、みな北品川宿で長屋暮らしをしている拾人衆と知れた。三ざるの一人、巳助もいる。

「了助。弥太郎はどこ？」

巳助が無表情に言った。口調から、弥太郎が彼らの同房だったと窺い知れた。

「蔵の中だけど……」

「お前たち、何しに来た！」

了助を遮って、慧雪がわめいた。

「みなで、弥太郎を探してました。燕から見つかったと聞いて、急いで来たんです」

22

「燕が？　文を届けろとだけ言ったのに、わざわざお前たちに知らせたのか」

「おいらの『寺』の韋駄天も、近くの『寺』に知らせてます」

「なんだと？　手合いを集める気か？」

巳助は答えず、同房の者たちとともに蔵へ入った。みなで骸を囲んで膝をつき、菰をどかした。

巳助が紙と筆を袂から取り出し、残り三人が弥太郎の手や足を調べた。

「何をしてる。　勝手なことをするな」

「傷を調べてるんです。　御師様たちだってそうしろと言うでしょう」

慧雪が咎めるのも構わず、巳助が弥太郎の姿を描いていった。その姿は、仲間を物言わぬ屍にしてなるものかという気迫に満ちている。下手人が残した跡をなんとしても見つけ出そうとする巳助たちに感化されたか、伏丸が這うように屍に近づき、持ち前の鋭い嗅覚で調べ始めた。

「まったく……骸を調べるだけだぞ」

慧雪が言ったとき、

「弥太郎が殺されたって本当ですか！」

大声を上げるお鳩を先頭に、少女たち七人がやって来た。

「お前たち、勝手に集まるな！」

慧雪が途方に暮れた顔になった。そう怒鳴ったところでもう遅いのだ。

「伏のやつと、こっちの了助が、林ん中で吊された弥太郎をめっけたんだ」

仁太郎が言い、辰吉がうなずいた。

お鳩が目を潤ませ、了助を見た。

「誰がそんなひどいことしたの!?」

「わかんないよ……巳助たちが骸を調べてるけど」

　了助の後ろを、お鳩たちが覗き込み、すぐ目を伏せて
いた。

　着物は発見時のものではなく、浄めたあと着せた綺麗な品だ。

　少女たちが瞑目して手を合わせているうち、琵琶や三味線を背負う四人の少年少女たちが現れた。そうした奏者が盲人とは限らず、二人が目を閉じ、杖を頼りに歩いていたが、残りは目に問題ないようだ。

　すぐあとで杖をつく少年たちが二人現れたが、こちらは一見して按摩や鍼灸の見習いと知れた。

　亀一の同房だろうと察せられたが、亀一本人はいなかった。

　他にも、目黒の坂や湊で荷担ぎをしている力自慢の者、別の「寺」の韋駄天、渡し船で働く者、虫売り、ほおずき売り、料理屋や髪結床で働く者と、出で立ちもばらばらの子どもらが続々と集合した。亥太郎が殺されたときと違い、みな務めを放り出し、無秩序に集まってきてしまっているのだ。

　巳助たちが検分を終え、弥太郎の屍に着物を着せ、菰をかぶせた。

　蔵から出て巳助が言った。

「弥太郎に傷はありませんでした。首をくくられた跡だけです。ただ、自分で首を吊ったなんてことは、あり得ません」

「もういいだろう。みな『寺』に戻れ」

　慧雪が言ったが、伏丸が蔵から出て来て、ぼそっと告げた。

24

「妙な臭いがした。毒かもしんない」

みなが一斉にざわついた。

「弥太郎はいついなくなった？」

仁太郎が訊くのへ、

「おとついからだよ」

巳助の同房の少年が答えた。

「なあなあ。弥太郎のやつは、殺される前、どんなお務めしてたんだ？」

小次郎が、先ほどから訊きたくて仕方なかったというように声を上げた。

「御師たちの命で、品川松右衛門様の屋敷や、勧進場に出入りしていたはず」

巳助が言った。

勧進とは、寺社を建てたり、仏像を造ったりするため、寄付を募ることをいうが、この場合は

やや異なる。

非人たちが、特定の芸ごと、街路の掃除、井戸掘り、乞食、刑場の設置や片付け、流民の取締り、

捨て子の発見と届け出、といったことをする。品川仕置き場（鈴ヶ森刑場）や、後年、品川溜という、

う、病んだ囚人を収容する場所も作られるが、そこでの雑事全般も、非人頭の管轄だ。

非人頭が支配する小屋がほうぼうにあり、小屋ごとに勧進場と呼ばれる縄張りがある。そこで

彼らの生活全般が幕府によって厳しく規定されており、菰かぶりと呼ばれる物乞いの人々など

は、どこそこで何月の何日のどの時間帯にそうせよと決められている。勝手に住まいを移しては

ならず、手職を持ってはならず、自宅を買うことも禁じられていた。代わりに彼らの務めを独占

とし、座頭の按摩や鍼灸と同様、町人が商いとして手を出すことは御法度だ。

江戸にいる非人は三千とも四千ともいわれている。代々の非人と、刑罰として非人にされた者がいる。ただ昨今では、江戸にさまよい込んだ無宿人が捕縛され、小屋に入れられることも多い。了助がかつて恐れていたことの一つが、小屋に収容されることだ。そうなると勝手に出ることは許されず、脱走を繰り返せば死罪となる。

品川の非人頭は、浅草のそれに次いで多くの小屋を持ち、代々、松右衛門を名乗っている。幕府から土地を与えられ、邸なみの家に住み、髷を結うことを許されているため、裕福な商家さながらだ。

「何しに行ってたの?」

伏丸が訊いた。

「極楽組が逃げたあと、勧進場に潜り込んでいないか調べてたのさ」

巳助が言った。

「それだ! きっと火つけどもが、弥太郎の調べに気づいて殺したんだ!」

仁太郎の言葉に、そうだ、そうだ、という声がさんざめいた。

「ま、待て! そうとは限らんぞ!」

慌てて叫ぶ慧雪をすっかり無視し、

「弥太郎が歩いた場所を調べよう」

巳助の率先で、何十人という子どもたちがぞろぞろ動き出してしまっていた。

26

三

「重畳にござる。見事な庭ですのう」

巨軀の男が朗らかに言い、扇子を胸元ではためかせた。

「安藤殿にお褒め頂き、父も喜びます」

光國が笑みを作った。同席の阿部忠秋、中山勘解由、岡両子も微笑んでいる。

池に浮かべた舟の上だった。池は、小石川の水戸藩上屋敷に設けられたものだ。大火ののち光國の父・頼房が邸普請と庭造りに入れ込んだため、敷地の大半が普請中という状態で、舟遊びを兼ねた歌会を催したのである。そうするよう指示したのは父だが、本人は湯治に行って不在だった。

招かれたのは主に御三家の者たちだが、当主は来ていない。代わりに家老や附家老が集い、いくつも浮かべた舟の上で、造園中の池がこのあとどうなるのだろうといったことを楽しげに話している。

実のところ歌会など方便に過ぎず、目的は、同じ舟に乗る男だった。

安藤帯刀直清。図体がでかく、たっぷり蓄えた髭のせいで年嵩に見えるが、家督をついでまだ数年の、二十五歳であった。れっきとした紀伊田辺藩の第四代藩主であり、代々、紀伊徳川家の附家老として政務に携わってきた家柄の男だ。

この若き附家老に、江戸に出現した〝正雪絵図〟なるものの出所を確認することが、光國たち

27

の最大の目的だった。

だが安藤帯刀、若いくせに巧みにはぐらかし、何を訊いても一向に埒があかない。舟遊びが終

わるまで、のらくらかわし、

「いやあ、重畳にござる」

悠々と、舟を下りてしまった。

「おのれ。これは重畳、しか言わぬ」

光國が歌会の席に移りながら唸った。

「例の摺師のことを仄めかしても顔色一つ変えぬとは、大した御仁ですな」

中山がすっかり感心した様子で言う。

「それが隠し事をしている証左ともなる。何のことかと聞き返しもせぬは怪しい」

阿部が、厳しい顔つきになって返した。

「清河寺が焼けたあとも両火房さんが命がけで調べて下さったおかげで、絵図の摺師に辿り着け

ましたのにね」

岡両子が、筆と短冊をもてあそんだ。

「摺師の秋津唐三郎とやらを捕らえ、早々に口を割らせておくべきであったか」

光國が言うが、中山はかぶりを振った。

「今日より亀一をつけましたが、紀伊藩から盗まれた版木と知っていたかどうか……。博奕で身

を持ち崩し、版元をくびにされた男を、極楽組が便利に使ったに過ぎぬとなれば、大した罪科に

は問えませぬ」

阿部がうなずいた。

「やはり版木を盗んだ者が、秋津に接触するのを待つか、さもなくば……」

「ここで、安藤帯刀の口を開かせるかだ」

光國が後を続け、客たちの前で朗らかに振る舞う安藤を、ぎろりと見つめた。

四

「お前ぇ、若えのに大した腕だね。もう十日も痛くってたまんなかったのがよ、すーっと消えてくようじゃねえか」

男が言った。布団の上で腹ばいになり、ご満悦の様子で按摩に腰を揉ませている。

「ありがとうございます、秋津様」

按摩は亀一である。海沿いにずらりと建物が並ぶ北品川宿の、旅籠の二階にいた。芝口からやや離れた辺りで、海の彼方に房総を、陸のほうでは御殿山を望むことができる。のちに飯盛女という名目で遊女を置くことが許されるのも品川が最初で、遊びごとはもっぱら二階で海を眺めながらするのだという。

「仕事が立て込んじまってて、腰をすっかり痛めちまってよ。身体さえまともなら、せいぜい遊んでやろうと思っちゃいたが、立派に働いたあとの身体を揉みほぐされんのもたまんねえもんだなあ」

秋津という男、とにかく口数が多い。これなら苦労せず必要なことを聞き出せそうだと考えな

がら、亀一は秋津の身体をことさら丁寧に揉み、痛むという腰に鍼灸を施してやった。触れた感じでは、力仕事で筋を傷めたと知れた。ほかに、打撲の跡が感じられる。酔って石段を踏み外し、転がり倒れたのかもしれない。なんであれ走って逃げる心配もないとなれば、ますますたやすいお務めに思われた。

「今日は安静にしていて下さい」

亀一が施術を終えて言うと、相手が笑って身を起こす気配がした。

「わかってらあ。腰を使うような遊びはやめとけっていってえんだろうが」

身動きもできぬようになってくれるなら、それはそれでありがたいのですけど、と亀一が心の中で呟いたとき、

「おっ……、お前ぇ……」

だしぬけに、秋津が息を呑んだ。

亀一は反射的に、後ろ手で杖をつかんだ。拾人衆であることがばれたのかと思い、相手が襲ってきたときに備えたのだ。

しかしそうではなかった。

「伏せててよく見てなかったがよ。お前ぇの顔……おったまげたじゃねえのよ。こういうのを他人のそら似って言うのかね」

「私の顔が、どうかしましたか？」

亀一が杖を握ったまま訊いた。

「そっくりなんだよ、死んだ兄貴によ」

30

今度は亀一のほうが息を呑んだ。

「……本当ですか?」

「こんな嘘ついたって仕方ねえじゃねえか。兄貴とおれは、お前えくらいの頃に奉公に出されてなあ。おれは中途で絵師に弟子入りしちまったが、兄貴は立派に勤め上げてな。店ののれんも、嫁さんももらって、子どもも出来てってときに……。いや、こんな話、興味ねえわな」

「お聞かせ下さい」

「それがよ……強盗に押し入られてな」

秋津が声を暗くさせて言った。亀一は相手の声にじっと耳を傾けている。

「兄貴も嫁さんも奉公人も、みィんなやられちまってよ……。ただ、赤ん坊には手が出せなかったのか、生きてたって、あとになって聞いたのよ。てっきり兄貴は幸せに暮らしてると思い込んで、顔も見せずに何年も過ぎちまってた。情けねえ限りよ」

「その子は……どうなったのです?」

「寺に預けられたあと、どっかにもらわれてった。おれが寺を訪ねたときはもう住職が代替わりしてて、子どもは行方知れずさ。できることなら、兄貴の代わりに育ててやりたかったんだがな」

「……」

「寺、ですか」

「ああ、そうだ」

「私は、そんなに似ているのですか?」

「こうして見ると、やっぱ、兄貴が奉公してた頃にそっくりなんだよなあ」

31

「お兄様のお話を、もう少しお聞きしてもよろしいですか？」

「ああ。今日は休みてえから、明日また呼んでやるよ。十日も痛みでろくに寝らんなかったが、おかげでいい夢見られそうだ」

「ありがとうございます」

亀一は深々と頭を下げ、退室した。階段を降り、旅籠を出て二軒ほど通り過ぎ、すっと建物の間に入った。

杖を頼りに海側に出て、足を滑らせないよう気をつけて移動した。先ほどの旅籠の裏に来ると、壁際に座り、膝の上に杖を置いた。壁に右耳をつけ、屋内の声や音を探った。左耳に手を添え、開け放した二階の障子からこぼれる声を聞いた。

海岸に打ち寄せる波の音が響く中、亀一は一刻あまりもそこにいて、聞き捨てならない声を、残らず聞き取った。

五

品川松右衛門は非人頭として恐れられ、勧進場から銭をかき集め、贅を尽くしているという風評だ。しかし実際に会うと、まるで違う。見るからに清廉な男だった。

巳助を先頭に、拾人衆が何十人も大挙してその邸宅を訪れると、松右衛門自ら玄関にまで出て来てくれた。綺麗に結った髷に真っすぐ垂れた黒髭。出で立ちは質素といってよく、かなりの長身で、がっしりとした巌のような体つきをしており、僧が町人のなりをしたようだ。産着にくる

んだ赤ん坊を、三人も布で両肩と首に吊るしており、

「おお、よしよし。ねんね、ねんね。おころりよ」

おぎゃあ、おぎゃあと泣く赤ん坊たちを、ただ一人であやすのだった。

「ちょうど、おたくさんのご住職に、この子らのことを相談しようと思うていたのだよ。街道で捨てられたり、親が行き倒れたりしたのを、うちの者がみっけてねえ。それで、大勢でどんな用だね?」

巳助が、弥太郎の屍が見つかったこと、死に様がおかしいので調べているということを、てきぱき説明した。

「弥太郎さんなら、おとついもうちに来て、勧進場の名簿を写してったよ。おたくさんのご住職に届けるっていうお務めをしてなさったんだがね。危ないお務めじゃないはずなんだが、まさかねえ……。本当に辛いことですよ。わしも、小屋頭どもが何か知らないか聞いてみましょう」

松右衛門が丁寧に話すうち、赤ん坊が一人眠り、二人眠りして、気づけば三人ともすやすや寝入っていた。

松右衛門が、しいっと口に指を当てるので、拾人衆の面々も、赤ん坊を起こさないよう、そっと邸宅を後にした。

「弥太郎は名簿を写して、実際にその通りか勧進場をめぐって確かめてたんだ」

巳助が言った。これはむろん極楽組が潜んでいないか探るためだ。

「なんでうちの寺の近くで殺したんだ? 弥太郎を追っかけて来て殺したのか?」

仁太郎が首を傾げ、辰吉もそうした。

「別の場所で襲ってから運んだのかも」

お鳩が賢しげに指摘すると、子どもらがうんうんとうなずいた。それを確かめるには、弥太郎が行き来したであろう道を調べるしかなかった。行師としてみなから一目置かれる巳助とお鳩が、手際よく拾人衆の面々に指示し、ほうぼうへ放った。

了助は、伏丸ら東海寺の拾人衆とともに、弥太郎の屍が見つかった場所から、北品川宿へ向かう道を調べることになった。

了助はつい、東海寺のほうを振り返ってしまう。勝手に寺を出たことに対し、どうにも不安を覚えるのだ。叱られるのが怖いのではない。子どもらを止める者がいない。それが不安だった。

慧雪も寺から動けないので追って来ない。自分一人であれば決して感じない不安だった。どうするのがいいか、まるでわからない。

ぼんやり藪を見て回っていると、突然、聞き知った唸り声に出くわした。

真っ黒い大きな犬だ。何かをくわえ、こちらへ唸っている。了助はすぐさま木剣を構えつつ、

それが何であるか見て取った。

千切れた人間の手首。行き倒れの屍でも食ったのだろう。人の味を知る野犬。きっと群がいる。

そう考えたとき、果たして木々の陰から複数の犬が近寄ってきた。

ただちに打ち払わねば囲まれる。叫声を上げて目前の黒い犬を木剣で打たんとしたとき、ぴぃ

――っ、と甲高い音が響いた。

後ろから伏丸が来ていた。指をくわえ、吹き鳴らすと、犬たちが後ずさった。

伏丸が了助の横を通り、身を低めながら、黒い犬に近づいていった。

食われるぞ。そう言いかけてやめた。伏丸は巧みに犬を操る。それでも犬が伏丸を襲ったとき

に備え、構えは解かなかった。

それも杞憂だった。唸っていた黒い犬が、くわえていたものを落とし、その場に座り込んだ。

伏丸が、しいーっ、とあやすように黒い犬の顎を撫で、それが食っていた手首を拾い上げた。

他の面々も、伏丸を見守っている。

伏丸が、拾った手首の臭いを嗅ぎ、指をくわえて短く何度か吹いた。黒い犬が立ち、どこかへ

歩き出した。他の犬たちもそうした。了助たちが続いた。

林の外れに、ぽつんと百姓家があった。柵は朽ちているが建物は手入れされているようだ。十

頭ほどの犬が裏手に行き、掘り返された土の周囲に座り込んだ。

伏丸が、手首を地面に置いた。それがどこから来たか明白だった。誰かが屍をそこに埋めたが、

掘った穴が浅かったせいで野犬に嗅ぎつけられ、暴かれたのだ。

「もしもーうし」

幼い幸松が、百姓家の土間口で呼びかけたが、応じる者はなかった。

仁太郎と辰吉が、無造作な足取りで百姓家に入った。了助もそうした。薄暗くひんやりした土

間を上がったところに、細かな模様が刻まれた版木が並べられていた。紙の束。絵の具。そして

見覚えのある絵図。火つけ浪人たちが持っていた正雪絵図と同じものが、何枚も炉端に置かれて

いる。

仁太郎が、壁に立てかけられた大小と、乱雑に置かれた着物を指さした。

「ここは火つけ浪人どもの住み処だ」

35

「一人しか住んでないみたいだ」

　了助は首を傾げた。その住人が裏庭に埋められたのだろうか。とすると埋めたのは誰だろう。

　疑問をもてあそんでいると、伏丸と他の子どもらが入って来た。

「変な臭いがする」

　伏丸が台所に行き、茶碗を手に取って嗅いだ。了助もそちらに行き、屈んで竈を見た。紙の束が突っ込まれている。それをつまんで引っ張り出し、床に置いた。名前がずらりと記された紙だ。燃え残った紙の一部に、「勧進」の文字が見えた。

「弥太郎が書いたんだ」

　伏丸が覗き込んで言った。みなが集まって膝をつき、了助と一緒に紙片を竈から出して並べていった。まるで弥太郎の形見を見つけたように、恭しい手つきだった。

　それから、みなで裏の地面を掘った。野犬たちは大人しくしていた。現れたのは、腐敗が始まった、褌姿の男の屍だ。臭いに耐えられず、みな離れてそれを見た。隣で辰吉が首を捻った。

「弥太郎を殺したやつが埋めたのか?」

　仁太郎が汗まみれで呟き、納屋でみつけた鍬を放った。

　了助は空を見上げた。いつしか夕暮れになっていた。

「おうい」

　遠くで巳助の呼び声がした。

「亀一だ」

　伏丸が言った。寺に姿を見せなかった亀一が、巳助やお鳩や、拾人衆の面々と並んで歩いてく

る。

「何か見つけた？」

巳助が訊くのへ、伏丸が言った。

「弥太郎の書いたもんが焼かれてた」

空気がふっと冷たくなったように了助は感じた。

弥太郎はここで殺された。そのあと運ばれて吊された。了助も、そうだろうと思った。だが誰が

やったのか。そして、庭に埋められていた男は誰なのか。

亀一が、静かな声で言った。

「皆さんに聞いてほしいことがあります」

六

殊勝にも秋津は、腰を使う遊びを我慢し、代わりに酒を食らい、いびきをかいて寝ていた。ふ

いに、ぐっと息を詰まらせた。口をぱくぱくさせ、ぱちりと目覚めた。

沢山の顔が、秋津の視界を埋め尽くした。十人以上の子どもらが、無言で膝をつき、秋津を見

つめていた。

三ざる、仁太郎と辰吉、そして膂力自慢の子どもらだ。了助も彼らの後ろにいた。

秋津が悲鳴を上げようとしたが出来なかった。その首と喉に、亀一が鍼を何本も打ち、声を発

することを封じていた。

37

身動きも出来ない。秋津の布団を使い、仁太郎らが簀巻きにして縄で縛ったのだ。恐怖で目を見開く秋津を、仁太郎たちが担ぎ上げた。そのまま荷下ろしでもするように、窓の外へ押し出すと、宙へ放った。

秋津が声を発せたなら、絶叫していただろう。落下する秋津を迎えたのは固い地面ではなく、頑丈な布だった。待機していた十人余の拾人衆が、四角い布の端をつかんで広げ、秋津の身体を受け止めた。落下の衝撃を殺し、地面に横たえると、簀巻きの秋津を、さらに布で覆い隠してしまった。

二階から子どもらも路上へ跳んだ。みな音を立てず猫のように着地した。無音の行を毎日こなす成果といえた。

亀一も、巳助と手をつないで着地した。

幼い拾人衆の子どもらが大きな棒を、力自慢の者たちに渡した。秋津の身体を棒にくくりつけ、駕籠かきの要領で担ぎ、走り出す。全員が、足音を立てず追った。亀一も、巳助の帯をつかみ、同じ速さで駆けている。向かう先は、伏丸が野犬を使って見つけ出した百姓家だ。

真っ暗な道を、星と月の明かりだけで駆けた。亀一も、巳助の帯をつかみ、同じ速さで駆けて

到着すると、すでに灯りが点され、大勢の子どもらが待ち受けていた。秋津が土間に運ばれ、覆っていた布を剥がされ、布団ごと太い柱に縛られた。喋れない秋津を、何十人という子どもらが、じっと見つめた。

鍼を打たれて喋れない秋津を、何十人という子どもらが、じっと見つめた。

秋津は、恐怖で脂汗をだらだら流し、血走った目を忙しなく動かしている。失禁したことを示す臭気がその身から漂った。

亀一が秋津の前に茣蓙を敷いて座り、ささやくような声で話しかけた。

「私の親は江戸の商人で、盗賊に殺されたそうです。生き残りは赤ん坊だった私だけ。骸がなかったのは、そのとき泊まっていた父の弟だけ。つまり私の叔父が、賊を手引きした私の叔父なのですか？」

問いつつ、亀一が、秋津の首を撫でるようにしながら、鍼を抜いていった。

やがて秋津が声を取り戻し、激しくかぶりを振りながら叫んだ。

「ち、ち、違う！　お、おれに、兄貴なんていねえ！　ぜ、全部、作り話だ！」

亀一が、ふっと息を吐いた。どうせそうだと思っていた、というようだった。

了助は戸口に立ち、秋津ではなく子どもらを見ていた。答えがわかる前に手が木剣を握りしめていた。

どうすればいいのか。そうでないなら、

「彦左、よく来てくれた。こんなざますまねえな。船のほうはいけそうかい」

亀一が急に声の調子を変え、秋津をぎょっとさせた。その自慢の耳で聞き取った声の再現だ。

子どもらはみな、日が暮れる前にそれを聞かされていた。

「問屋に話つけたぜ、唐さんよ。ほんとに廻船なんかで江戸を離れんのかい。それ以外ねえよ。金は手に入ったし、大坂で一からやり直しだ。そうだ彦左、摺小屋に着物と刀があっから、お前えが売って金にしな。おお、そいつはありがてえ」

秋津が恐怖であえいだ。亀一は白濁した目を真っ直ぐ相手に向けて話し続けた。

「しかしよう、こんなおれでも摺師の仕事を続けられると思ったんだぜ。唐さん、腕はいいからって話

ねえ。まさか火つけ絵図たあ、おれも火あぶりかと震えたぜ。あとで版木を売ってくれってな話

が来たのはよかったがな。唐さん、そいつに腰を打たれるわ、埋めんのでまた腰痛めるわで、さんざんじゃねえの。どっかの童が通りかかんなきゃ日干しになってたよ。ああ、おれも変なところでつきがあるんだねえ。童の始末も、毒塗り茶碗でころりよ。でも埋めてねえだろ。穴掘りは腰がたまんねえよ。それに勧進小屋の童が首吊ったところで誰が気にするってんだい。ま、そりゃそうだ」

亀一が口をつぐんだ。代わりに、お鳩がおのれの喉に手を当て、言った。

「おれには、弥太郎って名前と、おれのこと気にする仲間が大勢いるよ」

少年の声だ。秋津が恐怖で髪を逆立てた。死んだ弥太郎が、お鳩にのりうつったとでも思ったのだろう。

「裏に埋めた人について教えてよ」

巳助が、秋津を覗き込んで尋ねた。

「し……、仕方のねえことだったんだ！」

秋津が金切り声で、経緯をまくしたてた。博奕場に出入りしていた頃、同じく博奕にのめりこむ、竹原（たけはら）と名乗る侍と出会った。その竹原が、あるとき木之丞（もくのじょう）こと極大師（きわみだいし）という男を連れ、秋津に、ある版木を用いて絵地図を摺ってくれと頼んできた。道具も、仕事場となったこの百姓家も、

盗んだ版木で絵図を摺る仕事。秋津は単純にそう考えた。金目当てで摺りまくったのだが、望外の額の報酬も、全て木之丞が用意した。

久々の摺り仕事とあって、腕によりをかけて絵図を製作した。彼らを探して博奕場を回ったが、そこで今やがて竹原も木之丞も、ぱたりと現れなくなった。

度は、やたら身なりの良い侍につかまり、版木を返せと言われた。

秋津は、竹原や木之丞の悪事がばれたと確信しつつも知らぬ存ぜぬで通そうとした。だが侍が版木を買うと言い出したので、つい応じてしまった。どのみちもう摺り仕事は手じまいである。

百姓家へ案内する約束をしたのだが、

——こいつ、おれを始末する気だ。

侍の目つきに気づき、一計を案じた。

これまた博奕場で知り合った漢方医から附子（トリカブト）の毒を買った。それを茶碗の一つに塗っておいた。その間、侍が事情を語った。版木を盗んだ男は極楽組という火つけ盗賊とつながっていた。極大師はその首魁。絵図には大火の火元が記されており、それはある名家を陥れるためだ、云々。

秋津は仰天したが、それより侍が何でもかんでも喋ることが気にくわなかった。どうせ殺すのだから冥土の土産に喋ってやる。そう言われているとしか思えない。

仕事場の百姓家に着いたときは、二人とも喉がからからだった。

「お渡しする前に、喉を潤させて下さい」

秋津は何も塗っていないほうの茶碗で、これ見よがしに瓶の水を汲んだ。

「すまぬが、わしにも一杯くれぬか」

思い通りに侍が言い出したので、毒碗に汲んでやった。

同じ瓶の水ということで油断もあったか、侍は疑いもせず飲んだ。

「すまぬが、もう一杯――」

ふいに侍の顔色が変わった。秋津の殺意が表情に出てしまったのだ。侍が毒碗を捨て、物も言わず刀を抜いた。幸い、早くも毒が効いた。刀を握る手が震え、げえっと侍が嘔吐した。それでも侍は力の限り刀を振る。だが、秋津は刃ではなく、刀の腹で、腰を痛打されるにとどまった。

「畜生、やりやがったな！」

激昂して薪をつかみ、よろめく侍の頭を力一杯殴った。侍が倒れ、痙攣し、動かなくなった。

秋津は侍の着衣を剥ぎ、金を持ってきたか確かめた。金はあった。秋津は上機嫌で侍を埋め、鍬を納屋に戻したところで、激痛に襲われて倒れた。打たれたあと、穴掘りですっかり傷めてしまった。腰が痛くて立てない。そのまま半日も横たわっていることもできず、そのまま半日も横たわっていると、

「どうされましたか？」

目の前に、少年が立っていた。弥太郎である。まさに天の助けだった。秋津は、弥太郎の手を借り、百姓家に戻った。それだけでなく、その後、何日も弥太郎は百姓家に通い、食事や水を運び、秋津が厠へ行くのを助けたりした。誰にも、秋津のことや、百姓家で見たもののことを話さなかった。秋津が、巧みに弥太郎を操ったからだ。

「死んだ兄に似ている」

という作り話によってである。みなしごに言うことを聞かせるには、それが一番だと秋津は知っていた。顔も知らない親の手がかりを欲して、こちらの思い通りに動いてくれる。冷静に考え

れば矛盾だらけとわかる話も、鵜呑みにする。そのように親のいない子どもを操り、悪事に引き込むのは、悪辣な博徒の常套手段でもあった。

弥太郎を使って、悪仲間の彦左と連絡を取り、江戸から逃げるための船の手配を頼んだ。とはいえ所詮は悪仲間である。秋津を看病するような面倒なことはしないし、弥太郎の始末などもってのほかだ。

秋津には弥太郎が頼りだが、操り続けることは難しい。とりわけ百姓家にある品々が怪しすぎた。絵図や、上等な刀と着物がある理由をでっち上げねばならない。自分は兄の仇討ちのため放浪し、兄を殺した賊の一人をここで仕留めた。絵図は賊が持っていた、などと語ったが、いずれ弥太郎も疑い始める。いつ町奉行に知らせるかわからない。足腰が立つようになり次第、弥太郎を始末せねばならなかった。

その点も、まんまとしてのけた。作り話を聞かせながら、さりげなく弥太郎に白湯（さゆ）を作らせ、自ら毒碗で飲むよう仕向けた。心配なのは毒の効き目がまだあるかどうかだったが、白湯をすったとたん、弥太郎はぜいぜい息を荒げ、のたうち回って死んだ。次なる課題は屍の始末だが、埋めるのは懲り懲りだった。それで、近所の牛小屋から牛を一頭借りた。牛の背に死体を積んで運ばせ、木に吊るすときも牛に縄を引かせ、林の中で首をくくったようにみせかけた——

「仕方ねえんだ。おれはただやり直してえだけだった。お前ぇらも、おれの身になりゃ、おんなじことをしたに違ぇねえよ」

哀れっぽく涙を流す秋津を、子どもらが真顔で見つめた。誰も秋津に同情する様子はない。怒りが熱気となって充満するのを肌身に感じ、了助は、木剣を握る手に、じわりと汗がわくのを覚

43

えた。

「おんなじことすりゃいいんだろ」

ぽつっと伏丸が言い、台所に行って茶碗を取った。秋津の顔が強ばった。伏丸が毒碗を正確に見つけたのだ。その嗅覚をもってすればたやすいことだろう。

「毒を飲ませるのは最後にしませんか」

亀一が提案し、巳助が仲間へ言った。

「みんなで懲らしめてからやろう。　刑場でもそうするんだから」

みな口々に賛同した。お鳩が帯から懐剣を抜き、白刃を秋津に向けた。

「お布団を巻いたままやる？　解いたら逃げるでしょ」

仁太郎がぼきぼき拳を鳴らした。

「脚をへし折るとかすりゃいいだろ」

「待て、待ってくれ！　お、おれを奉行所に連れてけ！　ぜ、全部、お上に話す！」

秋津がわめいたが誰も聞かなかった。

「こいつが殺したお侍は、犬に食われてた。こいつの足を食わせよう」

伏丸が言った。秋津が絶句した。

「そうしよう、そうしよう」大勢が連呼した。力自慢の子どもらが、柱の縄を解き、悲鳴を上げる秋津を担いで、百姓家の前の地面に横たえた。伏丸が口笛を吹いた。唸り声とともに犬たちが暗がりから現れた。

「お助け！　お助けえ！」

秋津が絶叫した。子どもたちが輪をなして見守る中、犬たちが秋津へ近づいた。先頭の大きな黒い犬が、布団から突き出た秋津の足に鼻面(はなづら)を近づけたとき、

「きいいやああああ!」

了助の口から叫喚(きょうかん)が迸(ほとばし)った。秋津も子どもらもぎょっとなった。犬たちが了助を振り返って牙を剝いた。その鼻先へ、了助が踏み込んで猛然と木剣を振るった。

ぶん。剣風が犬たちを退かせた。了助が右打ちから左打ちへ切り替え、また振るった。あえて犬を打たず、空を切(くう)ることで追い払った。横たえられた秋津の前に立ち、子どもらと犬たちと対峙した。

に悲しかった。

手く説明できる自信がなかった。ただ、お鳩が今こんなところで刃を握りしめていることが無性

「来るな。近づいたら、おれが打つ」

了助が言った。お鳩が息を呑んだ。子どもらの怒りの気が了助に集中した。

秋津がもぞもぞ動いて逃げようとした。おれにはつきがある、といったことを呟き、引きつった笑みを浮かべている。

「なんで、了助!? なんで!?」

お鳩が泣きそうな声を上げた。

了助は、どう答えればいいかわからぬまま、本気であると示すため、一歩前に出て、木剣を猛

「了助!? 何やってんの!?」

お鳩が叫んだ。了助はきつく眉間(みけん)に皺(しわ)を刻み、お鳩を見た。衝動的にしたことだったので、上

然と一振りした。その剣風の威力に、子どもらと犬たちが後ずさった。

お鳩が、裏切られて傷ついたというような顔で了助を見つめた。それも了助には悲しかった。

だがどうしようもなかった。

「あいつは仲間じゃない、よそ者だ！」

わめく仁太郎の額を、びしっと何かが打った。仁太郎が呻いて片膝をついた。

何かが立て続けに飛んできて、力自慢の子どもらが次々に打たれて後ずさった。伏丸が手を打

たれて茶碗を落とした。お鳩も腕を打たれ、白刃が地面に刺さった。

子どもらの輪が乱れた。飛んで来るのは、小石だった。それを暗がりで正確に投げ放った者が、

呆気にとられる了助の背後からやって来て言った。

「みな下がれ。私の礫を受けたいか」

慧雪だ。左手にいくつも小石を持ち、右手で一つをつまみ上げながら、逃げようとする秋津の

背を足で踏みつけた。

「あんたも邪魔するのか！　もう拾人衆じゃないからって！」

打たれた仁太郎が立ち上がった。

「私も、了助のように、お前たち全員が咎めを受けるのを防ぎたいだけだ」

慧雪が告げ、了助を感心させた。どう伝えればいいかわからなかったことを、あっさり言葉に

してくれたからだ。

巳助が、胸を反らして前へ出た。打つなら打てという顔だ。

「そいつは助けてくれた弥太郎を、騙して殺した。亀一のことも騙そうとした。おいらみたいな

46

子どもを騙すのが好きなんだ」

お鳩が打たれた手を他方の手で握りしめながら、同じく前に出た。

「親がいないあたしらを馬鹿にした！　あたしらみんなを馬鹿にしたんだ！」

かと思うと、別の声がわき、みなを黙らせた。言葉を発してはいない。おんぎゃぁ、おんぎゃ

あ、と泣きわめいていた。

赤ん坊を三人も首や肩から吊した松右衛門が、手下の者たちに提灯を持たせ、のしのしと歩い

てくる。

「おお、よしよし、よしよし」

松右衛門が赤ん坊たちをあやしながら、了助と慧雪のそばに立った。

「なんでわしが出しゃばるか不思議かい。東海寺のご住職がいないときはね、わしがお前さんた

ちのことを陰から守る約束なんだ。お前さんたちの中には、わしが抱っこして寺へ連れてった者

もいる。可愛いお前たちは、どうか罪科と無縁であってくれ、どんなに悪しき者と出くわしても

決して悪に染まらんでくれ、と祈りながらね」

話しながら、松右衛門は腕の中で泣きわめく赤ん坊を優しく揺すっている。赤ん坊の一人が泣

きやむと、他の二人も安心したように泣き声を上げるのをやめた。

「あたしたちが、悪いっていうんですか」

お鳩が言った。屹然としてはいるが、先ほどまでの勢いを失っていた。

「いいや。わしだって、この男の首をくくって吊してやりたいと思っているよ」

その言葉に、慧雪の足の下で、秋津がぎくっとなった。

「でもな、わしやお前さんたちが勝手にこいつを罰したりしちゃいけないんだ。納得できんだろうねえ。けれども、頼むよ。どうかわしの顔に免じて、手を引いてくれ」

そう言って松右衛門が膝をつき、赤ん坊たちを太い腕でしっかり抱きながら、深々と子どもらに向かって頭を下げた。

七

子どもらが泣いていた。

土蔵の柱に秋津を縛りつけ、その前に屍を二つ、菰をかぶせて横たえている。毒殺された弥太郎と侍の屍である。

三者の前で、悲しみの涙を、あるいは悔し涙をながす子どもらを、光國、中山、阿部、罔両子、そして慧雪が、並んで見ている。秋津を旅籠から拉致した翌昼であり、僧たちはちょうどまた茶礼の最中だった。

「悪事を暴いたは手柄だ。こやつを殺めず我慢したは良き行いだ。よう耐えたな」

光國が言った。泣く声が大きくなった。

了助は木剣を胸に抱き、端のほうにいる。自分は泣いていない。それで埒外にいる気がした。

仁太郎の言葉が脳裏でこだました。よそ者。悲しくて胸が痛くなった。

その了助に、罔両子が目を留めた。

「慧雪さんのお話では、了助さんが最初に止めたということです。了助さんはなぜ、そうしたん

「ですか」

「それは……みんながお咎めを受けないように……」

「それはなぜでしょう?」

了助はまごついた。よそ者。そう言われて悲しい理由がやっとわかった。

「おれ、手合いのみんなが好きだ」

子どもらのすすり泣きが静まり、全員が了助に顔を向けた。

「みんなに、吽慶さんや、錦や、ここに来る前のおれみたいに、なってほしくない」

涙で濡れたお鳩の顔を、ちらりと見た。

「お鳩が刀持ってるの見て、止めなきゃと思った。お鳩は、何度もおれを助けてくれた。おれ、お鳩が好きだ。お鳩のこと大事だと思ってる。だから止めたかった」

本心をありのままに口にした。子どもらの視線が、了助からお鳩に移った。お鳩の顔がみるみる真っ赤になっていった。

「みな、了助さんと慧雪さん、そして松右衛門さんに、感謝しましょう」

岡両子が言った。

「あとは我らが司る。おのれの『寺』に戻り、持ち場につけ。良いな」

中山が命じた。子どもらが無言で蔵を出て行った。了助もそうした。誰も了助に話しかけなかった。お鳩も、了助の顔も見ずに行ってしまった。

休憩を終えた僧たちが庭に出て、作務を再開していた。了助も箒を持ち、一人でお堂の裏手へ向かった。そこが持ち場だった。木剣をお堂の壁に立てかけ、掃き掃除をしようとして、足を止

めた。

いつの間にか了助の前に、土蔵にいた拾人衆の面々が勢揃いしていた。

秋津に仕返しできなかったことを怒って来たのだろうかと思った。だが違った。

伏丸がひょいと右手を上げて、了助に近づいた。どういう意味か思い出し、了助も右手を上げた。伏丸が、ぽんと叩くようにして、了助と手を合わせた。手合い同士であることを確かめる符牒だ。

了助の胸の底のほうで、かっと熱いものが生じた。とても心地好い熱だ。そのせいで、思わず涙ぐんでしまいそうになった。

伏丸が歩き去った。すぐに燕が来て、了助の手をぽんと叩き、軽快に走り去った。鳶一が、鷹が、小次郎がそうした。仁太郎と辰吉がでかい手で、了助と手合わせした。春竹、笹十郎、幸松が手を伸ばしてそうした。巳助がにっこりして手を合わせた。巳助の仲間もそうした。ほかの「寺」の韋駄天たち、力自慢の者たち、目の不自由な少年少女、様々な出で立ちをした者たちが、後から後から手を合わせてくれた。

亀一が了助の手の位置を確かめ、ぴったり手を合わせ、会釈して去った。最後にお鳩が残った。そっぽを向いている。了助はずっと手を上げたままだった。だがお鳩が来ないので、手を下げた。

お鳩が歩み寄り、了助の右手を取って、おのれの頬に押しつけた。了助は柔らかくてすべすべした感触にびっくりした。それがどんな符牒かわからなかった。

お鳩が、ぱっと了助の手を離した。小走りに脇を通り過ぎてゆく。

50

「今の、なんて符牒なんだ？」
「知らない！」
お鳩が振り返らず言い、その姿がお堂の角へ消えた。

　　　八

「あの御仁の言葉を借りれば、まことにもって重畳……という次第ですかな」
阿部忠秋が言って、茶碗を手にした。
水戸の上屋敷の茶室である。光國が応接し、他に客はなかった。
「ええ。秋津が毒で殺したのは、紀伊田辺藩の藩士でありました。屍を送り届けたところ、版木を取り戻すよう命じたと、安藤帯刀がわしに話してくれました」
「ようやく絵図の出所がわかりました。それを作らせた者を逃がしたものの、これ以上、絵図が広まることを防げます」
阿部が微笑んで茶を喫する様子を、光國はさりげなく観察しつつ、
（──それがしが話さなかったは、御三家の方々とのみ、お話しすべきだからです）
安藤帯刀の話を、思い出していた。
光國が家人に藩士の屍を安藤帯刀の屋敷に運ばせると、ようやく安藤は口を開いた。その言によれば、絵図製作を命じたのは、藩主たる紀伊徳川頼宣であった。光國の伯父であり、尾張徳川義直亡きあと、徳川家の長者でもある男だ。

「絵図は以前より準備されておりました。大火後の町割りに後から書き換えております。また、大火そのものも調査するよう殿から命じられておりました。それら絵図と調査の成果を、博奕に狂った藩士が盗み出し、不逞浪人に売り渡したのです」

「ゆえに賊が火元を知っていた、と」

「はい。盗みを働いた藩士は、殿自ら、首を刎ねましてございます」

「さようでしたか。しかし、由井正雪の一件による謀叛の嫌疑は晴れたはず。今さら何を警戒し、口を閉ざすのです?」

安藤帯刀の眼差しが鋭くなった。

「賊がまいた絵図に記された火元のうち、我らの調査と異なるところがあります」

「なんと?」

「度重なる出火のうち、一つが本妙寺からのものとされておりますが、違います。その火元は本妙寺の隣、老中・阿部豊後守様の親戚筋にあたる、阿部対馬守の屋敷なのです」

光國は瞠目した。幕閣に縁のある者の屋敷から火が出たと聞いていたのだ。

「老中たちが決めたのです。幕閣に縁のある者の屋敷から火が出たと世間に知られるのはよろしくない、と」

「理屈はわかるが……そのようなこと、父からも聞かされておりません。我らが独自に調べ、判明いたしました」

「老中たちは、御三家には一切お伝えしておりません。我らが独自に調べ、判明いたしました」

ぬう、と光國は唸った。幕閣による御三家外しが想像よりはるかに深刻で強硬であることを悟ったのである。大火の火元という重要な情報を隠すなら、それ以外にも多くを秘匿しているに違

いなかった。

「だがそれでは賊めらが老中を慮って、本妙寺を火元としたということに……」

光國は口をつぐんだ。それでは賊まで阿部忠秋に遠慮したことになる。そんなことがあり得るのかという衝撃が遅れて来た。

安藤帯刀が深くうなずいてみせた。

「老中どもを信用してはなりませぬ」

光國はまた唸った。

そのときと同じ声を、阿部忠秋の前でこぼしかけ、ぐっと顎に力を入れた。

阿部が、ゆるゆると茶を喫して言った。

「秋めいて参りましたな」

「ええ。涼しゅうなってきました」

「長雨が来れば火つけも難しくなるでしょう。しかし季節は移ろうもの。雨が去れば、逃走した賊どもばかりか、きゃつらの手口を学んだ賊が騒ぎを起こすはず。今や江戸は全国の賊どもの標的なのです」

「同感です、豊後守どの」

「御曹司様が拾人衆の目付となられたこと、心強く思っております。どうぞ今後とも、ご助力のほどお願い申し上げます」

阿部忠秋が慇懃に頭を下げた。

「こちらこそ」

光國も頭を下げ返しながら、

（――信用してはなりませぬ）

その言葉が、胸の内でこだましていた。

浅草橋の御門

一

「えいさ！　えいさ！」

東海寺の敷地に、威勢の良い掛け声が響いている。

寺じゅうの僧とともに、近隣の村の力仕事が得意な男たちが総出で働いていた。

拾人衆も駆り出され、傷が癒えたばかりの両火房も望んで参加し、どちらも、元拾人衆である

慧雪の監督下に置かれた。

仕事は石運びだった。

ただの石ではない。どこかの武家が寺へ寄進したという、二十個余りの大小様々な灰色の石で

ある。それらを大事に運び、池の縁を飾るようにして並べるのだが、これが大変だった。最も小

さいものでも、了助が両手で抱えきることができないほどの大きさがある。

拾人衆の力自慢である仁太郎や辰吉はもとより、どんな大人も一人ではどうにもならない。並べ

た丸太の上をみなで転がしたり、あるいは縄と駕籠の棒を用いて十人がかりで吊り上げたりする。

芥運びで暮らしていた了助も、石を運ぶのは初めてだった。めいめい芥を背負えばいい仕事とは画然と異なる。まぎれもない普請だった。何日もかけて大勢で協力し合わねば到底達成できない。

池の縁には石を入れるための窪みが掘られている。罔両子が庭師と相談して定めた通り、向きや角度を整えながら、ぴたりと窪みに石を設置する。一つまた一つと置き終わるたび、みなが歓声を上げた。了助も、拾人衆とだけでなく、僧や村の大人たちと互いの協力を感謝し合った。罔両子はもっぱら指示するだけで手出しはしないが、人手をこの仕事に回すため、庫裏で典座たちとともに食事の用意をしてくれていた。

了助は作業中、たびたび水戸邸で一緒に稽古をさせられた剣術家たちとの連帯を思い出した。何日かすると、三吉と暮らした日々を心によみがえらせるようになった。三吉を喪って以来、思い出すのが辛かったあれこれも、汗みずくになって働くうち、不思議と平静に思い返せるようになっていた。

その頃の了助は独りではなかった。三吉や他の持たざる人々とともに助け合うのが当然だった。そしてそんな生活を意図して忘れようとしていた自分を、強く省みるようにもなっていた。また喪うのが怖くて、ずっと避けていたものごとを。

十日余りで大仕事を終えたときは全員が誇らしげで、誰もが、それまで顔も名も知らなかった相手と成果を喜び合ったものだ。

石を運ぶ日々のなか、気づけば一度も木剣を握っていなかった。自分の安全を守り、楽しみと自信を与えてくれる貴重な品を、完全に手放していたのである。労苦と喜びの日々が終わってのち、木剣を持ってそれが了助をことさら奇妙な気分にさせた。

改めて完成した庭を眺めたとたん、自分はいったい何なんだろう、などと、これまで経験したこ
とがない疑問がどこからともなく飛んできた。

しかもその疑問をやり過ごせなかった。むしろ増長するものが身に現れていた。

「のびたなぁ」

石の設置中、しばしば拾人衆の面々から言われるほど、毬栗頭（いがぐりあたま）だったおのれの頭に、ふさふさ
した髪が生じていたのである。

これまでは、しらみにたかられないよう、ちょっとでも髪がのびたら、おとうの形見の懐刀（ふところがたな）で
ぶつぶつと切って捨てていた。だが東海寺で了助はほとんど髪がのびて、しらみのいない世界を知った。

部屋の掃除は毎日する。いつでも水浴びできる。数日おきに風呂にも入れる。清潔そのものだった。

何より、同房の者たちはみんな髪をのばしていた。将来を期待してのことだ。

みな童行（ずんなん）でいたいとは思わず、いつか養子の口を得て、職人や商人になりたいと願っている。

だが僧形では願いがかなわない。髪は、身分を得る上でも、示す上でも、きわめて重要だ。お鳩（はと）
も、そう言っていた。

「髪のばしなよ。もしかしたら水戸様のお小姓（こしょう）にしてもらえるかもしれないのに、どうやって前
髪作るのよ」

しきりに言われるので、つい了助も髪を切って塵（ちり）と一緒に掃いて捨てるということをしないよ
うになっていた。

だが、髪をどこまで切らずにおくべきか。伸ばしたあとどうすべきか。まるで勝手に伸びた髪
に、禅問答を仕掛けられているようだった。

了助は、答えのない問いを振り払うようにして、大勢の手で綺麗に並べられた石の上に立った。

純粋に大仕事を終えた喜びにひたりたかった。だがすぐに、ただの石ですら、その個性に従って

定められる居場所があるのだという思いに襲われた。

お前はどうなんだ。池に映る自分まで、そう問うてくるようだった。

——うるさいな。

了助はおのれの頭髪を乱暴にかきあげ、石から降りて小石を一つ拾うと、水面で揺れる自分の

影に、ぽちゃんと投げつけた。

　　　　二

その日、水戸徳川光圀は、中山勘解由との面会に、浅草の茶屋の二階部屋を選んだ。

正月の大火後、浅草はいち早く復興を成し遂げ、以前にも増して賑わいをみせている。

大川（隅田川）と神田川を活用した物流の恩恵を受け、寺社地・武家地・町人地がほどよく並び、

異なる身分の人々が連携して、焼失した家屋の普請に尽力した成果だった。

浅草寺の裏にあたる千束の地に、吉原が移転したことも大きかった。浅草寺の境内とその周辺

は、もともと雑多な店がひしめく盛り場だ。そこに吉原の存在が加わったのだから、今や江戸最

大の遊興の地と化したといってよかった。

「なぜ、こんな場所を選んだのです?」

盛り場嫌いの中山が、まったく寛ぐ様子もなく尋ねた。

光國は、片肘を畳につけ、寝そべったままでいる。

「敵は市井に紛れ込んでおる。こうした土地に馴染んでおかねば下手人を取り逃すぞ」

「馴染んでいる者を、上手に使えばよいだけでしょう」

予想通りの返答が来たとき、戸の向こうで階段をのぼる足音がした。

「御免よ、入るぜ」

威勢の良い声とともに戸が開き、妙な取り合わせの二人が現れた。

声の主は、水野十郎左衛門成之である。きんきらきんの異装を好み、旗本奴の集団である大小神祇組を作った、三千石の旗本だ。丹前風呂の一件ののちも火付け強盗に関する噂が入れば、幡

随院長兵衛と同様、光國や中山に報せてくれているのである。

その横にいるのは、鎌田又八だった。こちらは勧進相撲の一件がきっかけで、光國や中山のために働いてくれている。

「よく来てくれた。入ってくれ」

光國が二人を手招きした。

「谷様、駒込様のお二方がお揃いとは、かたじけねえや」

水野がにやっとして言った。

又八にとって、光國と中山はいまだに旗本の谷左馬之介と駒込八郎だが、水野には正体を知られているのだ。旗本に偽名は通用しない。顔も知られている。そのため光國は中山から、

「旗本奴どもに姿を見せたのは、少々、軽率でしたな」

などと面と向かって誹りを受けたものだ。

だが身分というものは、争いを抑止するといった効果がある限り活用し、邪魔なときは無視す

ればいいというのが光國の考えだった。合理的すぎて身分を道具のように使うという点は、ある

意味、奴どもよりも過激で始末が悪い。水野と又八を茶屋で同席させるなど普通ありえないが、

光國は、市井のためという目的のもとであれば当然としていた。

「二人とも、まずはやってくれ」

光國が盃を並べた盆を差し出しながら徳利を取った。

「こいつはますますかたじけねえ。ありがたく頂戴するぜ」

水野が、不遜な態度で盃をつかんだ。はなから坐相を崩し、片膝を立てている。

光國は咎めないが、中山のほうはあからさまに目つきが険しくなった。

又八は神妙に座っている。以前に比べ、身なりは格段に良かった。堅実な商人体である。だが

やはり、異様に図体がでかいせいで何を着ても見世物じみて見えた。

光國も水野もひときわ大柄で、彼らに比べて小柄に見える中山とて、そもそも上背があるほう

だ。そんな男たちが集まったせいで二階部屋が急に手狭になり、面々と膝を突き合わせる中山が

居心地悪そうに肩をひと揺すりした。

光國は気にした様子もなく、徳利を振って言った。

「又八、貴様も盃をとるがいい」

「はい、ありがたく頂きます」

「二人とも、我らに話があるそうだな?」

光國が切り出すと、

「ええ、ちょいとね」

水野が、勿体ぶるというより、警戒を示した。

又八のほうは、口をつぐんで微動だにしない。

「例の正雪絵図の摺師は、賭場で極楽組や紀伊藩士とつながった。

間捜しに使われたとみて、こちらの駒込八郎が、ほうぼうに監視をつけておる」

光國が水を向けたが、水野はまだ喋らない。自身も賭場に出入りしており、それを喋ったとた

ん問答無用で引っ捕らえられることを警戒しているのだ。

賭博は犯罪である。江戸では一般に追放か遠島だ。

これは、開府者・徳川家康が命じ、二代目将軍・秀忠が発布した武家諸法度の第二条、「群飲

佚游ヲ制スベキ事」の文言を根拠としている。大勢で酒を飲み、遊興に耽ってはならない。だが

何を制すべきかは場合によって異なるし、むしろ武士のたしなみとみなされる遊戯もある。

盤双六の賭博は芸とみなされ、名人と呼ばれて旅する者たちが古くからいる。将棋や囲碁も当

初はそのたぐいで、今では碁方という立派な職制が定められていた。寺が富籤（宝くじ）を売るの

も賭博だが、これは幕府公認だ。

そして明暦三年（一六五七）の今、大火後の復興によって、賭博が一大流行となっていた。

寺社の普請料を賄わせるため、富籤や相撲の興行を幕府が許したからだ。普請料のためならば

賭博も許されるだろう、という空気が広がり、武家、寺社、町家、農家のいたるところで、賭場

が開かれるようになったのだった。

必然、身を持ち崩す者、人を欺く者が増加する。こうなると各奉行所も賭博に敏感になる。湯

屋数百軒の取り潰しについて、賭場の一斉取締りも噂されていた。

「案ずるな。わしも、そこらの賭場で軽く遊んできたところだ」

だが光國は堂々と言った。中山が天井を向いて溜息をつき、又八がぽかんとなった。

「なんてまあ豪気なこった」

水野がいろんな意味を込めて言った。

光國はにやりとして持論を述べた。

「賽の目に賭ける遊びを行ったのは戦国の世の武将たちだ。合戦に生命を賭ける気迫を、賭け事で培ったという。兵を鼓舞せんとして賭けを行わせた者もいるぞ。土佐の武将などは、兵を昂揚させんとして闘犬を催したそうだ。もともと博奕の奕の字は、勝って輝くことをいう。すなわち文武両道の心がけよ」

うんちくと屁理屈をこね合わせたような言い分に、水野がたまらぬといった様子で大笑いした。

又八は、武家の人が言うならそうなのだろうというように感心した顔だ。

中山が咳払いし、話を戻した。

「それで、話とは?」

「そちらは、賭場をどうやって見つけてるんだい?」

水野が無視して聞き返した。

中山が不機嫌そうに細い目をうっすら見開いた。普段は平和な面相の中山がそういう表情をすると、冷酷そのものといった印象になる。だが、水野も平然としたもので、聞かねば教えないと全身で告げている。

ここでも光國が橋渡しをした。

「札差と座頭金を見張らせておる」

前者は武家の、後者は町家の金貸しだ。

どちらも、賭場に出向いて金を貸し、あるいは回収する。調子が良い客にはどんどん貸すが、負けが込んだ客は脅してでも回収しにかかる。後世、賭場を仕切る代貸し稼業のような役割といえた。

当然、江戸のどこに賭場が立つかを知り尽くしている。

「さすが、目の付け所がめっぽう確かだ」

水野が誉め、さらりと告げた。

「若菜久喜っていう御家人がいる。暴れ者の三男坊でな。足は洗ったが、元は鶺鴒組の奴さ」

「鶺鴒組という……確か先年、取締りで消えた組であったか?」

光國がすぐさま思い当たって言った。御家人の次男、三男が、上様の耳に入るほどの不行跡ってやつをやらかして大捕物になったわけだ。まんまと逃げた若菜と元鶺鴒組の連中が、人を集めて石川播磨守の邸に放火したっていうのさ」

「よく知ってるねえ。

ほう、と中山が身を乗り出した。

「そやつらを奉行所に突き出したのでは?」

「二十人ばかり、な。全員ってわけじゃない。特にこの若菜って野郎は、江戸から逃げちまってたんだが、六日ほど前、名と風体を変えて賭場にいんのを、おれの仲間が見たわけだ」

中山の目が鋭く光った。

「どこの賭場だ?」

「ほうぼうの賭場さ。上客を引っこ抜いて、自前の賭場に集めてやがんのよ」

「賭場を開帳したのか」

これにはさすがに光國も驚き、

「上客ばかりを集めて、か……」

その点に表情を曇らせた。

裕福な遊蕩者が集う賭場では、借金取りは無用である。それではせっかく張った諜報の網が効果を失ってしまう。

「おれも肝心の賭場がどこかわからず、行き止まりにぶつかったところを、こちらの鎌田さんが意外にもきっかけをくれてねえ」

水野が話を向けたが、又八は黙りこくったままだ。自分が喋ってよい場ではなく、ただ拝聴しようと決め込んでいるのだろう。

「又八よ。仔細を話してくれんか」

光國が言った。

「え? わしがですか? や、はい。その……、色々ありましたが、近頃やっと家の商売を手伝う気になりまして。はい、出が商家で。伊勢国の松坂藩ですが、蔵が江戸にもあります」

「豪商ってやつさ。腕っ節も強けりゃ銭もあるってんだから。それこそ賭場の一つも開いたらいいじゃねえの」

「や、滅相もない……鎌田村という、小さな村の味噌造りから始まった、小さな蔵元に過ぎませ

んです」

「又八の里とこの一件と何の関わりがある？」

中山が少々苛立ったように口を挟んだ。

「おっと、口を挟んで悪かったな。さ、続けてくれ」

水野が親しげに又八の腕を叩いた。又八のほうはともかく、水野はすっかりこの巨漢が気に入っているらしい。

「へえ、その、家の手伝いで、よく、この近所の船着場におりまして。勢州から来る船の荷下ろしをしているんですな。それであるとき、水野様の言う男が、いきなり現れまして。博奕好きの上玉を、自分たちの賭場に誘うのが仕事で、このわしに、用心棒をやってくれと言うのです。縄張り荒らしがひどいのかと聞くと、まあそうだと笑うんですな」

いわゆる客引きと用心棒の関係だが、この頃の賭場はまだ組織化されてはいない。後世、貸元を頂点とし、代貸し、中盆といった賭場組織ならではの階級が定められ、遊侠の徒を称する人々によって全国的な人脈が築かれることになるが、この頃はもっと曖昧で単純だった。

それでも、賭場の主催者たちが縄張りを争い、そのため用心棒を雇うという構図は、今も後世も不変である。

「ただ一緒に歩くだけで、銭はたっぷり払う、と。なぜわしなのかと訊くと、この男、おれは草莽組の一員で、浅草橋の御門のことに、義憤ある侠客を集めている、と言うのです」

「先の大火で御門を閉じたゆえか」

光國が言った。又八が目を伏せ、深くうなずき返した。それは、正月の大火における数々の悲

劇の中でも、特に無惨な事件だ。

始まりは、小伝馬町の牢屋敷である。

牢屋奉行であった石出〝帯刀〟吉深は、このままでは囚人たちが焼け死ぬのを哀れみ、全員の切り放ちを決断した。再び戻ることを大前提として、囚人全員を解放したのである。

牢の鍵は町奉行所が保管し、それを持ち出すにも官僚的な手続きが必要となる。そんな余裕はなく、石出は自ら、牢を閉ざす錠を破壊して回った。まさに切り放ちである。

後日、囚人が一人として欠けずに戻ったことから美談として語られることになったものの、別の悲劇を生み出したことでも知られるようになっていた。

浅草橋の御門を守る門番たちが、囚人の出で立ちをした集団が現れたため、脱走とみなして門を閉じてしまったのだ。

大火の混乱の中で御門が閉じられた理由がそれだった。結果、日本橋一帯から浅草方面へ逃げようとした二万人余が、逃げ場を失って死んだ。ある者は焼け死に、ある者は川に飛び込んで凍死し、ある者は狂乱する群衆に踏み潰されて死んだ。

そしてその門を押し開いたのが、怪力で知られたこの鎌田又八なのである。

なお、囚人たちは門が閉ざされるや、すぐさま方向転換して生き延びたという。

凍てつく寒さの中、大川を泳いで渡り、あるいは船を見つけて漕ぎ、対岸へ逃げたのが奇跡だった。もし多くが死んで川に流され細った囚人たちが、そのような試練に耐えられたのが奇跡だった。もし多くが死んで川に流されていたら、逃走と判断され、切り放ちを決めた石出も処罰を免れず、悲劇に悲劇が上乗せされていたはずである。

ただし、石出の処分についての最終的な決定は、まだ下されていない。大火から半年以上を経てなお、幕閣の意見が割れているからだ。

光國が、ふうむ、と唸りながら首を傾げた。

「浅草橋の御門の件で、誰に義憤を向けるというのだ？　門を閉じた門番たちも、結局、見附が火で崩落し、全員死んだではないか」

「また御門が閉じるときは、押し開くことを大義とするとか言っていました。それと、石川播磨守様が、懲らしめられることを願っているそうです」

「なんだと？　石川播磨守が、御門を閉じさせたとでも言うのか？」

光國は驚いた。確かに、石川"播磨守"総長は一時、大番頭に任じられていたが、その後、父祖の遺領のうち一万石を継いで、伊勢国神戸藩を立藩し、大名となっている。

江戸在府の大名たちには、当番制で火消しの務めが回ってくるが、大火の際に石川播磨守が当番だったとしても、わざわざ御門を閉じさせた張本人とは思えない。

いや、どんな大名も、そのような命令を下しはしないはずだった。

浅草橋の御門は、常時開放の門の一つである。夜でも閉じはしない。誰もが開いていると信じる門を、大火のまっただ中で閉じれば大勢が死ぬのは明白だ。もし本当に石川播磨守が門を閉じさせたなら、幕閣がとっくに処罰を決しているだろう。

「濡れ衣をでっち上げたんだろうよ。憎む相手がいりゃ、有象無象を簡単に束ねられるってもんだ。思うに、裏で仕切ってるやつが、作り話で元鶴鴿組の連中を集め、賭場まで開帳させたんだろう」

水野が経験上の意見という感じで述べた。中山も、その点ではうなずいていた。

68

「では、石川播磨守の邸に放火させたことも、そやつの意趣があってのこと、か……」

「だろうねえ。ちなみに、石川家から盗まれた金についちゃ、おれらがぶんどったってことを噂で流したんだ。なのに何の動きもありゃしない。つまり、草譯組を仕切ってるのがどこのどいつにしろ、金が目当てじゃねえってことさ」

「そやつの名や風体は、わかっているのか」

光國が尋ねると、また水野が、又八の大樹の根のように太い腕を叩いた。

「え……？ あ、はい、会ったことはないのですが、緋威と名乗る老武者で、草譯組の惣頭とか」

又八が言った。

光國が、中山とちらりと目を交わし、さらに問うた。

「惣頭……緋色の緋という字を使うのか？」

「はあ、たぶん。そいつの居場所がわかるまで、用心棒として雇われてやろうと思っております」

「よし、頼む。お前の身に危険が及ばぬよう、見張りは万全にする」

光國が即座に告げた。中山も反対しなかった。水野が破顔した。

「おれらも手を貸すぜ。何でも言ってくれ」

「大いに頼むことになるだろう」

光國が請け合った。中山は渋い顔をしたが、やはり異論を唱えることはなかった。奴どもは盛り場の事情に長けている。彼らを上手に使うべきときだった。

水野と又八が揃って立ち去ってのち、改めて中山が口を開いた。

「緋……極楽組が残した歌にあった字です」

錦きて　ゆくへも鶴の　緋のそらや

ねがふ甲斐ある　極のしるべ

極楽組が、わざわざ残した歌のことだ。今では光國も中山も諳んじることができるほど頭に叩き込んでいた。

「惣頭という言い方も、極楽組に特有であったな。我らの包囲を破った五人の一人が、仲間とともに江戸を出たと思うと、その実、潜伏していたというのか」

「阿部様にお知らせしましょう。町奉行、寺社奉行の手の届かぬところには、拾人衆を配置します」

眼光鋭く言って膝を立てる中山を、光國が咄嗟に手を振って止めた。

「待て。品川へ向かう船を手配した。阿部どのへの報告は、後にしろ」

「船ですって？」

「うむ。楽だし、速い。わしも行く」

中山が中腰のまま呆れ返った。

「そんなことをして、どれだけ経費がかさむやら。それで、いつ阿部様にお知らせするのです？」

このとき光國の脳裏にあったのは、

（——信用してはなりませぬ）

紀伊徳川家の附家老・安藤帯刀が告げた言葉であったが、表には出さずに言った。

「あとでわしが報せを出す。とにかく今は寺へ行く。極楽組を取り逃してはならぬぞ」

だがそこで中山が眉をひそめ、

「阿部様に対し、ご懸念が？」

たちまち見抜いたのは、この男の眼力の確かさと、また光國の若輩ぶりを物語っている。

光國は、すぐさま切り返した。

「大目付などに獲物を掠われないようにしたいのだ。どこで内情が漏れるかわからぬ」

これで中山も納得してくれた。相手の執念を刺激し、目を曇らせる嫌なやり口だ。我ながらそう思うが、仕方なかった。身内を疑い、嘘を重ねる。諜報というもののいやな領域に足を踏み入れつつあることを感じながら、光國は、中山とともに船着場へ向かった。

　　　　三

「何ならこの寺で賭場を開いて、大儲けしましょうか」

岡両子が、しれっと言った。

住職のくせに、そういう生臭いことを平然と口にする。むろん私腹を肥やしたいわけではない。逆に、無一文になって橋の下などで貧者に混じり、修行し直したいという種類の人間だ。むしろそうしたいのを我慢して、東海寺の管理をしているといっていい。

岡両子の発言は、寺や拾人衆の管理に金が要るというだけの話だった。寺は賭博を咎められない聖域と考えてもいるのだろう。

だが同席した三ざると了助のうち、お鳩が珍しく口を挟んだ。

「このお寺で賭け事をするだなんて、とんでもないことです。いけません。駄目です」

「でも、すごく儲かるんですよ、賭け事」

岡両子はどこまでも涼しい顔だ。

「わざわざ新たに賭場を設ける必要はありません。又八が賭場の場所を調べてくれています」

我々は、草譯組の賭場と緋威の捜索に注力しましょう」

中山が言い、岡両子が肩をすくめて反論しないのを見て、拾人衆へ命じた。

「みざるの巳助、きかざるの亀一、"草駄天"の鷹を、私の手元に置く。いわざるのお鳩は、緋

威を首尾良く捕らえられたときに働いてもらうことになろう」

そこで光國が口を挟んだ。

「市中の賭場は、わしと水野たちで調べる。了助、どうだ？ わしと働いてみるか？」

「え？ あの……はい、やります」

了助は言った。どうだと光國から訊かれれば、こう答えるしかない。だが内心では、旗本奴と

行動することに嫌なものを感じていた。父の仇の同類なのだから当然だ。

お鳩が、じろりと横目で了助をにらんだ。

「変なこと覚えちゃ駄目だからね」

何をさせられるのかもわかっていない了助は、ぼんやり頭をかいた。髪が指に絡まるような感

じが、ひどく鬱陶しかった。

話が終わると、すぐに出発した。船である。海岸に出て、光國が手配した船に乗った。

快晴で波も穏やかだった。ひんやりする潮風を浴びながら、街道、品川湊、宿場町を海から一

望した。了助には初めての体験だ。たまらなく爽快だったが、風に煽られて顔のあちこちに触れてくる髪が、その良い気分にも水を差した。しきりにかきあげていると、

「髪、邪魔なのか？」

と巳助が訊いてきた。

「うん」

「了助も、手合いの行師になるのか？」

行師とは、拾人衆の符牒の一つで、他の誰かに教えるほど特技に長けた者のことだ。

「さあ……」

「御師様たちがいるところに一緒に座れるのに」

同房を差し置いて優遇されるのはなんでだと訊いているのだろう。岡両子からは、

「行師になりたければ、なってもらいましょう。御曹司様も中山様も、あなたの棒振りの技には一目置いています。ただし、そのときは誰かの命を預かることになりますよ」

などと言われている。技を教えれば、それが必要となる局面に、その相手を置くことになる。教えが悪ければ死なせてしまいかねない。そもそも教えられるものだとも思っていないのである。

「わかんないよ」

了助は言った。巳助がうなずいた。

「おいらも、行師になると思わなかった。寺に拾われなきゃ野良犬に食われてたってことしか考えてなかったんだ。捨てられないよう、必死に技を覚えたよ」

了助も、必死に生きるすべを求める気持ちはよくわかった。むしろそれ以外に何かをまともに考えたことなどあっただろうかと思うほどだ。

「お鳩は、お前のこと弟と思ってんのかもな」

巳助が急に話題を変えた。了助は首を傾げた。

「弟？」

「あいつの弟、病気で死んだんだ。ちょっと変わってて、ずっと武士になりたがってた」

「武士に？」

「お前は、お前が、弟の願いを代わりに叶えてくれるって思ってんのかな」

了助は何と言っていいかわからず、口を閉じたままでいた。

「おいらも、お前なら、なれるかもって思ってるよ」

巳助が、了助が背に差した木剣を、ぽんと叩いた。

「わかんないよ」

またそう返した。

頭を撫で、髪をひと房握り込んだ。自分が髷を結ったところを想像したが駄目だった。生えてきた髪が、おのれの一部だという実感すらわからなくなっていた。

四

日本橋にある長屋が、了助たちの仮住まいとなった。当然ながら「寺」の一つで、そこのある

じは阿部の配下の忍だ。

翌日、中山が来て、巳助と亀一と鷹を連れて行った。

了助は、白い衣の上に黒い羽織をまとい、庭で木剣「不」を振るっていた。

そこへ、光國が旗本奴を大勢つれて現れるや、凝然と絶句した。きらきらした衣裳の奴どもが

並んでこちらを見ている。それだけで心臓が震える思いだった。

水野が笑みを浮かべて言った。

「見ねえ。くじりの了助様だ。お前ら、童と侮るなよ。おい、了助どん、よろしくな」

了助は目線を落とし、何とか小さくうなずき返した。

血が沸騰するような、それでいて心が凍てつくような、わけのわからない気分になりながら、

光國と奴の徒党とともに、浅草方面へ徒歩で向かうこととなった。

光國は、珍しく了助の気分をすっかり察しているようで、

「案ずるな。決してお前に手を出させぬ。奴とみれば頭に血が昇り、心乱されては、お前が危う

い。緊迫の気を張れば、かえって喧嘩を売られる。嫌だろうが、慣れねばならん」

了助を同行させた理由をそう述べた。

「……何のために喧嘩なんか売るんですか?」

「恥をかかせ、相手の名を貶めるためだ。家柄だけがあり、お役も将来もなく、あるのはただ名

のみ。それゆえ相手の名を称えるか貶めるかということに執着する」

了助にはまったく共感できない。食うために必死の者からすれば、天災そのものだ。

「そのような心根こそ恥ずべきなのだ。決して、そうなってはならんぞ」

光國が言った。了助の嫌な気分を理解してくれている調子だった。それでふいに、ぴんときた。

「御曹司様も喧嘩を売られたことがあるんですか?」

「うむ。何度となくな」

そのたびに撃退してやった。

了助は安心した。この人は自分の側なのだ。奴との関係においては純粋にそう思えた。

落としがちになっていた目線を上げ、亡き永山に教わったように、丹田に力を入れて歩いた。

人でごった返す日本橋を渡り、浅草の盛り場へ向かう途中、水戸家の蔵屋敷に入り、そこの長屋に、みなで上がった。

一同が腰を落ち着けると、彼らの前に光國が座り、いかにも威風堂々と話し出した。

「貴様らの手を借りて草譯組の賭場と、惣頭の緋威を捜し出す。十日の間、ここは出入り自由だ。この長屋以外、足を踏み入れるな。よいか」

風呂焚き、酒肴は、おのれらで用意せよ。

「おうよ!」

水野たちが威勢良く返した。数は十二名。大小神祇組の中でも、喧嘩と博奕に自信のある者たちだという。

「では、賭場が開くまで、手指を温め、目を鋭くしておくとしよう」

光國が手を叩いた。戸ががらりと開いた。水戸家の用人たちが、大小様々かつ色取り取りの品を運び入れるや、水野たちが、おおっと歓声を上げた。

運ばれたのは、賭博の道具である。双六盤、かるた、さいころ、碁盤に将棋盤。全て、遊びが過ぎる家臣から光國の父が没収させたものだ。

76

「くれぐれも、金銭や着衣、腰のものなど賭けるなよ。あくまで遊びであるぞ」

光國が言ったが、これには合いの手がなかった。水野たちが賭博の品に飛びつき、そこかしこで遊び始めていたからだ。

一瞬にして賭場そのものと化す部屋を、了助はぽかんとなって眺めた。

遊び戯れるというには殺伐とし過ぎだった。彼らの間を光國が練り歩き、賭場に送り込む賭け上手を吟味した。かと思うと、了助のそばで腰を下ろし、言った。

「了助。お前も少々たしなんでおけ。大人になってから下手にのめり込めば、いくら借財しても足らなくなる」

その言葉だけで、恐ろしくて博奕などできないと思ったが、光國が用人に道具を用意させるのを黙って見守った。

まず綿布を鋲留めした茣蓙が置かれた。幅二尺（六十センチ）、長さ二間（三・六メートル）が普通だという。仏様への供え物を乗せる茣蓙みたいだった。

その盆切れと呼ばれる茣蓙の上に、三種の品が置かれた。

さいころが二つ。ツボと呼ばれる、笊を壺型に編み、中が見えないよう黒い布を貼ったもの。

そして、コマと呼ばれる、銭と交換する木札の束だ。

「丁半の道具だ。江戸で鉄火博奕の賭場といえばこれ、という遊戯でな」

「鉄火博奕？」

「賭場の熱気を、鉄が焼けるさまに喩えたのだ。そこそこの賭け金で遊べる場でも、大金が必要な場でも、遊戯そのものは変わらぬ」

「はあ」

「このツボに賽を二つ入れて振る。出た目の合計が丁（偶数）か半（奇数）かを当てる。半とは字とは逆に、きっかり半分にできぬ数と覚えよ。一、三、五、七、九などだ」

了助はうなずいた。半分にできる数かそうでないかは、芥運びの手間賃を分け合うときに重要だったから、しっかり頭に入っている。

「どうやって当てるんですか？」

数よりそっちが重要だった。さいころの出目を予測できるとはとても思えない。

「運を頼む」

光國が、きっぱり告げた。

「一か八か、という言葉がある。これは丁と半の字の上の部分をとったものだという。この一身を、天運が決するままに任せることをいう」

得意げに語りながら、盆切れを指でなぞり、「丁」と「半」の字を教えてくれた。

「百聞は一見にしかずだ。やってみるぞ」

光國が木札を自分と了助に配り、

「賭場では、中盆と呼ばれる者に、客もツボ振りも従う。ここは遊びゆえ、わしがツボ振りをしながら賭けてくれよう」

手慣れた様子でツボを取り、さいころを二つ、さっと放り込んだ。

ツボを振り、さいころが小気味よい音を立てた。かと思うと、たん、と勢いよくツボが盆切れの上で伏せられた。ツボの中で、さいころが止まる最後の音がした。賽の目が決したのだ。その

78

ことが強く意識され、了助はツボをじっと見つめた。何も見えるわけがないのに、目が釘付けにされる気分だった。

「張った張った、と中盆が言ったら、丁か半にコマを出せ。待て、一度に全部出すな。いや、出してもよいが、手習いなのだから少しずつ出す方がよかろう。どちらに賭ける?」

「えっと……丁です」

「ではツボ振りの前にコマを置け。半の場合は、ツボ振りの手の届かぬ辺りに置く。では、わしは半に賭けよう。よいか? よいな? では開くぞ」

光國がツボをそっと持ち上げた。出目は、四と六。丁だった。

「お前の勝ちだ。勝った者が、負けた者のコマをもらうことができる」

二人が出したコマがひとまとめにされ、了助の前に置かれた。

「四と六で、シロクの丁だ。どの数が出るか当てることで余計に多くのコマがもらえる」

光國が指先でさいころを動かし、組み合わせについて説明した。二つ同じ数字が出たらゾロ目またはトオシ。一と一はピンゾロ、三と一はサンミチ、五と一はグイチなど、全ての出目に異なる呼び名がついていた。

「出目のかたちは、二十一通りだ。丁となるのは十二通りだが、半は九通りしかない。出目によってコマの返しや、賭場を営む者たちへのテラ銭という支払いをする。これらは一律ではないゆえ、賭場に行くたび確かめねばならん」

さいころを二つ用いると、丁半の組み合わせの数に差が出ることが不思議だった。光國が相手だから頑張って組み合わせを覚えたが、これが拾人衆同士だったら、とっくに飽きて居眠りして

いたかもしれない。数字の足し引きは、禅問答なみに眠くなるのだ。

やがて日が暮れ、茶漬けが振る舞われた。賭場でも酒や料理が出るが、腹を満たして気を落ち着けておくためだった。

「賭場で、多少の酒を口にするのはよいが、あらゆる者に目を光らせよ。よいな」

光國が命じ、おうよ、と奴どもが勇ましげに応じた。数人ごとに分かれて蔵屋敷を出発し、夜の灯りが点り出す浅草へ向かった。

光國も、お忍びの出で立ちで、了助と水野家の供二人と、水野との連絡役である奴一人を連れ、蔵屋敷を出た。市中において、光國は御家人の谷左馬之介を称する。了助は間違えないよう、谷様、谷様と口の中で唱えた。自分は谷様の小姓役だ。町奴から奪った黒い羽織姿で、木剣も帯の背側で差した。

光國たちのあとについて歩くと、まるで奴連中の一員にされた感じがして落ち着かなかった。そばに本物の旗本奴が一名いると思うと胸がざわざわした。確かに光國の言う通りだ。旗本奴に喧嘩をふっかけられたとき、こうも心が乱れては、身が強ばって棒立ちになってしまう。こいつらに慣れろ。怖じ気づくな。野犬と同じだ。きらきらした服を着て喋る犬っころだ。そんな風に自分に言い聞かせながら、大人たちと一緒に、御門をくぐった。

江戸に三十六あると俗に言われる見附御門のうち、外曲輪の最東北、神田川の南岸の橋詰めに設けられた、浅草橋の見附御門。

通称、浅草口、または浅草御門。奥州道中・日光道中へ通じ、神田川と大川の合流地点にあり、戦時においては江戸の防衛拠点の一つとなる重要な門だ。

80

普請したのは、越前松平、すなわち徳川家康の次男であった結城秀康の子、福井藩主たる松平忠昌である。

見附と呼ぶのは番兵を配するからで、ちょっとした砦といっていい。

どの見附も門は二重で、外側を高麗門、内側を渡櫓門という。両門と巨大な石垣に囲まれた空間は、右折型の枡形と呼ばれる構造となっている。入って突き当たりの壁際に番兵が詰める小番所が建っているが、防備はそれだけではない。

江戸城を攻めんとする敵が、浅草橋を渡って日本橋へ向かうとき、まず高麗門を抜け、右へ直角に曲がって櫓門を抜けねばならない。櫓門の上部は、文字通り、弓や鉄砲を打ち放つ櫓となっている。高麗門を抜けた敵は、正面の小番所の番兵を相手にしつつ、右側から矢や鉄砲の弾を浴びることになるわけだ。さらに櫓門を抜けた正面には大番所があって多数の士が待機している。

江戸の御門の多くが、この右折型だった。

とはいえ平時の世においては両門とも終日開きっぱなしだ。通るのは町人、百姓、武士が主で、浅草寺や吉原へ行く者の多くがここをくぐる。

町人には馴染み深い門だが、将軍様や大名はここを通らない。彼らは西の筋違橋の見附門から、日光街道へ出るのが普通だった。

通行を咎められることはまずないが、銃を担ぐ者と、夜中に一人歩きをする女は例外だった。

そうした者が来たら門番が呼び止め、記録に残すことになっている。

番兵は、三千石以上の旗本の家々から、十日交替で派遣される。江戸城に近い大手門の番兵ともなると、朝晩の開閉に加え、日々の行事にも参加するため、十万石以上の譜代大名が遣わす者

たちが揃っている。そこに伊賀・甲賀などの手練れが見張り番として加わることで、緊張感の維持に一役買っていた。

だが、外曲輪の番兵は行事に参加せず、門の開閉もない。務めの大半は、雑草取りと掃除である。門前で箒を担ぐのは、野犬を追い払う犬追い中間だ。通行人を監視する番兵はみな立ったまま寝ているに等しい弛緩した様子だった。

光國一行も咎められることなく、この両門を抜けた。そして浅草橋を渡り始めるや、

（御門が閉じやがったぁ！）

了助の脳裏で、突然、叫びがわいた。正月の大火に襲われ、逃げ走るさなかに耳にした、怨みに満ちた声だ。

了助は息を呑み、門を振り返った。

もしあのとき、この御門が閉じなかったら。きっと大勢が生き延び、了助を育ててくれた三吉のおやじさんも、死ななくて済んだかもしれない。了助は思わず右手で木剣の柄を握っていた。

誰かを打ち払いたいのではない。復旧したこの門にまとわりつく嫌な記憶を払いたかった。目に見えない地獄が確かにここにあると思い、地獄払いの棒振りを渾身の力でしてやりたいと痛切に願った。だが往来の激しい橋の上でできることではなく、了助は木剣からしいて手を離した。

「どうした？」

光國が立ち止まって振り返るのへ、

「いえ、なんでも……すいません」

了助は身をすくめるようにして頭を下げ、一行の歩みに従った。

五

連夜、賭場に出入りした。

了助は、放蕩者の御家人にひっついて役得を得る、素性の怪しい小姓役を首尾良く演じた。子ども連れがいることは問題ではなかった。むしろどの賭場でも、働く子どもの姿が見られた。

寺では若い坊主が、農家の蔵では百姓の子が、商家では奉公人が、中間長屋では場主の子などが、客に料理や酒を出し、出入りの際の提灯持ちや、下足番、木戸番を担うのが当たり前だ。後世、三下などと呼ばれる下っ端の仕事で、この頃は子どもがその仕事をさせられていた。

咎められれば、関係者はみな追放か遠島である。その危険を冒して賭場を開帳する者がこれほど大勢いることに了助は驚いた。要は、それだけ儲けが見込めるのだ。

そしてその儲けを生み出すのは、ひとえに客の熱気だった。

誰もが、目に見えぬものを見ようとしていた。賽の目に翻弄されて動転し、有り金を全て失う者の哀れさを、了助は見た。逆に、波に乗って勝ち続けたものの、コマの山の重さに耐えられぬとでもいうように、最後は何もかも放り出すようにして負ける者の、蕩尽といっていい虚脱の面持ちを見た。どの大人も、この上なく必死で、そして滑稽だった。

どこでも町奴や旗本奴どもがおり、激昂して喧嘩をしでかそうとする者たちがいても、

「よそでやってくんな」

場主や、別の誰かにたしなめられるのがおちだった。

騒ぎになれば賭場の存続が危うい。賭場を営む者たちは例外なく一身を賭けている。

真剣さでは賭場の誰もが、客に負けていない。いかにも喧嘩好きな奴どもが、中盆のどすの利き

いた一喝で大人しくなるさまを何度も見た。

――こういうもんか。

おかげで、了助の奴どもに対する意識が如実に変化した。

賭場での最大の学びがそれだった。奴どもは確かに危険で恐ろしいが、ゆえにこそ平静に、胆

力をもって対処すべきであるのだ。真実、野犬と同じだと思えた。いや、野犬は言葉を解さない

が、奴どもには通じる。その分、木剣を振るう以外に、できることは多い。いつしかそんな風に

思うようになっていた。

定められた十日間のうち半分が過ぎた頃、

「よい面構えになってきたな。　偉いぞ」

賭場に赴きながら、光國に誉められた。

「ありがとうございます」

素直に礼を返した。心にわだかまる地獄が、また一つ薄らいだ気分だ。

捜索も成果を挙げていた。ほうぼうの賭場で草譯組の噂が広まっていたのだ。

上客ばかりか、腕のよいツボ振りや中盆まで引き抜き、ときには賭場を買い取るなどして、浅

草一帯を縄張りにしようとしている、とのことである。

水野の配下が、草譯組の組員だという御家人の子息らと意気投合するふりをし、酒を飲ませて

話を聞き出すなどして裏を取った。

噂は本当らしかった。全て惣頭の緋威という老武者の指図で、それを若菜が組員に伝えるのだという。草譯組の誰も、緋威の所在や、上客を集めた賭場の在処（ありか）を知らなかった。知るのは若菜だけである。

その若菜を、中山と拾人衆が監視しており、了助も往来でたびたび見た。巨漢の又八が、あえて派手派手しい装いをして同行するのだから雑踏の中でもすぐにわかる。

若菜は、又八を草譯組の顔にしたがっているらしい。火が迫る中、浅草御門を押し開いた人物を祭り上げ、組の大義とする、という魂胆なのである。

「お上を刺激せんとすること甚（はなは）だしい。幕閣と大目付が動きかねん」

光國はそのことを懸念した。中山も同感だった。御家人の子息が組員として多数いては三奉行所には取り締まれない。管轄外だからだ。必然、幕閣が動く。

「我ら以外に、若菜に話しかける武士がおれば報せよ。幕閣の遣いかもしれん」

光國が命じてすぐ、拾人衆の鷹が、報告の文を届けに来た。

受け取ったのは、了助である。賭場へ向かう途中、雑踏に紛れて鷹が現れ、

「御師様に手合いの届けもんだ」

符牒（ふちょう）混じりに言うや、竹筒を了助に渡した。

「わかった——」

了助が返事をしたときには、鷹は人混みの中に消えている。

了助より頭二つも背が高いのに、一瞬で姿を見失った。光國たちは誰も鷹がいたことに気づいていない。韋駄天の異名（いみょう）に恥じぬ俊敏さに、了助は大いに感心させられた。

85

「谷様。今、手合いからこれが」

了助が言って、光國に竹筒を渡した。

「茶屋に寄るぞ」

光國が手近な店に入った。

竹筒の中身は、巳助と亀一が見聞きしたことについての報告書だった。

若菜と又八に、二人の供を連れた侍が、接触したという。

「草譯組の宍若久右衛門（ししわかひさえもん）か？」

これは若菜久喜の表徳（ひょうとく）（偽名）だ。その侍の問いに、若菜が平然と問い返したらしい。

「ええ、そうですが。そちらは、どなた様ですか？」

「石出という者だ。惣頭とやらと話がしたい」

「どこの石出さんだか存じませんが、うちの頭は組の者以外と話さんので、私が代わりに聞きましょう」

若菜の不遜な態度に、供二人が殺気立ったが、侍自身は平静だった。

「浅草御門について、お主らが言い触らすことで、わしの知る者たちが迷惑を被りかねんのだ」

「迷惑？　私らにけちをつけるんですか？」

「そうではない。人の生き死にがかかっている。しばらくの間でいい。お主らの大義名分という

のを吹聴せんでくれ。その分の謝礼がほしければ、用意する」

「なんだか知らないが、一応、伝えますよ」

「返事はもらえるのか？」

86

「つきとわれちゃたまりませんからね。明日の晩、同じ頃に、ここでどうですか？」

「よい。頼む」

という次第であった。巳助による石出の人相書きが最後にあり、光國が唸った。

「なんと。あの石出ではないか？」

了助や他の面々には意味不明である。人相書きは、身なりは質素だが、なかなか貫禄のある渋い面構えをした壮年の侍である。

「この者こそ、かの石出 〝帯刀〟 吉深だ。囚人切り放ちを断行した、牢屋敷の囚獄だぞ」

光國が告げ、みなが目を丸くした。

「なんだってその立派な石出さんが、若菜の野郎なんかに話しかけたんですかね？」

同行している旗本奴が疑問を口にした。

「知らぬ。本人に訊く」

光國が、すぐさま席を立った。

六

牢屋敷は、浅草御門をくぐって町家の間をちょっと進んだ先の、日本橋小伝馬町にある。

日没後の来客にもかかわらず、牢役人がすんなり通してくれた。夜間に捕縛された人間が投獄されることもあるからだという。

その表門をくぐったのは、光國と供二人、そして了助である。旗本奴は、光國が牢屋敷に赴い

87

たことを水野へ伝えに行っていた。

煉塀（ねりべい）と堀に囲まれた牢屋敷の敷地は、およそ二千六百坪。だが広さはまったく感じられなかった。役宅でもある屋敷、囚人を閉じ込める牢、処刑を執行する場などが、土塀で区切られているからだ。あっちもこっちも壁ばかりで、むしろ息苦しいことこの上ない。

役宅は、いかにも厳格な、四角四面の建物である。その表玄関から上がり、宅内の一室に通されるや、すぐにあるじの石出吉深が現れ、懇懃に挨拶をした。

「御曹司様がいらっしゃるとは。その出で立ち、どこぞで愉快な歌会でもありましたか」

「服装や歌を披露しに来たのではないのだ、帯刀」

光國が言った。

石出吉深は牢屋奉行としてだけでなく、連歌の名手としても知られている。

光國も詩作を通して江戸の文化人と交流を持っており、当然、石出とも懇意だった。

「若菜久喜こと、宍若久右衛門。お主と、草譯組の因縁（いんねん）が知りたい」

ずばり告げた。光國としては石出が大目付と通じているか見定める必要があった。

「私が、あの者に話しかけるのを、御覧になっておられたので？」

石出は、そう解釈するしかない。

光國も面倒な説明を省くため、無言でうなずいた。

「正月の大火の際、私が何をしたかはご存じでしょう。私が切り放ちをした囚人数百人が、一人残らず帰ってきたことも。彼らが戻らねば私は今頃とっくに、これでした」

石出が右手でおのれの首を刎（は）ねる仕草をしてみせた。

「牢屋奉行がそんな真似をすることに了助

のみならず供二人も驚いた。それだけの覚悟で囚人を解き放ったというのだ。

「私は彼らに、戻れば罪一等を減ずると約束し、お上もひとたびはそれを了承して下さいました。

しかし草譯組なる者どもの狼藉が、ことを危うくしているのです」

「浅草御門と囚人の因縁が取り沙汰されれば、減刑の件が覆るかもしれぬと?」

「はい。門が閉ざされたことも私の責任です。草譯組なる者どもも、お上も、咎めるべきは私と存じます」

光國は唸った。石出に感心させられたのだ。

囚人の解放だけでなく二万人余の焼死の責任ありとなれば、武士とて極刑である。

幕閣がそう判断するかは不明だが、当人の石出はとっくに覚悟した様子だ。跡継ぎの届け出といった死ぬ準備は、すでに万端整えているに違いない。そういう態度だった。

「さては、草譯組の惣判しに行く気か?」

「はい。石川播磨守様への狼藉など働かず、この私を咎めよと言うつもりです」

「石川播磨守? なぜその名が出る?」

「それは……先日の歌会で、播磨守様の弟君である石川 "東市正〔ひがしのいちのかみ〕" 総氏様〔ふさうじ〕から、内密に教えられた件があるからです」

「石川播磨守?」

「おお……ご存じでしたか」

「草譯組の前身である鶴鴒組の奴どもが率先し、石川播磨守の屋敷に放火した件か?」

「石川東市正は、他に何と申していた?」

「お互い浪人どもに迷惑しておるな、と。いざとならば、ともに狼藉者を成敗しようと仰る〔おつしや〕ので、

「我が一身にて始末をつけたく……」

「待て。石川東市正は、草譯組に報復される、と考えておるのか？」

「父祖が、浪人と因縁を持っているとかで」

「浪人……。ははあ、そうか。そういうことであったか」

「そう、とは……？」

「東市正と話をせねばならん。後できっと話すゆえ、動かんでくれ。お主のような男に迂闊に死なれては江戸の損失だ」

呆気にとられる石出をよそに、光國はまたしても急いで席を立った。

牢屋敷を出て、足早に進む光國に、供たちと了助が大急ぎで従った。

次に向かったのは、東市正こと石川総氏の屋敷である。

当然、夜の来訪は好まれない。追い返されても文句は言えないが、光國が堂々と告げ、門番をぎょっとさせてやった。

「水戸徳川子龍と申す。夜遊びの行きがけに、東市正にご面談仰ぎたい」

こんな言葉を額面どおり受け取る武士はいない。火急の用事と解釈し、慌ててあるじに確認してのち邸内に入れてくれた。

部屋に通されると、東市正が座って待っていた。

急いで着衣を整えたはずだが、乱れたところは少しもない。さすが将軍様お付きの旗本と思わせる、端然とした様子である。

「不躾な来訪、幾重にも詫びよう」

光國が、相手に膝を立たせる間を与えず、どっかと向かい合って座り、頭を下げた。

「いえ。水戸家の御曹司様をお迎えできるのですから、大変嬉しく思います」

東市正は大迷惑なはずだが、そんな顔はちらりとも見せない。

歳は光國より二つ上の三十二歳。亡き父・忠総から三千石を継いだ旗本で、若くして将軍家綱の小姓のお役を与えられ、将軍加冠の儀にも供奉した人物である。兄の一万石に比べれば低い石高だが、旗本の九割が五百石を下り、石出家などは家禄三百俵に過ぎぬことを考えれば、立派な大身だ。

「手短に済ませる。草薙組の緋威という老武者と、貴殿ら石川家との因縁を知りたい」

東市正は、意外な問いに虚を突かれた思いだろうが、しっかりと落ち着いている。後ろめたいことなど一つもない、と身をもって示そうとしているのだ。

「緋威とやらが、真実、当家と確執あるかは、会ってみねばわかりません。ただ、我が父祖が、他家の改易に関わったことが、因縁ではないかと推測していたまでです」

「やはり、それか。加藤家であったな」

「はい。かの加藤清正公のご子息、忠広殿の改易の一件に携わり、恩賞を得たのが我ら石川家であると亡き父から聞きました」

加藤清正は、豊臣秀吉の直臣であり、“賤ヶ岳の七本槍”の一人と称えられた人物である。秀吉没後は、関ヶ原の戦いで家康に味方した。その功労により戦後は肥後一国に加え、豊後国に領地を得て、熊本藩主となった。武功の輝かしさから武断派と思われがちだが、天下平定と文治への転向、豊臣・徳川の和解に尽力した人物だ。

死後、三男の忠広が継いだが、約二十年後に突然、改易された。理由は定かでなく、ときの将

軍家光と、その弟の忠長との確執に巻き込まれたとも言われている。

新たに熊本藩主となった細川忠利は、清正の霊魂を称えて入城したが、子の忠広に栄誉はなかった。現在の山形県である出羽国の庄内藩のお預けとなり、僅かな家臣と過ごし、四年ほど前、五十三歳で静かに世を去った。

「加藤家の遺臣が、今になって現れたと考えているのか？」

「はい。当家に遺恨を持つ者は他にいません。思うに、守るべき主家が失われ、老いて浪人となり、一矢報いる他に何も願うことがなくなったのでは、と」

「主家なき者か……。忠広殿の子は、確か、改易のあと亡くなったとか」

「はい。病死とされておりますが、当時は、自刃したとの噂もあったと……。そう語ってくれた父も、とうに世におりませんので……」

「わかった。話してくれたことに感謝する」

「用件はこれで終わりと？」

東市正が、そんなはずはなかろう、という態度で訊いた。膝を立てかけていた光國が、座り直して相手を見つめた。

「どうやら御曹司様も緋威とやらに因縁がおありの様子。私もご協力したく思います」

「どのように？」

「私が、緋威に面談を申し込みます」

「なんと？」

「まことに石川家に怨みを持つならば拒まぬでしょう。また、我が家とて、祖父の代でひとたび

改易されているのです。その後、父が大坂の陣で辛くも武功を挙げましたがね。当家とて、武士
の苦衷と無縁ではありません。それを緋威とやらに伝えてやりたいと思うのです」

七

「どこまで芋づるを引く気ですか」

中山が呆れ果てた様子で言った。関係者を増やしすぎだというのである。

引き込んで使うのは又八だけでいいのに、水野十郎左衛門、石出 "帯刀" 吉深、石川 "東市
正" 総氏と、次々に人を増やしてどうするのか。外部に情報が漏れやすくなる上、旗本ばかりと
きては命令することもできない。水野は奴どもの首領。石出は牢屋奉行。東市正は将軍小姓。ど
う統率しろというのか。これでは事態を混乱させるばかりだ——

「もうよせ、わかった」

くどくど説教する中山を、光國が手を振って遮った。

長屋ではなく駒込の水戸藩中屋敷にいた。わざわざ中山が訪れての面会である。

拾人衆の前で、目付の光國に配下の中山が小言を言うべきではないからだ。幕府が奨励する上
下の別に差し障りが出る。光國はともかく、中山はそうしたことに厳格だ。

「勘解由よ。貴様とて三千石の大身旗本、徒頭の身だ。水野はともかく石出も東市正も従おう。
水野は大小神祇組、石出は家臣団と同心、東市正は家臣団、みな総出でことに当たる。大した手
勢ではないか」

「市中で合戦でもする気ですか？　そんなことをすれば全員の首がとびますよ」

「わかっておる。だが極楽組の五人にしてやられたことも事実だ。手勢は必要となろう」

「あくまで東市正を使うと？」

「浅草一帯は調べ尽くした。若菜は肝心なことを又八にも話さぬ。おそらく緋威は浅草にはおらぬのだ。となれば江戸中を探さねばならず、その間に大目付が出てくれれば、一件は我らの与り知れぬところとなり、貴様や拾人衆の働きも水泡に帰しかねん」

「それは……、その通りですが……。しかし東市正も、無鉄砲な……」

「肝も肚も据わった男だ。日々、上様を狙う曲者があらば、ただちに身代わりとなって死ぬ覚悟を決しておるのだろう。石出も死を覚悟している点では同じだ。放っておけば二人が草譯組を誅滅し、その後で腹を切りかねん。我らの面目など塵芥も同然とは思わぬか？」

「中山が、どっちへ顔を向けていいかわからぬ様子で左右に首を振りつつ溜息をついた。

「それで、どうする気なのです？」

「石出が若菜と会う約束を取りつけておる。そこに東市正を行かせる。石出を遣わしたのは実は東市正だということにしてな。若菜が現れぬとしても、賭場を巡って上客を誘っていることはわかっておる。どこぞの賭場で東市正が上客ぶりを見せつけ、若菜を釣ればよい。その上で、石川家の者と自ら告げる」

「いずれも、あからさまです。罠と見抜かれますよ」

「緋威がまことに老い先短い加藤家の遺臣であれば、罠こそ好機と見るであろう。怨みを持つ者にとって最も辛いのは、怨む相手から無視されることだ。石川家のほうから動いたとなれば、緋

威にとって拒めぬ誘惑となる。もし緋威が石川家と縁もゆかりもなければ、東市正は上客として振る舞えばよい。どうだ？」

「子龍様の悪知恵ときたら……。悪党として跋扈せずにいらっしゃることを神仏に感謝せねばなりませんね」

「否か応かを訊いておる」

中山が溜息ではなく、ふーっと気息を整えた。たったひと呼吸で、うっすら微笑んだ覚悟の顔となっている。こちらもこちらで、後年、幕府から火付改加役（ひつけあらためかやく）（のちの火付盗賊改）を命じられ、鬼勘解由と呼ばれて盗賊どもを恐懼させることになる男なのだ。

「応」

中山が告げた。それで決まりだった。

ただちに拾人衆、中山の家臣、町奉行所の者たちが、又八と東市正の陰からの護衛の任に就いた。光國も父の家臣を頼んだ。水野ら大小神祇組と石出の両方に事の次第を話したところ、どちらも進んで協力してくれた。東市正の家臣も、当然あるじを守るべく出動している。

かくしてその夜、お忍び装束で供一人のみを連れた東市正を、立場も出で立ちもばらばらの集団が守ることとなった。その総勢、百名余。旗本奴ども、牢屋同心、町奉行の同心に与力、各家の家臣団が、浅草御門から浅草寺にいたるまでの辻々にたむろした。全員、ことあらばすぐさま一箇所に駆けつけることになっている。

おかげで一帯は急に賑わいを増したようになり、

「今夜はお出でになる方々が多いねえ」

店々の者たちも、忙しくしながら首を傾げるほどだった。

光國と中山は、水野と又八と会った茶屋の二階部屋に詰めた。

今回は、又八の代わりに石出がいた。障子を開け放った隣室に、了助、巳助、亀一、鷹がいる。

一階や店の近くには、各々の配下が詰めていた。

「こんな大勢の捕り物、おいら初めてだよ」

巳助が右手をぶらぶらさせた。逃走した極楽組のうち、緋威と目される者の人相書きを何十枚も書いて、召集された侍たちに配ったのだ。版木を彫って摺らせるより、巳助が描くほうがずっと速いのでそうなったのだった。

「又八様も、これだけ守られれば安心ですね」

亀一が、巳助の肩を揉んでやりつつ言った。

「悪党のほうは、絶対ぇ逃げらんないぜ」

鷹が、寝そべったまま気楽そうに言った。行儀の悪い態度だが、これもお務めのためだという。脚力をなるべく温存するため、命令があるまで出来るだけ横になっているのだ。

了助もみなと同感で、四者四様の男たちがこうも協力し合うことが純粋に驚きだった。

隣室では、光國、中山、水野、石出の四人が車座になり、人相書きを見ている。

白髪白髭だが筋骨逞しい男で、矍鑠そのもの、絵の中で目が爛々と輝くようだった。会えばすぐにそれとわかる相貌だ。

その獲物を見据える四人は、決して仲良くしそうにない人間たちだった。

中山は、奴を頼る人間ではない。水野は、牢屋奉行など役人を侮る旗本奴のはずだ。光國は御

三家という尊い血筋で、本来、三人と親しくするような身分ではない。

なのに、一丸となっている。不思議だった。了助にわかるのは、四人とも、おのれが何者か確

信しているということだ。これが自分だと誇りをもって示せる。だからこそ互いに敬意を払い、

相手の覚悟を尊重することができる。

彼らを見るだけで熱いものを感じた。あの車座に列するには何者になればいいのか。そんな自

分の思考が意外だった。侍になんかなりたくない。だが出来ることなら、あの男たちのようにな

りたい。四人に比肩しうる何かがほしい。そんな心が急に芽生えていた。

ふいに、階段を素早く上る音が響き、

「勘解由様、かかりました」

配下の者が戸の向こうで告げた。東市正が、まんまと若菜を釣ったのだ。

四人が一斉に立った。

「ゆくぞ」

中山が言った。

拾人衆も急いで立った。了助は木剣を握りしめ、みなを追って外へ出た。

光國と中山が肩を並べて先頭に立ち、そのあとを水野と石出が並んで進んだ。

茶屋に詰めていた侍たちが後に従い、道々にいた侍たちも続々と集まってきて、東市正たちの

行方を知らせてくれた。

「寺町から松前のほうへ向かったか」

光國が呟いた。松前とは、浅草橋から特に河岸にかけて、松平姓の武家の屋敷が多いことから、

そう呼ぶのである。

「浅草御門から日本橋へ出るのでしょう。やはり敵の所在は浅草ではないようです」中山が口にし、浅草橋を前にして、はたと足を止めた。全員が止まった。そのときには大名行列のごとく侍が集まっており、さすがに町の者たちも異変を感じて注視している。

「なぜあやつらが来る?」

光國が、怪訝そうに呟いた。

又八と東市正の供の者が、橋を渡ってこちらへやって来るのだ。その後を、門の向こうに配置した侍五人が追ってきた。いかなるゆえか、若菜も東市正も姿がない。

「いかがした、又八? 東市正はどこだ?」

光國が鋭く訊くや、又八が焦った様子で言った。

「き、消えました」

「なんだと?」

「本当です」東市正の供の者が言った。「宗若という者が、この先は東市正様だけ連れて行くと言い、私たちは橋の前で止まるよう言いました。むろん、隠れて追う気でした」

「なのに消えたと申すか」

光國が、侍五人へ顔を向けた。五人とも、信じがたいという様子でうなずいている。門の両側で見張っていながら見失った。となれば、答えは一つだった。

中山が、門へ鋭く目を向けた。

「巳助、来い。何か見えぬか?」

巳助が前へ出て、門へまなこを凝らした。他の者たちには、櫓や城壁の窓口はいずれも黒い穴にしか見えない。ただ巳助の目だけが、その暗がりに潜む者たちをとらえていた。

「人相書きの男か!?」

「はい！　男が、弓に矢をつがえました！」

「みな下がれっ！」

中山が怒号を放った。全員が扇状になって後退した。

「おう、見ろ！　門が！」

水野が指さした。

なんと常時開放の高麗門が、ぎぎい、と音を立てて閉じられてゆく。了助も総毛立った。又八が扉が動くのを見て衝撃を受けたように。

「なんと。　太鼓を鳴らすような音とともに門が閉じた。

「東市正様が捕らわれてしまった」

石出が、刀に手をかけ前に出るのを、光國が慌てて肩をつかんで止めた。

「いかん、下がれ！」

矢が猛然と飛来し、地面に突き刺さった。石出が進んでいたら、身のどこかを貫かれていたに

「櫓からこちらを見る者たちがおります。あっ……あの男が！　あの男がおります！」

った。びゅっ。空を裂き、それまで中山が立っていた地面に矢が突き刺さった。

誰もが驚愕の声を上げていた。了助も総毛立った。再び浅草御門が閉じるさまを見るなど、誰も想像だにしていなかったことだ。それは大火災の悪夢の、異様な再現といってよかった。

どーん。太鼓を鳴らすような音とともに門が閉じた。

中山が立っていた地面に矢が突き刺さった。見物していた町の者たちも驚いて後ずさ

違いない。とんでもない弓上手だった。

「下がれ、もっと下がれ！」

光國がわめいた。みな町家のほうまで下がった。

そこへ、大音声が浴びせられた。

「極楽組が一人、緋威！　一戦仕らん！」

浅草見附のどこからか放たれた、朗々たる声である。光國たちが一様に瞠目した。驚愕したのではない。

挑発に対し、反射的に血気が沸く思いを味わったのだ。

「巳助！　町家に登って櫓門が閉じているか見よ！　亀一、巳助の声を伝えよ！」

中山の命令で、巳助が町家の壁にとりつき、するすると屋根に登った。

浅草御門は右折型である。橋のこちら側で高所に上がれば、櫓門の様子がわかる。

「櫓門も閉じているとのこと」

亀一が、巳助の言葉を伝えた。　中山の歯が軋った。

「おのれ、門を奪うとは……。　番兵は皆殺しか……」

「違うぞ、勘解由よ。　あれが根城なのだ」

光國が言い、中山、水野、石出をぎょっとさせた。

「番頭に、弓鉄砲や槍持ちの番兵。犬追い中間や同心連中。二十人以上も人知れず殺せるものか。そんな馬鹿なという顔の中山のそばで、水野が、ぴしゃりとおのれの額を叩いた。

「てこたあ、賭場は小番所か櫓の中か！　見附を賭場にするたあ、なんてえ悪事だ！　しかも御

門を開くが大義とぬかしながら手前えらで閉じやがるたぁな！」

外曲輪の門番は、万石以下の無役の旗本から交代で選ばれる。素行の悪い旗本の子息がいれば、こうしたことも起こりかねないとはいえ、まさに命知らずの悪事だった。

「敵は籠城の覚悟。東市正様が危険です」

石出が顔を青ざめさせて言った。

光國はうなずいた。そんなことはわかっている。肚が凍りついたように冷え冷えとし、そのく

せ吐く息が激しく熱を帯びていた。

「石出よ。切り放ちを決したときのお主の心境は、このようなものであったのだろうな」

「子龍様？」

「一か八かだ。天運が決するに任す」

光國は一歩前に出て、みなを振り返った。おのずと、光國に注目が集まった。

「これより合戦を致す！」

百名余の侍が、いっぺんに顔つきを変えていた。呆気にとられたままの又八、了助、鷹、亀一

をよそに、光國が続けて叫んだ。

「一切の責任はわしにある！　よいかっ！」

「応ーっ！」

身なりも立場もばらばらの侍どもが、ものすごい声で叫び返した。

「あの橋を渡り、門を打ち破る！　盾となる俵、畳、樽、板を、近隣の町家より買い取り、集め

よ！　門内に入りては果敢に攻め討ち、降らぬ者に容赦は無用！　ただし火は放つな！　やつら

にも火を放たせるな！　よいな！」

「応ーっ！」

「ただちにかかれえっ！」

侍たちが散った。町家や店の戸を叩き、これとみなしたものを銭で買い上げてゆく。中には、賊が御門に立てこもったと知り、率先して家具を提供する町人もいた。

「お前たちは決して加わるな！」

拾人衆に命じる中山に、

「わしにもやらせて下さい」

又八がずいと迫った。

「ならぬ！　これは武士の務めだ！」

「わしは、あの門を開いたことがあるのです。お忘れですか」

中山が又八を見つめ、ややあってうなずいた。

「門を開くまでだ。それ以上は何もするな」

「ありがとうございます」

了助たちは、戦支度をする侍たちを見守るばかりである。橋のたもとに、俵、畳、樽などが積まれ、矢と弾丸を防ぐ仕寄が作られた。机に古畳を縄でくくりつけたもの、雨戸を重ねたものなどを、即席の盾として構えた。これらの盾の背後に、梯子や丸太を抱え、槍を担ぐ者たちが、光國の差配で整列した。一部を別働隊として放っている。こちらは西隣の新シ橋側から川を渡り、櫓門

のほうへ向かうよう命じられていた。

今や男たちは一個の軍団だった。囚われの東市正の存在と、一戦仕らんと叫んだ敵が、彼らを立場を超えた一つの生き物にしていた。むろん合戦など誰も経験がない。だが何をすればいいかは十分に学んでいた。

了助は、加われる場所はないかと探している自分に気づいた。そうしなければいけない理由も探した。だがどちらも存在しなかった。

「かかれぇーっ！」

光國も盾を掲げ、陣中で号令を発した。

すると盾を構えた者たちが歩を進めた。びゅっ。矢が飛び、盾に突き刺さった。空を切る音が響いた。射手は五、六人もいると見え、矢が間断なく降り注いだ。それを盾に受け、あるいは仕寄をぐいぐいと前方に押し出して防ぎ、門へ近づいていく。

だーん。いきなり銃声が轟いた。

銃弾を盾で受けた者がよろめき、隊列が止まった。

「怯むなっ！　かかれ！　かかれ！」

光國の叫びとともに、前進が再開された。

橋の半ばを過ぎると攻撃が真上から来るようになった。盾を頭上に掲げた者たちの間を、丸太や梯子を数人がかりで抱えた者たちが、喊声を上げて進撃した。又八が丸太を一方の手で抱え、他方の手で軽々と盾を掲げている。

どーん。また太鼓を叩くような音がした。

門を閉じる音ではない。丸太を叩きつけて押し破ろうとする音だ。

梯子が門へかけられた。盾を掲げて何とか梯子を登ろうとする者へ、至近距離から矢と銃弾が浴びせられた。まさに合戦だった。負傷して倒れる者が続出した。これが光國と中山の手勢だけであれば手も足も出なかっただろう。人数で軽く敵の五倍はいた。攻城には守備側の三倍の戦力を要するという。だが手勢は十分だった。

間もなく櫓門側へ、別働隊が攻めかかった。守備側は二手に分かれざるを得ず、おかげで高麗門側へ放たれる矢や弾丸が半減した。

そして、又八の言葉にならぬ叫びが響き渡るや、門の内側で門がへし折れる音とともに、高麗門が弾けるように開かれた。

どーん。繰り返し音が響いた。どーん。

どっと侍たちが門内へ殺到した。誰もが吶喊の声を上げている。その声が門内へ吸い込まれるようだった。城壁に遮られ、了助たちがいるほうへ声が届きにくくなった。

光國も、中山も、水野も、石出も、門内へ消えた。橋が静かになり、矢も弾丸も降らなくなった。

壊れた盾、丸太や梯子が放置された橋に、又八だけが肩を上下させていた。

了助には、遠くに見えるその又八の背が、奇しくもこの橋にまつわる嫌な記憶を、ようやく払拭できたと言っている気がした。

又八がきびすを返し、橋を渡ってこちらへ戻ってきた。自分も何かしたくてたまらなかった。

羨ましかった。

そのとき、開かれた門から、わっ、と声がわいた。

それまで攻め手が上げていた果敢な声ではない。狼狽（ろうばい）の声だ。

わあっ、と叫ぶ声がし、攻め手の一部が、門内から退きながら現れた。

刀を構えた、光國、中山、水野がいた。

石出が、東市正に肩を貸しながら橋を渡ってくる。東市正は手で胸の辺りを押さえているが、血を流しているようには見えなかった。何かで突き飛ばされるかしたのだろう。

開かれた門から、突然、凄まじい何かが飛び出した。

真っ赤な具足姿の男だ。手に奇妙な槍を持っている。穂先とは別の、上へ湾曲した刃を一本だけ横につけた槍だった。

「ええいやあーっ！」

男の咆哮（ほうこう）に、石出が足を止めて振り返った。

橋のこちら側にいる又八や了助ですら、ぎくっとなった。光國たちが放つ気合いの声を圧倒する、吶喊（とっかん）の雄叫びだった。

緋威（ひおどし）である。面頬（めんぽお）で顔を覆ってはいるが、白髪と白髭、そしてその眼光が、人相書きの男であることを告げていた。その男が、ずん、と橋に足を乗せ、尋常ならざる膂力（りょりょく）と果敢な槍さばきで、侍たちをなぎ倒していた。棒で葦を払うようだった。何人もの侍が、吹っ飛ばされて橋から川に落ちた。

光國と中山が、転がるようにして槍をかわした。

水野が、槍の石突きを食らい、もんどり打って倒れた。

ずん、ずん、と緋威が跳ねるように橋を進み、間断なく槍を振るった。

誰も止められない。凝然となっていた石出が、慌てて緋威へ背を向け、肩を貸す東市正とともに

に歩みを再開した。

だが緋威のほうが格段に速い。みるみる石出と東市正の背へ迫った。

又八が、だっと走った。

反射的に、了助もそうしていた。

「おい！　馬鹿、行くな！」

背後で鷹が叫んだ。だが了助には聞こえていなかった。

又八が、石出と東市正の横を走り抜けた。そのまま迫り来る緋威の前に立ち塞がり、両手を肩の高さに上げた。相撲の中段の手合いである。

緋威が喊声とともに、槍を猛烈な勢いで振り下ろした。

又八が臆せず前へ出て、槍の柄を右肩で受けた。常人なら叩き伏せられているところだが、又八は耐えた。肩に下ろされた槍の柄に両腕を回し、封じ込んだ。かつて了助の木剣を、脇腹で受けたときと同じように、槍を奪おうとしたのだ。

だが出来なかった。いきなり又八の巨体が宙に浮いた。

緋威が又八ごと槍を振り上げたのだ。誰にとっても信じがたい光景だった。次の瞬間、又八の巨体が振り払われ、弧を描いて川へと落ちていった。

ぶん。槍を唸らせ、緋威が駆けた。東市正の背のほかは何も見ていないようだった。

だがその眼前に、了助が飛び込んだ。

両手で木剣を肩に担ぐようにし、片方の足を出して身をひねる、いつもの構えだ。

「ええいああーっ！」

緋威が咆哮を上げ、了助へ槍を振るった。

「キイイィイヤァァァァァァー！」

了助の口から叫声が迸る、木剣を振り抜いた。

がーん。鐘を撞くような音とともに、槍が打ち払われた。

緋威が目をみはり、初めて歩を止めた。木剣が内に秘めた刀の重さに意表を衝かれたのだろう。

了助はさらに打とうとしたが、できなかった。

打ち払った際の衝撃があまりに凄くて、両肘が痺れ、片膝をついてしまった。

殺されるよ。いつか聞いたお鳩の声がよみがえった。本当にそうだ。でも勝手に体が動いてしまった。どうしても、おのれの地獄を払いたくて木剣を振るってしまった。

了助のすぐ横から、誰かが走り出た。

石出だった。橋を渡って東市正を地面に座らせると、すぐさま刀を抜き、緋威へ向かって行ったのだ。

緋威が、槍を振り上げ、石出をなぎ払おうとした。

そこへ、駆け寄せた光國が、肩から緋威の背へ激突した。

緋威がぐらつき、槍が空を切った。中山と水野が駆けてきて、がら空きの緋威の胴へ、刀尖を突き込んだ。

石出も加わった。光國もそうした。続いて何人もの侍が、緋威の体に刀を突き込んだ。具足の隙間を上手く突いたものもあれば、弾き返されるものもあった。

片膝をついた了助の目前で、緋威の体を、前後左右からおびただしい数の白刃が貫いていった。

血飛沫が飛び散り、呆然とする了助の頬にもかかった。悪妄駆者の血だった。ひどく熱かった。

——地獄だ。

そう思った。四方から刃に貫かれた緋威の姿は、まさに剣樹地獄に落とされた罪人そのものだった。

緋威が、体中に刃を生やした姿で、一歩進んだ。みな、緋威がまだ立って動くことに愕然とし、突き刺した大刀を手放して脇差しを抜いている。

緋威が、槍を持たぬほうの手を振るわせながら面頬を外した。

血みどろの顔に微笑みを浮かべ、

「おう。ようやく、天命が尽きたわ」

そう呟き、橋の向こうの東市正へ、無邪気とさえ言える様子で声をかけた。

「我が主君は立派であった。まこと立派ゆえ、主君に代わり、少々の悪事を働いた次第。それも、これにて落着。こののちは、極楽組の捲土重来に任す」

一方的に言うや、槍をたぐり、穂先をおのれの喉に向け、どっと突いた。

穂先が緋威の首の後ろから突き出ていた。さんざん刃で貫かれながら、最後はおのれ自身でとどめを刺してのけたのだ。

その槍がつっかえとなり、前のめりに頽れる緋威の体が、立ったままとなった。自ら貫いた喉を誰も咄嗟にその屍にふれることができずにいた。

川に落ちた者たちが手助けされながら這い上がってきた。又八も、ぐっしょり濡れた姿で、緋

108

威の屍を囲む人々を見た。

「むざむざ死なせるしかなかったとは……本当の名すら聞き出せなんだ」

光國が悔しげに呟いて脇差しを鞘に納めた。緋威に歩み寄って肩をつかみ、その首から槍を引き抜いた。

緋威の屍が、どっと横倒れになった。

みな脇差しをしまい、突き刺した大刀を、屍から引き抜いていった。

光國もおのれの太刀を取り戻し、血に濡れた、二つの刃を持つ槍の穂先を見つめた。

「この槍を何と思う?」

中山に尋ねたが、怪訝な顔を返されただけだった。

「敵ながら見事な戦ぶりであった」

光國は、ただそれだけを言った。

八

中山たちが居る場で口にしなかったのは、正雪絵図と同様、謀叛人と紀州家を結びつけかねな

父・頼房が、駒込の中屋敷の一室で、手にした槍をしげしげと眺めて言った。

「加藤清正公の片鎌槍だ」

光國がうなずいた。加藤清正の娘である八十姫の輿入れ道具となった槍だ。

輿入れ先は、紀州徳川頼宣である。

い品だからだ。

「大火の際、盗み出したのであろう。紀伊家が、これを浪人に譲るはずがない」

頼房が槍を置いた。じろりと光國を見た。

「石出帯刀と石川東市正が、届け出をした。貴様、市中にて合戦を致す、などと言うたそうだな」

「咎めを受ける覚悟はできております」

光國はぐっと肚に気を込めた。

てっきり、ぶん殴られるかと思っていたが、頼房はぷいとよそを向き、こう告げた。

「賊が御門に押し入り、通りかかった貴様らが成敗した。幸い、賭場は開かれておらず、客もな

く、貴様らの側に傷を負うた者はおれども死者は出なんだ。それゆえ、たやすく話がついた。東

市正が当て身を食うただけで済んだのも幸いであったな。くれぐれも、御門が賭場であったなど

と噂が出ぬようにせよ。今、あの辺りの不始末は御法度だ」

「それは……どういう次第ですか?」

「曲輪の内側にて、大川（隅田川）に、橋を架ける。幕閣の決定だ」

後世、両国橋と呼ばれることになる橋だ。

光國は目をみはった。そんな場所に橋を架けては、御城の守りを捨てるに等しい。

「ずいぶんと思い切ったことを……」

「無辜の民が多数死んだゆえ、な」

浅草御門が閉じたゆえの悲劇が、幕閣にそのような決定を促したというのだ。

民衆のため、避難経路を設ける。そのために橋を架ける。城の防備よりも民衆の生活と、その

ための江戸の拡張を優先する。

まさに、江戸が新たな時代を迎えた瞬間といえた。

「江戸が変わりますな」

頼房がうなずいた。

「そうしたときに遺恨を持ち出す者は百害あるのみ。新たな悪事が生まれぬようにせよ」

「はい。極楽組の残り四人が逃げおおせたのも、浅草御門が敵の手中にあったがゆえ。逆に言え

ば、連中がどの街道を通って逃げたかが明らかになりました。今度こそ一網打尽に致します」

「市中にいる浪人どもの監視も怠るなよ」

「万事、お任せを」

そもそも全て任せると言ったではないか。そう返したかった。だが刹那、ものすごい衝撃が来た。

頼房が、いきなり光國の頰をぶん殴ったのだ。

完全に油断していた。光國は真後ろに吹っ飛び、障子を破り倒した。家人が飛んで来たが、仁

王立ちで憤気を発する頼房を恐れて部屋に入ることもできなかった。

「合戦などと二度とほざくな。それと、貴様が気にかけていた石出帯刀の件だが、首尾良く落着

した」

言うだけ言い、くるりと背を向けて退室した。

光國は何か言ってやろうとしたが、声も出ない。ばったり手足を投げ出して天井を見た。城門

に突進していったときのことが思い出された。おれの初陣だ。そんな風に思った。武士が合戦を

失った今の世で、そんな経験ができる者などいない。父ですらそうだ。

――そんなに羨ましいのか。

自分を殴りつけた父の内心を察し、くっくっと笑う光國を、家人たちが心配そうに見守っていた。

九

岡両子が僧たちとともに弔いの声を上げている。

緋威を、無縁仏として葬ったのだ。

門内で斬られた浪人が大勢いて、同様に葬られた。水野たちと又八が遺体を運び、埋めることまでした。

又八はともかく、水野までもが殺した相手を敬うことが了助には意外だった。それまで旗本奴に抱いていたものが揺らぐようで、落ち着かない気分にさせられた。

巳助、亀一、鷹は、新しい墓にちょっと手を合わせると、どこかへ行ってしまった。

何となく居残る了助の隣で、

「あんた、博奕とか覚えて来なかったでしょうね？」

お鳩がくどくど訊いた。

「あんまり覚えらんなかったよ」

「いいのよ。本当にお侍になれる日が来ても、博奕なんかで身を持ち崩しちゃ馬鹿よ」

きっぱり言うお鳩に、

「お前の弟、武士になりたかったんだって？」

112

ついそう尋ねていた。

「あら。誰かに聞いたの?」

お鳩がきょとんとした顔で聞き返した。

「巳助に」

「ふうん。ま、あの子は無理よ。そんなことより、丈夫に育ってほしかったなぁ……」

「おれ、お鳩の弟に似てんのか?」

お鳩がまじまじと了助を見つめた。

「全然違うよ。何言ってんの?」

「おれが、弟の代わりに武士になったら嬉しいか?」

お鳩が、何と言っていいか困ったように、可愛い口を開いたり閉じたりした。

「あんたは、あんたよ」

代わりなんてない。そういう言い方だった。

了助は頭をかいた。髪の感触にまだ違和感があった。一本つまんで、ぷつっと引き抜いた。意外な痛みに、うっと呻いた。

「何やってんの?」

「けっこう痛いんだな」

お鳩が呆れた顔で吐息し、かと思うと微笑んで言った。

「髪があるほうが似合うよ」

了助は肩をすくめた。まだしばらくは、おのれの髪への戸惑いが続きそうだと逆に思った。

「こちらであったか」

声で二人とも振り向いた。

石出がいた。了助がお鳩と一緒に頭を下げ、石出がうなずき返した。

「おう、お前ぇさんも来たのかい」

水野がこちらに来て、石出へ親しげに声をかけた。

「供え物が置かれた墓石があったので、てっきりそちらかと思いました」

石出が大きな楠があある方を指さしつつ、水野たちへ歩み寄った。

「供え物?」

了助が首を巡らせた。無縁仏の墓石にわざわざ供えるのが意外だった。

「ああ。水戸の御曹司様ね。たまに来て磨いてる石があるのよ。寺の人がそう言ってた。誰のお墓か知らないけど」

お鳩が言った。了助は楠のほうを眺めた。風がざわざわと葉を揺らしていた。

だがすぐに興味を失い、石出が墓へ歩み寄って手を合わせる姿を見つめた。

幕閣が、石出に対する最終的な沙汰を下したのは、それから数日後のことだ。

石出に咎めはなかった。切り放ちののち戻った囚人たち全員、石出が約束した通り、減刑となった。

以後、石出の処置は幕府が認めるところとなり、慣例として受け継がれていった。

そうしてはるか後世、関東大震災や、また太平洋戦争においても、過去の倣いとして、囚人の切り放ちが行われることとなるのである。

114

不動智

一

　光國は、その日、予期せぬ場所で因縁と出くわした。

　そうなったからには、逃げも隠れもせぬ、と瞬時に覚悟を決めていた。

　場所は、本郷丸山である。

　その小高い台地の一角を境内とする、徳栄山本妙寺に、用があった。

　徳栄とは、徳川家が栄えますように、という祈願からきている。江戸開幕の前、徳川家の一部の家臣が、三州（愛知県）にある法華宗の海雲山長福寺に帰依し、家康の移封に従って駿府および江戸に寺の建立を請願したのが、本妙寺の由縁だという。

　当初は清水御門の内にあったが、城市の拡大とともに、飯田町、牛込、小石川と移転を繰り返したが、寛永十三年に出火で全焼した。

　再建地として本郷丸山を与えられ、六千坪の土地に、本堂、山門、講堂、庫裏、食堂、浴室、東司、塔など、いわゆる七堂伽藍を備えた寺院として復興を果たしたのである。

116

その本堂も伽藍も、正月十八日から十九日未明にかけての大火で再び灰燼に帰した。

しかも、またもやの出火だった。

その後、新鷹匠町、麹町でも火が起こって大災害となったのだが、その全ての始まりが、この本妙寺であることは、公然の事実として江戸中に広まっている。

二日にわたる大火をひとまとめにして、

「振袖火事」

などと呼ばれるようになりつつあり、光國も、ほうぼうで話を耳にしたものだ。

なんでも、着た娘の命を次々に奪う、不吉な振袖があって、本妙寺の住職である静世院日暁に相談が持ち込まれたという。

日暁は、振袖を焼いて供養することにし、誦経とともに護摩の火へ投げ入れた。

そこへ強烈な北風が吹き、振袖が舞い上がって人が佇立した姿をとりながらお堂の屋根に乗るや、たちまち軒先を燃え上がらせた。さらに風が、湯島と駿河台へ飛び火させ、ついには江戸の町を焼き尽くす大火となった――

「眉唾もいいところだ」

初めてその話を家人から聞いたとき、光國は苦々しい気分でそう呟いていた。

湯島も駿河台も火元ではない。

百歩譲って振袖供養が実際に行われたとしても、それが原因で出火したという記録は皆無だ。振袖火事」は迷信であり真に受けないように、と寺社奉行である松平〝出雲守〟勝隆も、「関係者に通告したと聞く。

117

それほど急速に噂が広まった、とも言えた。

もし意図的であるなら、目的は二つに絞られる。一つは本妙寺を貶めるため。一つは本妙寺が火元だと民衆に信じさせるためだ。

確かに「徳栄」の山号を持つ寺から火が広がるなど皮肉極まりなく、汚名は免れないだろう。幕閣さりとて、いくら噂が広まろうと、本妙寺に処罰が下されるということはありえなかった。幕閣は本妙寺の復興を支援しているし、火元だったからといって郊外へ移転させるような処置も取っていない。あくまで防火の観点から、寺社や門前町の移転を命じているに過ぎず、幕閣が火災を理由に寺社を罰するといった動きは皆無だ。

ならば噂の目的は、本妙寺が火元であると周知させることにある。

事実、光國もそうだと信じ込んでいた。紀伊藩附家老の安藤帯刀の口から、あの言葉が出るまでは。

（火元は本妙寺の隣にある、老中・阿部豊後守様の下屋敷なのです）

老中の下屋敷から出火したと世間に知られてはまずいので、幕閣が隠蔽を決めた。

そう安藤帯刀は告げた。理屈はわからなくもない。だが御三家にも秘すとは尋常ではなかった。

老中と御三家との間には、それほどの確執があるというのだろうか。父と話しても、容易にそうとは断定できなかった。

困惑させられるのは、極楽組という賊がばらまく正雪絵図もまた、本妙寺を火元としているという点だ。

老中が賊を使った、とも考えられるが、理由が不明である。極楽組は火を逃走に用い、かつそ

の手法を広めんとする、新種の強盗だ。賊を使い、放火を流行させるなど、火元隠蔽からはかけ離れ過ぎている。他に狙いがなければ理屈が通らない。

（老中どもを信用してはなりませぬ）

安藤帯刀の警戒も、それこそ尋常ではなかった。

もし、老中の狙いが紀伊家、ひいては御三家を幕府中枢から追い払うことであれば理屈が通る。

嘆かわしいことだが、自然と思考がそこへゆきつくのである。

先の由井正雪の騒動で、紀伊家が関与を疑われたことは記憶に新しい。

幕閣の追及は厳格をきわめた。それでも紀伊家が無事だったのは、ひとえに藩主の剛胆さゆえだ。光國の伯父であり紀伊藩主の徳川頼宣は、謀叛の証拠として示された書状を偽書と断じ、

「めでたきかな。外様大名の偽書ならばともかく、我が名を使うならば天下は安泰」

と豪語した人物である。外様大名ならばまだ謀叛の可能性はあるが、将軍の身内である自分が謀叛を企むものか、と言い放ったのだ。胆力一つで嫌疑を吹き払ったに等しい。

このとき紀伊家への嫌疑を主張したのは、松平 "伊豆守" 信綱と、その配下たる大目付の中根 "壱岐守" 正盛だったという。

他の二人の老中のうち、阿部 "豊後守" 忠秋は、そもそも浪人に同情的で、紀伊家追及にも消極的だったと光國は父から聞いていた。

残る酒井 "雅楽頭" 忠清は、信綱の理路整然とした主張に納得させられていたらしい。

そもそも紀伊家追及の目的は何か。

尾張家当主・徳川義直亡きあと、武断派の筆頭となった頼宣を幕閣から追放したい。新しい政

治のため、旧態依然とした御三家の力を可能な限り殺ぎたい。それが老中の、特に信綱の本音であることは明らかだった。

そのために、ここでまた紀伊藩に濡れ衣を着せる。安藤帯刀が最も懸念していることはそれだろう。江戸城の天守閣すら焼亡させた大火の咎など、もはや謀叛そのものである。

そうした思惑があるとして、忠秋の立場が問題だった。拾人衆の管理を司ると同時に賊を操るような恐るべき策士とは、どうも思えない。

拾人衆の子どもらへの気遣いに偽りは見られないし、いつぞや亥太郎が惨殺されたとき、忠秋の嘆きぶりは本物だった。子どもらが危険な賊と遭遇する状況など望んではいないだろう。

だがその忠秋も、他の老中から協力を強要されているとしたら。

それならしっくりくる。大火の火元という事実を隠蔽してやった上で、協力せねば改めて追及する。そう信綱辺りに脅されているなら、忠秋が信綱の情報網の一端を担っているとしても不思議はない。

（そもそも本当に火元は豊後守の屋敷か？）

とにかくこの点をはっきりさせる必要があった。

それと、本妙寺が「振袖火事」の噂に対し、まったく反論をしていないのも気になる。あえてわざわざ本妙寺側が火元の咎を引き受けたような印象があった。

事の次第をはっきりさせるため、まず父の許しを得て水戸家の家臣を使い、正雪絵図と現実の町割りを比べさせ、光國自身、立ち合ってその目で見て回った。

だが実際に訪れてみると、その下屋敷は、正確には忠秋のものではなかった。

今年二十三歳になる阿部定高、すなわち本家である岩槻藩阿部家の嫡子が家督を継ぎ、拝領し
た屋敷だった。父親の重次は老中を務めた大人物だが、前将軍家光の薨去の際、殉死追
腹にて死去している。

試しに身分を隠し、道を尋ねるふりをして辻番に話を聞くと、屋敷の復旧と管理を担うのは忠
秋の家人と判明した。

代々、備中守や対馬守あるいは伊予守の官位を賜る阿部岩槻家に対し、忠秋は分家の阿部忍家
である。本家を守るため、忠秋が定高の火元の咎をかぶり、下屋敷の復旧にも努めている、と考
えると十分に納得できる。

試しに「振袖火事」のことを話題にすると、辻番はすっかり信じているらしく、

「どえらい祟りだ……くわばら、くわばら」

真顔で、厄除けの言葉を唱えたものだ。

次に訪れるべきは、本妙寺だった。

住職と相対し、「振袖火事」の真相を探り出す。こちらは身分を隠さず、法華宗に興味がある
ので話を聞きたいと打診し、快諾を得た。水戸家は、上屋敷を寛永寺、伝通院に湯島天神と、寺
院や神社に囲まれているのに、藩主の頼房は抹香嫌いで有名だった。だが息子の光國が寺に興味
を持てば、菩提寺に選ばれることも夢ではない。住職の日暁からの返事は、いつでもいいから来
てほしいというものであった。

光國はすぐに僅かな供を連れ、本妙寺へ向かった。

まだ復旧にはほど遠い、ぼろぼろの山門をくぐると、境内には木槌の音がさんざめいていた。

市中に満ちるものと同じ、復興の音である。客殿や庫裏は再建済みで、本堂がよみがえるには数年かかるだろうが、

（全て焼かれたにしては復興が速い）

普請料を賄うため、本妙寺で勧進の祭礼が盛大に行われたとも聞かなかった。有力者が資金を提供しているのは明らかだ。

光國は供を待たせ、単身、客殿に向かい、たまたま玄関先にいた坊主に声をかけた。

「それがしは水戸徳川の子龍と申す者。住職にお目通り願いたい」

坊主が弾かれたように振り返り、光國の顔を見るや、息を呑んでその場に凍りついた。

あまりの反応に光國も意表を衝かれ、まじまじと相手を見返した。だが品川の東海寺以外で、坊主に知り合いなどいない。川底の泥を手でかくように記憶を掘り返すうち、ふいに確信がわいた。同時にぞっと総毛立つような思いに襲われた。

覚えのある顔だった。

「……新馬」

光國の口から、ぽろりと名が出た。頭のどこかで年月を数え、実に十年ぶりであることに呆然となった。

「……谷公」

坊主が呆然となって呼び返した。途端に、光國の脳裏に他の名と顔が浮かんだ。

（鶴市、天傘──これが……これが因縁というもの、因果応報というものか……）

その思いに打ちのめされて立ちすくむ光國の頭上を、いつしか霧雨が覆っていった。

二

了助は、そんな因縁があることすら忘れていた。だが相手はそうではなかった。

その日、了助は朝から日本橋の辺りを行き来していた。

紐で束ねた何張もの傘を天秤棒で担ぎ、体の前には新しい傘が、背側には破れた傘があった。首や腰に簑笠をいくつも吊し、合羽も一着あった。

傘運びの仕事である。それが、このたび拾人衆として了助に割り振られた役目だった。

傘屋から預かった新品を、町々のお得意様のところへ届け、同時に破られた傘を回収する。道行く者が簑笠を欲しがれば、その場でくれるという者はいない。傘は高級品である。のちに紙張りの番傘が造られるようになるが、それとて庶民には中古品を買うのがせいぜいで、一般的な雨具は今も昔も、笠屋が売る簑笠に合羽だ。

了助が働く傘屋は小網町にあり、寝泊まりもそこでしていた。

その傘屋は諜報のための「寺」の一つで、いるのは阿部忠秋の配下の者たちか、拾人衆の子どもらだけだ。みな、ご公儀のためという以前に、傘屋が気に入っている様子だった。傘屋は高級な仕事なのである。芳町に多い傘張り浪人なども、みなどこか鼻を高くしている。同じくらい高級なのが履物屋だ。雨が降れば、普通、草履や下駄は脱いで懐に入れる。それだけ貴重なのだ。その傘屋と履物屋が多くあることから、日本橋の小網町から小舟町にかけては、照降町などと呼ばれてもいる。

123

雨が降れば傘屋が喜び、晴れれば履物屋が喜ぶからである。

了助は別段、傘屋に誇りは感じず、雨が降れば笑顔になるということもなかったが、真面目に務めたい気持ちはあった。

だがなぜ傘屋なのか。中山勘解由に尋ねたら、

「木剣を隠し持てる職だからだ」

と言われた。確かに傘の束の中に木剣を隠しておけたし、いつでも抜くことができた。お務めの間も木剣を肌身離さず持ちたいという了助の意向を汲んでくれたのだ。

「同じかさでも、すだれ売りは無理があろう」

中山はそうも言った。この男には珍しく洒落を口にしたのである。すだれは物売りの中でも特に、かさばるのだ。背丈の大きな者でなければ持ち運びに苦労する。子どもが売り歩くものではなかったし、木剣をくるんでしまったら取り出すのに手間がかかる。

かくして了助は傘運びとして、決まった道を行き来することとなったのだが、これまた芥を運んでいた頃に比べれば画然たる変化である。決まった道を行き来するのは、むろん本当のお務めのためだ。

了助が担うのは中継だった。各方面から来る〝韋駄天〟やその他の使いの者から文が入った筒を渡される。それをまた別の者に渡す。ときには傘屋に持ち帰って店の主人に渡すよう指示されることもあった。

通信者がどれほど迅速に働いても、中継がしくじれば情報が途絶えるか錯綜する。諜報そのものを失敗させかねない。

124

特に今は、浅草方面における諜報が佳境に差しかかっていた。

「正雪絵図の売り買い」の確かな情報をつかんだのである。江戸から逃げた極楽組が背後にいることは確実で、冬が来る前に連中を捕らえることが、拾人衆と彼らを司る御師達の悲願となっていた。

江戸が火に弱いのは、冬から春に限られる。夏秋は雨が多く、六月から九月にかけては火災など滅多に起こらない。起きたとしても湿った戸板が延焼を防いでくれる。

その九月も終わろうとしていた。ここでしくじれば、これまでの働きがおじゃんになる。そう、了助は、さんざんお鳩に脅された。

お鳩はこのところますます遠慮なく了助の居場所に現れるようになっている。毎日のように、こちらがいる町にまでやって来て、

「ちゃんと働いてるのね。偉い、偉い」

と、まるで姉のような態度を取る。しかも去り際には必ずといっていいほど、了助の手を取って、自分の頰にそっと押しつけるということをする。

「何の符牒なんだ?」

と尋ねても、

「さあね」

お鳩は、いたずらっ子のように綺麗な目を見開いて笑うだけだった。

「なあ、あれって何の符牒なんだ?」

東海寺の同房の面々に訊いても、にやにやされるだけで教えてもらえなかった。

「お鳩が言わないんなら、おいらが勝手に教えるわけにはいかねえよ」

伏丸までもがそんなことを言い、くすくす笑うのである。

了助はあれこれ考えたが、結局わからなかった。そのうち無事を祈るおまじない代わりの挨拶だと思うようになった。

困るのは、おかげでつい、お鳩のすべすべした頬を思い浮かべてしまうことだ。

そうするとやけに倖せな気分にさせられた。幼い頃、父の腕に抱かれていたときに似た感情だが、了助自身はそうとは気づいていない。ただひどく安心させられ、満ち足りる思いがした。そしてその分、他のことに考えが回らなくなるのが困りごとの種だった。

日本橋から小網町へ引き返したときもそうだった。頭上から柔らかな霧雨が降ってきたのも気にならなかった。商売には良い天気だし、お鳩の頬の感触を思い出すだけで何でも我慢できる気がしていた。

その倖せな気分が、ふいにかき消された。

「おい、芥運びの河童！」

怒鳴り声がしたかと思うと、すぐ横から大柄な男に突進された。こちらへ手を突き出しているのが見え、突き飛ばす気だと察したときには、すっと片方の足を引いて半身になり、あっさりかわしていた。棒振りと摺り足の鍛錬のたまものである。

男がたたらを踏み、通行人が驚いて飛び退いた。了助はそちらを視界の端に置きつつ、さらに三人の男たちが立ち塞がるのを見た。四人とも黒い羽織を着ていた。

黒い羽織を着た男だった。一見して町奴とわかる派手な髪型と出で立ちに加

126

え、腹巻きには小ぶりな刀を差している。町人は帯刀が許されないため、刀ではないと言い張れるよう、鍔もなければろくな拵えもないものを用いるのだ。

脇差しとは異なる造りをした、のちにドスと呼ばれるしろものだった。

やっと彼らが何ものか理解した。以前、深川で打ち倒した町奴の仲間だ。

「童ァ！ そいつを着て出歩くたあ、いい度胸だァ！」

三人のうちの一人がわめいた。

黒い羽織のことだ。了助も彼らと同じものを着ていた。彼らの一人を叩きのめして奪ったのだが、なぜそうしたか自分でも思い出せなかった。そのときは町奴と野犬を区別していなかった。犬の皮の一部を剝いで、犬除けにするのと同じ気分だったのかもしれない。了助が最初に思ったのは、こんなことでお務めをしくじってはならないということだった。まだしばらくこの辺りにいなければならないのである。

つい、担いだ傘の束に差し込んだ黒い木剣に目がいった。だがすぐに、駄目だと自分に言い聞かせた。ここは深川ではない。町奉行所がすぐ近くにある。騒ぎを起こせば見物人が集まり、当然ながら役人もやって来る。捕まっても拾人衆である限り心配はないだろうが、お務めに支障をきたしてしまう。傘屋のあるじからは、町で喧嘩を売られても決して買うなときつく言われていた。意地など捨てろ。下らぬ喧嘩とは比べものにならぬほど大事なお務めを担っているのだから、と。

「芥拾いが出世したみてえだなあ、ええ？ 偉そうに髪まで生やしやがって」

先ほどたたらを踏んだ男が言いながら三人のそばに戻ってきた。了助は背後に回られることを

警戒していたので、ほっとした。

「返します」

彼らが何か言う前に、了助が言った。眉をひそめる四人の前で、担いでいた天秤棒を置くと、

素早く羽織を脱いでたたみ、差し出した。

四人の目が一様に殺気を帯びた。馬鹿にされたと思ったのだ。たたらを踏んだ男が、破れ傘の

ほうの束を蹴り飛ばした。

「それで済むとでも思ってんのか手前ェ！」

了助はなおも頭を下げた。

「返します。だから許して下さい」

だが男たちにその気はなかった。全員が腹の刀に手をかけながら了助を取り囲んだ。

「どこの傘屋だ。てめえを雇った野郎にも詫びを入れさせてやんなきゃなァ」

最初にわめいた男が言った。了助は背筋が寒くなった。「寺」に喧嘩を持ち込むことになる。

だがそうするしかなかった。自分はこれでお務めを外されるかもしれない。お鳩にがっかりされ

る。そう思うと悲しくなったが黙って頭を下げることしかできなかった。

男が、ぐいと了助の髪をつかんだ。

「その前に、生意気な頭を丸めてやるぜ」

他方の手が刀を抜いた。髪を剃る気だ。お鳩が似合っていると言ってくれた髪だった。

それを往来で剃り落とされる。いまだに自分の一部として受け入れ切れていない髪だが、自分

128

のものであることは確かだ。それを一方的に奪われるというみじめさに、さすがに身が震えた。

だが了助は歯を食いしばって耐えようとした。

「待ちなさい」

ふいに声がかけられた。四人の町奴が背後を振り返った。了助も髪をつかまれたまま顔を上げた。

蓬髪の男がいた。

髪はともかく、顎髭は綺麗に剃られている。町娘好みの精悍な美男だ。長身痩躯に医師を思わせる質素な僧服だが、そのまま平気で野宿をしそうだった。それだけ垢じみているというのではなく、全てが自然なのだ。了助はこれまで何人も背の高い男たちを見てきたが、その誰よりも威圧感がなかった。ただあるがまま生きる野の獣のような、あるいは風に吹かれる柳の枝葉のような柔らかさで、するすると近づいてくる。摺り足だとわかったが、あまりに見事な進み方に、了助にはまったく別の歩行法に思えた。

周囲で足を止めて騒ぎを見ている者たちは誰も動かない。了助と四人への注目が、いつしか蓬髪の男へ移っていた。

「何の用だ！」

町奴の一人が了助の髪から手を離し、刀の切っ先を蓬髪の男へ突き出した。

蓬髪の男が右の手刀で、すっとその刀を流した。払ったのではない。まるで手に刀がぴったりくっついたようで、刀を握る町奴が引っ張られたように前のめりになった。ついで蓬髪の男の左手が、その町奴の肩の辺りを軽くつかみ、支えてやった。

同時に不思議なことが起こった。いつの間にか蓬髪の男の手に刀があった。いつ町奴から奪ったのか了助には皆目わからなかった。

蓬髪の男が、手にした刀を相手の腹へ突き込んだ。その町奴は、おのれの得物で刺されることとなった。了助はそう思った。見物人の大半がそうだったろう。

蓬髪の男が手を離し、町奴がどっと湿った地面に倒れた。

「こっ……、この野郎！　やりやがったな！」

残り三人が刀を抜いて突っ込んでいったが、結果はみな同じだった。

蓬髪の男が左右の手で無造作に刀を流し、奪い取り、次々に腹に突き込み、どこをどう押したのか、ばたばたと町奴が倒れ伏した。

屍の山だ。血の池だ。了助は死屍累々の恐るべき光景を想像した。最初に倒れた町奴がむくりと身を起こしたことで、見物人たちが、わっと驚きの声を上げた。

だが、それは想像に過ぎなかった。血は一滴も流れていない。四人とも無傷だった。だが刀がない。どこへ消えたのか。

「うっ――」

町奴たちが、おのれの腹を見て一様に呻いた。なんと腹巻きに差した鞘に、全ての刀が元通り納まっていた。

了助も遅れてそれを理解した。見物人たちも感嘆の声を上げていた。

「取りなさい」

130

蓬髪の男が、ひざまずいた町奴たちへ右手を差し出した。指が銀をつまんでいる。町奴たちは意味がわからず恐怖の目で男を見た。

「あの坊主が持っている羽織を買う」

了助はぽかんとなった。町奴たちも同様である。町奴の安手の羽織に銀一粒は高額過ぎる。受け取るのがむしろ怖くなる額だった。だがすぐに町奴の一人が受け取った。とにもかくにも男の静かな迫力に負けたのだ。

「取ったら去りなさい」

男が言った。四人が弾かれたように立ち、捨て台詞もなく駆け去った。退散という言葉がこれほどしっくりくる姿もない。

蓬髪の男がきびすを返した。なんと了助には一言も声をかけず、町奴とは反対の方向へ歩き去っていった。

見物人たちも場を離れていった。男の姿は雑踏に消えた。了助は手にした羽織を見つめた。理由は不明だが、あの男が、喧嘩の始末をつけてくれたことは確かだった。

了助は再び羽織を着て、蹴られた傘の束を綺麗に整えて担ぎ直した。改めて男が去ったほうを見た。全身がかすかに震え、総毛立っていた。名もなき男が無造作にしてのけたことに言い知れぬ感動を覚えていた。

達人が見せる技を、芸術という。男が見せたのはまさにそれだった。四人もの男たちの手から刀を奪い、相手の鞘に戻す。どうしたらそんなことができるのか。了助は再びお務めのため道を行ったり来たりしながら、男の動きを頭の中で繰り返し再現し続けた。

三

大火ののち水戸徳川家の人々が仮住まいする駒込の中屋敷に、立派な書楼が建てられていた。

光國は得意げに中山勘解由を案内し、文机が並ぶ一室で向かい合って腰を落ち着けた。

「私塾でも開くおつもりですか?」

中山が感心した顔で尋ねた。こちらも、武士は文武両道と心得ているのだ。

「大火で万巻の学書が焼けた。ここでその復興を目指す。散逸した史書をかき集め、編纂し直す。

そのための書楼を父に頼んだのだ」

中山が、まだ紙一枚とてない、がらんとした棚を見た。

「御曹司様お一人で?」

「まさか。そこまでうぬぼれてはおらん。落成祝いが済んでおらんせいで書生どもも遠慮してこ

こに詰めようとせんだけだ」

「早くやればよいでしょう」

「泰の体調が思わしくなくて、な……」

「御病気に?」

中山が細い目を見開き、本心から心配そうな顔をした。とても過酷な拷問を淡々としてのける

男とは思えぬ、そんな悲しい話には耐えられないとでもいうような顔だ。

泰姫と一度でも会うと、誰もが例外なくこのようになるのを光國は知っていた。惚れるとか忠義を抱くといったことではない。泰姫のような真心を持つ人物こそ誰よりも安楽で幸福に生きてほしいと思わされるのである。

「医師が言うには、大火のあと、汚れた空気と水にやられたのがまだ響いているらしい。十分に静養すれば持ち直す、とのことだ」

「さようですか……。一日も早いご快癒をお祈り申し上げます……。ところで、今日は何を話すためにお呼びになったのですか？」

「いくつかある。まず、垣根兵衛こと鹿賀兵蔵を覚えておろう。大目付、中根正盛の配下の」

「丹前風呂の一件で町奴に扮した男、忘れようもありませぬ。前任の拾人衆差配役の仇である渡辺忠四郎の骸を、持って行かれたのですから」

言いながら中山は目の奥で執念の光をちらつかせている。普段の涼しげな猫のような福相が、こうなると一転して冷酷な肉食獣のようで、光國でさえ怖いものを感じるほどだ。

とはいえ、事件をともに追う仲間としてはやはり頼もしいことこの上ない男である。

「こたびも姿を見せたらしいな」

「はい。例の正雪絵図を買い求めようとする浪人どもの一団がおり、その一人が垣根であることを、拾人衆が突き止めました」

「老中の諜者として働いているのであろう。実は、父も垣根を御城で見たそうだ」

「御城!?　まことですか!?」

「父も巳助の人相書きを見ておるゆえ、間違いなかろう。大手門の門番の一人だったらしい」

中山が息を呑んだ。

「つまりは、百人組の一人と——」

光國も神妙にうなずいた。百人組は鉄砲を主力とする独立精鋭隊である。二十五騎組、伊賀組、甲賀組、根来組の四組からなり、百人の鉄砲足軽を擁する。

「甲賀組のようだ、と父は言っていた。組員を選り抜いて老中や大目付が指図しておるのか、組全体がそうなのかはわからぬ」

「もし、後者であれば……」

「百人組が、我らの働きを妨げ、極楽組に通ずる手がかりを奪い去りかねん」

「そうはさせませぬ。正雪絵図の売り手どもの監視を強め、必ずや捕らえます」

きっぱりと中山が言った。

「うむ。で、その売り手だが……」

「亀甲組などと称する者どもで、亀甲模様の傘を目印とし、旗本奴が中心となって狼藉をいたしております。それぱかりか、遊ぶ銭ほしさに盗賊を匿い報酬を得るほか、極楽組から正雪絵図の売りさばきを請け負うています」

「浅草界隈に、出没するそうだな」

「馴染みの傘屋があるとか。『寺』にも傘屋があり、職人の斡旋などを通してだいぶ情報を得ております」

「その亀傘組の頭……天傘と名乗るとか」

「はい。若い頃からの表徳のようです」

134

「それがまことなら、わしが昔、市中を闊歩していた頃の悪仲間の一人だ」

「なんですと!?」

「逃げた極楽組の五人のうち、錦氷ノ介を馬上に載せて逃げた者のことだが……あれも同じ悪仲間だ。鶴市と名乗っておった」

「鶴……極楽組が残した歌にもその名が……」

「そうだ。他にも、新馬という者もおり、ともによく市中を練り歩いたものだ。今どきの浪人どもの狼藉ぶりに比べれば可愛いものだが……過ちも……」

光國はそこでつい絶句した。どう続けるべきか迷い、急に言葉が出てこなくなった。

「けっこうな悪さをしでかしたと?」

中山の口調は軽いものだった。光國の悪遊びの話をさんざん聞かされているのだ。

その軽さが光國の口を再び開かせた。

「そうだ……いずれ咎めを受けるべきと覚悟しておる。ただ、我が身にはまっとうすべき務めがある。水戸家のためになり、義を損なわず、咎めを受けねばならぬ」

「何とも殊勝なことで……」

中山が意外そうに言い、話を戻した。

「つまりこやつらは、みなつながっていると……。天傘は極楽組の鶴市に、鶴市は極大師という極楽組の首魁に。今一人の……新馬という人物はいずこに?」

「本妙寺で、ばったり出くわしてな。驚いたことに、僧になっておった」

「はあ……なぜまた本妙寺などに?」

135

「振袖火事の真相を知りたくてな」

「はぁ……」

「これから話すこと、決して他言するなよ」

光國はそう前置きすると、紀伊藩附家老の安藤帯刀の言葉と、自身が本妙寺を尋ねて聞き知ったことを告げた。耳を傾ける中山の額に、険しい皺が刻まれていった。

「豊後守様が……屋敷が火元となった弱みにつけ込まれ、老中に我らの諜報を漏らしている……そう仰りたいのですか？」

「確証はないが、な」

「盗賊を使うのも御三家を御政道から外すためと……にわかには信じられませぬ」

「わしも同感だ。しかし万一のときは、どちらにつくか決めよ。わしか、豊後守か」

「——どちらにつくか、という問題ではありませんでしょう。私はあくまで極楽組とその配下を一網打尽にするのみです。それでご勘弁下さい。子龍様。うむ。そう言うと思っていたが、つい、な。お主に無理なことを強いる気はない。お主が務めを全うしてくれればそれでよいのだ」

亀一が、そこで言葉を止めた。

忠秋が深々と溜息をつく様子を、岡両子と、残りの三ざるの巳助とお鳩が見つめている。

「子龍様まで監視させるというのは、ちょっとやり過ぎではありませんかねぇ」

岡両子が穏やかに言う。

だが忠秋は厳めしい顔つきで、

136

「子龍様が私を疑うていることは、これで明白。我が本家の屋敷と本妙寺を訪れたこともわかっています。罔両子様もご存じの通り、大火の火元の一件は、幕閣の秘中の秘……御三家に関与させるべきではありません」

いったん口を引き結び、それからおのれ自身へ、しかと告げるように言った。

「もし御三家が、将軍様と幕閣との確執を深めれば、ここまで築いた泰平の世が根底から揺らぐは必定。我が一命を挺してでも、子龍様を止めねば……」

「老中様のお務めは大変なもの。それはそうと、私とこの子たちも勘解由様と同じですよ。どちらにつくかなんて、尋ねないで下さいね」

罔両子がきょとんとなって言い返した。

「私?　てっきり豊後守様が呼んだのかと」

罔両子のやんわりとした断りに、忠秋が苦い笑みを浮かべた。

「私程度では、そこまで高慢にはなれませぬよ、罔両子様。ただ一つお尋ねしたいのは、なぜ、あの男を呼んだのかということです。こたびの件を仲裁させる気ですか?」

罔両子と忠秋が互いを見つめた。重たい空気に、三ざるたちは身をすくめっぱなしだ。

「まことに?」と忠秋。

「や、信じておりますが……」

「信じられませんか?」

罔両子が静かにうなずいた。

「私をさえ疑わせてしまうような、何か別の力が働いているのではありませんか?」

忠秋が険しい顔になって腕組みした。罔両子の言に考えさせられるものがあるのだ。

罔両子が、そんな忠秋を眺めながら、涼しげに言った。

「もしそうなら、大した兵法家がいて、私たちをばらばらにしてしまおうとしているのでしょうねえ。なんとも恐ろしい相手です」

四

了助はお務めが一段落して東海寺に戻ると、元拾人衆の僧である慧雪（けいせつ）から、客人がいるので世話を頼むと言われ、何も考えずに承知した。

この寺に来てから、二度も同じことを命じられていたからだ。両火房は傷が癒えてのち東海寺に帰依し、率先して江戸を巡り歩き、お寺で死んで弔われた。吽慶（うんけい）と両火房（りょうかぼう）である。吽慶は破（や）れを餌にして極楽組の手の者を釣ろうとしていたが、成果はなかった。

今度はどんな人物か、さして深く考えず、いつものように木剣を脇に抱え、握り飯と茶を客殿に運んだ。

客人はいなかった。廊下から部屋を見て、そう思った。木剣を床に置き、膝で進んで部屋の入り口に運んできたものを置いた。そのとき、そばですっと何かが動いた。

了助は、わっ、と驚いて後ろ向きに部屋から飛び退き、思わず木剣の柄（つか）を握っていた。

障子の陰からぬっと手が伸びた。握り飯をつかみ、ひっこんだ。

了助は木剣を再び置き、四つん這いのまま部屋を覗（のぞ）き込んだ。

138

一人の男が、障子のそばで坐禅を組み、壁と向き合っている。握り飯を食っているらしいが一切無音。人が、これほどまでに音も気配も絶てるのか。そのことも驚嘆に値したが、何より相手の蓬髪と背に見覚えがあることに心底驚いていた。

了助は正座して相手が振り返るのを待った。だが男は壁を向いたまま、身をひねって腕だけ伸ばして茶碗を取った。手で探るのではない。背にも目がついているかのように正確に茶碗を取ってのけた。

男は依然、壁を向いたままだ。茶を啜っているのかどうかも音を立てないのでわからない。了助は待っていられなくなり、相手の背に向かって、ぺったり頭を下げて言った。

「あの……この間は、ありがとうございました。日本橋で町奴にからまれてた者です。あの……羽織のお代、おれ、必ずお返しします」

「返報は不要。報酬は他からもらうことになっている」

「え……?」

「なにゆえ傘の中の得物を抜かなかった?」

了助は驚いて顔を上げ、

「あの……お務めが……」

答えに詰まった。木剣を隠していたことがなぜわかったのか。しかもそれを取らなかったことを咎められているのだろうか。

「心を置いたがゆえ、かえって彼奴らの頭に血を昇らせ、つけあがらせた」

「心を……置いた……?」

「羽織、得物、得物を抜くまいとすること。ほうぼうに心を置いたがため、身が固まり、彼奴らの手出しを読めず、かわせもしなかった、な……」

男の言うことはわかるようでわからない。ただ事実、お務めに心を奪われていたせいで町奴が次にどう出るか、考える余裕がなかった。とにかく羽織を返せばいいと思ってしまった。改めて冷静に考えれば、決してそれで済む相手ではないのに。

「おれ……どうすればよかったんですか?」

素直に訊いた。男の答えが知りたかった。

男が坐禅を解き、ゆったりとこちらを向いてあぐらをかいた。こうして間近で見ると意外に若い。ひとまとめに束ねきれない蓬髪が、むしろ秀麗な顔立ちを際立たせている。

「不動智を学んではいないのか?」

「ふどうち……」

「不動であるとは、どういうことか。この寺の開祖が遺した教えだ。我が村では経典代わりに詠む」

「あの……、すいません……。知らないんです」

男が障子を見た。いや、障子を透かすようにしてその向こう側にある木剣を見ていた。

「それを見せてくれないか」

おそらく僅かな音だけで察知しているのだろうが、それだけで隠し事は何もできないと思わされれた。

了助は手を伸ばして木剣を取った。そうした品を見せるときの礼儀など知らず、とにかく献げ

140

るようにして差し出した。大事な木剣をそんな風に扱うのは初めてだった。

男は受け取らず、言葉通りただ木剣を見つめながら言った。

「そうした得物を握るとき役立つ。心の極意と、剣の極意は、同じという教えだ。その柄頭に刻まれた言葉の意味はわかるか?」

「お不動様の字で、うてなと読みます」

「よほど心の置きどころに迷い、救いを求めた者が造ったのだな」

男が断言した。その通りだった。了助は吽慶のことを思い出し、その血まみれの死に顔を載せる気分で、木剣をおのれの膝の上に横たえていた。

「心の台はどこにもない。心はどこにも置いてはならない。自己、他者、周囲の全てに遍く満たす。それが心の置きどころだ。その木剣は、すでに不動智の何たるかを示している」

了助は神妙に聞いているが、やはりわかるようでわからない。ただ、相手の刀を奪って相手の鞘に納めるという、男がしてのけた技がどうしたらできるのか、教えてもらっているのだと勝手に解釈していた。

「体の鍛錬だけではない。心もどうにかしなければいけないのだ。

「あの……お名前を訊いてもいいですか?」

了助が遠慮がちに言うと、男が僅かに片眉を上げ、やけに愛嬌のある顔になった。

「慧雪めに、客人がいるとのみ聞かされたか」

「あ、はい……」

どうしてわかるのかとここでも思ったが、だんだん慣れてきたせいか驚きは薄かった。

「柳生列堂義仙」

「柳生の方なんですね」

了助も当然その名を知っていた。偉い剣術家が興した大名家で、将軍様にも剣を教える高い身分だ。光國が水戸邸で会わせてくれた剣術家達もほとんどが柳生流の達者だった。

「ここの住職に請われ、拾人衆に術を教えた。慧雪は……夜目、隠形、礫の術に長けておった、な」

つまりは行師である。若いがとびきり優れた使い手という印象だった。なぜ寺にいるのかと重ねて尋ねようとしたが男に遮られた。

「話はまたいずれ。使いが来た」

果たして足音が近づいてきた。伏丸だった。そばに来るなり、了助以上にべったり頭を下げて男へ言った。

「岡両子様から、義仙様を部屋へご案内するようにと言われて来ました」

棒読みの口調である。いつもぼんやりしている伏丸が、かちかちに緊張していた。

「案内は不要。勝手は知っている」

男がすっと立ち、部屋を出ていった。廊下の曲がり角へ消えるまで伏丸は頭を下げっぱなしだった。

「おれ達は？」

了助が気軽に訊いた。伏丸がふーっと息をついて、いつもの調子に戻って言った。

「今日の合議、拾人衆は出るなってさ。ああ、怖い怖い」

「何が怖いんだ？　静かな人じゃないか」

「柳生の人なんだよ」

「聞いた。偉い剣術家がいるお家だろ」

「そ。でも、義仙様はちょっと違うって。柳生のお国で僧をしてるんだって」

伏丸の口数がいつもより多い。心底怖がっているときほどそうなるのだ。了助はますます不思

議になって訊いた。

「怒ると怖いのか？」

「うん。あの人が怒ったとこなんて見たことない。術も丁寧に教えてくれるし」

「じゃ、何が怖いんだよ」

「昔、ご公儀のためにずいぶん人を斬ったんだってさ。僧になって、斬った人の供養をしようと

したら止められたんだって。だから、そのときいた寺を出たんだって言ってた。あの人が罔両子

様に話してんの、亀一が聞いたんだ」

「ふうん」と了助は呟いた。ご公儀のためなら仕方ないだろう。暴発して人を斬る奴どもとは比

較にならぬほど上等だ。それに死者の供養を望む人物を怖がる理由がなかった。

「義仙様ほどたくさん人を斬った柳生はいないって罔両子様は言ってた。でも、一人も斬ってな

いことになってるんだ」

「なんでさ」

「斬りすぎたんだ。女も子どもも。あんまりにも人を斬りすぎるから、ご公儀もあの方を寺に入

れるしかなかったんだって。おれ、あの人の近くにいると、血の臭い以外なんにも嗅げなくなる

気がして、怖いんだよ」

五

合議は東海寺に新設された講堂の一角で行われた。

しんと冴え返るような新築の匂いに包まれたそこに、身が縮むような緊張が漂っていた。しか

も、一人の男が合議に加わったことで、誰の口も重く閉じがちになった。

「……どなたに遣わされたか言えぬと？」

光國が、男に尋ねた。中山も忠秋も岡両子もすでに同様のことを尋ねていたが、

「さる人々から頼まれ申した」

男は、頑に同じ答えを繰り返した。

柳生六郎。またの名を、列堂義仙。あるいは芳徳坊義仙。柳生家の当主であった宗矩が晩年に

なって側室に生ませた末子である。

宗矩の死後、その遺志に従って京の大徳寺で出家。義仙と名を改めてのち柳生村に戻り、その

地で、かつて沢庵が開いた芳徳寺の住持となったという。

「寺にほとんど居つかず、と聞いていますよ。最近は何をされているのですか？」

岡両子が穏やかに探りを入れても、

「流れ流れるばかりです。いずれ別の住持が立つかもしれません。そうなれば晴れて御役御免で

す」

144

不動智

　義仙はこともなげに返したものだ。この年、二十三歳。中山勘解由よりも若いとは思えぬほど達観しきった態度であった。

「こたびの件の処置をまとめますと……」

　中山が咳払いし、滞りがちな議事をどうにかまとめようとして言った。

「正雪絵図の売り買いが行われることは確実。売り手と買い手の双方に監視をつけ、売り買いの現場で、一網打尽にします。留意すべきは、まず買い手にくだんの忍、垣根兵衛の姿が見られたこと……」

「豊後守、何か聞いておりませぬか?」

　光國が口を挟んだ。忠秋がゆっくりと光國を見つめ、左右にかぶりを振った。

「残念ながら何も」

「まことに?」

「二言はございませぬ」

　中山がまた咳払いした。

「奉行所の面々で現場を包囲いたします。これを事前に老中の御方々に報せるかは……」

「無用だ。また敵方に漏れかねん」

「同感。諜報は一任されておるゆえ」

　光國と忠秋が、互いに歩調を合わせるように言い、うなずき合った。だがかえって緊張が漂い出すような二人の様子に、中山と罔両子がそっと息をこぼした。それら四人を、義仙がただ静かに眺めている。

145

「売り手のほうですが、子龍様によれば、亀傘組の頭である天傘と名乗る男は、極楽組の惣頭五名のうち『鶴』と旧知の仲と……」

「わしが家人を率いて天傘を捕らえ、口を割らせよう。必要とあらば拾人衆を借りる」

光國が言った。中山が困惑を顔に出した。

「御曹司様のすべきことではありません」

「筋合いというものがある」

「それはいかなるもので？」

忠秋が半身を乗り出した。その眼差しが光國の表情をしかと読み取ろうとしていた。

「かつての悪仲間に引導を渡し、我が過ちを償うということです」

光國は注意深く言葉を選びながら、確信を込めた調子でこう続けた。

「また、正雪絵図に記された火元の情報の出所が、紀伊藩のみではないことも、その男が口を割ればはっきりするでしょう」

「では、我が家臣を、御曹司様の手勢に」

「無用です、豊後守」

「いえ。天傘なる輩は、何かあってはならぬ重要な男。是非にも手勢にお加え下さい」

忠秋が一歩も引かぬ様子で言った。

「何かとは？」

「逃すこと。さもなくば捕らえる際、うっかり殺してしまうこと……」

（わしでは殺すかもしれんと考えているのか？　わし自身の過去を葬るために）

146

光國は咄嗟にそう推察すると同時に、

（いや、天傘が口を割ると困るなら、豊後守こそ家臣に天傘を殺させ、わしに罪を着せる気かも

しれん）

そんな疑いもわいていた。

（どうであろうとも好きにはさせぬ）

光國はいずれの思案も口にせぬよう自制し、いったん折れてやった。

「よいでしょう。お借り申す」

中山が安堵したように吐息し、

「では……売り手、買い手、つぶさに監視をして参ります。本日の合議はこれにて……」

言いつつ最後にまた義仙を見た。

「貴殿はどうされるおつもりで？」

「拾人衆の手伝いをしましょう。それと、できれば買い物を一つ」

「買い物、ですか？」

中山が聞き返した。残り三人も、何か示唆されるのかと眉をひそめて答えを待った。

「黒い木剣と羽織を持った小僧を買いたいのですが、よろしいか？」

全員が呆気にとられて義仙を見つめた。

「それは了助のことか!?」

光國が目を剥き、怒号を放ったが、義仙は微動だにしない。

「なりませぬか？」

「ならぬ。当たり前だ。買うだと!?」

光國が片膝を立てた。義仙につかみかからんばかりの形相である。

罔両子がすっと両者の間に割って入って尋ねた。

「了助さんをどうするおつもりですか?」

「廻国修行」

義仙が淡々と言った。全員の意表を衝く答えに、光國もいからせた肩を下ろした。

「なぜそうしようと考えたのですか?」

「よい買い物かと」

その言い方にまた光國が眦を逆立てた。

「修行ならばこの寺や我が道場でもできる。なんであれ売り物ではない」

義仙はうなずくや、すっと身を引き、

「わかり申した。では私は日本橋の『寺』に」

そのまますると退いていた。光國がつかんで止めようとしても、到底止められなかったであろう所作である。

「ここにいて下さればいいのに。義仙どのと久々に禅の談義をしたいと思っています」

罔両子がやんわり引き止めたが、

「いずれまた。では失礼致す」

義仙はろくに耳を貸さず立ち去った。誰も咎められないほど自然に消えていた。そのくせ四人からすれば存在自体が不自然なのだ。

「いったい誰があの男を遣わしたのだ……いっそあの男から先に口を割らせるべきか」

光國が忌々しげに呟いた。

「柳生は先代と先々代の将軍様のため幾多の蔭働きをしてきたと聞いております。よもやとは思いますが、上様肝煎りということは……」

中山が言った。むろん全て推測であるが、忠秋までもが深刻な面持ちになった。

「迂闊には申せぬが……もしそうならば、あの人物の口を割らせたあと、面目を失うのは我らということになりかねませんな」

「追い払っても咎めを受ける……か」

光國が唸った。先代家光、先々代秀忠、両将軍が重用したのが柳生家である。どんな剣術家も立身出世という点では柳生家の足下にも及ばない。大目付の中根正盛の配下だという垣根兵衛に加え、なんとも厄介な存在が介入してきたものだった。

「さてはあの男、伊豆守が仕掛けた罠か?」

光國はあえてこの場で口にした。

「一応、私が探っておきましょう」

忠秋は、刺激された様子もなく返している。

中山が、二人をちらりと見て目を伏せた。

罔両子が嘆息し、立ち上がって障子を開き、縁側から空を見上げた。

「晴れるどころか、ますますの曇り空ですか」

背後の面々の心持ちを指摘しているのは明らかだった。

誰も何も応じず、やがて三人とも次々に退出していった。

　　六

　お供という名目で、了助はまたもや光國の馬に乗せてもらった。

　普通、お供はそんな扱いは受けない。なぜ自分を特等席に座らせるのか、そろそろちゃんと尋ねてもよいような気がしていた。ずっと、立場の弱さや、相手の心を逆撫でするのではという怖さのせいで訊けなかった。しかしいつしか、理由不明のまま厚遇されることのほうに居心地の悪さを感じるようになっていた。

　今日こそ訊こう。なんでおれをこんな風にしてくれるんですかと、はっきり尋ねよう。そう考えていたのだが、光國が他のことを重ね重ね述べるので、ついつい機会を逸してしまった。

「あの義仙という男、うかうかと信用してはならんぞ。背後に何者がおるかわからぬ」

「おれを助けてくれましたが……」

「たまたま居合わせたとは限らぬのだ。お前を買いたいなどとぬかしおった。お前を見張っていたのかもしれん」

「なんで、おれなんかを?」

「それは──」

（わしの弱みを握るためかもしれん）

　光國の脳裏にはそのことがあったが、むろんとても口に出来ることではなかった。

150

「わからぬ。お前の素質を見抜き、蔭働きに使う気かもしれぬな」

「蔭働きってなんですか?」

「む……人が、普通は嫌がるような仕事だ」

「ご公儀のために人を斬るとかですか?」

「ふむ……誰かがそう言ったのか?」

「伏丸がそんなことを言ってました」

「そうか……うむ、そのようなこともあろう」

「でもあの人、すごい達人です。技を教わってはいけませんか?」

「師とすべき者は大勢いる。水戸家で新たな剣術指南役を探しておるゆえ、待っていよ」

はい、と答えたものの内心、是非とも義仙に教わりたい気持ちだった。

技のために心をどうにかしろと言われたのは初めてだったし、「地獄払い」と岡両子が呼んだ

自分の棒振りに、意味を持たせてくれる気がした。

だがそうは言わず、もともと尋ねたいことも口に出来ぬまま、夕暮れの前には神田(かんだ)界隈で下ろ

してもらった。

「ではお務めに励め。危ないことがあればすぐに誰かに伝えよ」

「はい。ありがとうございます」

いちいち気にかけてくれる光國に素直に感謝の言葉を返し、了助は「寺」へ向かった。

丹前風呂の一件でもお世話になった長屋である。木剣を携え、黒い羽織をまとっていた。町奴

に喧嘩をふっかけられないよう目立たぬ姿をすべきかとも思ったが、すでに他の拾人衆が了助の

いつもの姿を目印にしているため、すぐには変更できないと中山から言われていたのだ。

奴どもに絡まれたら自力で退けるしかない。義仙のように見事にやってのける自信はなかった

が、もともとそうしないと生きていけなかった身だ。それに義仙の教えを実践してみたい気持ち

もあった。

心を置く、というのは気を取られるということだろうと了助なりに考えていた。何かに気を取

られず、周囲に気を配る。それもずっとやってきたはずのことだ。寺暮らしで緩んだ警戒心を万

全にしようと努めつつ、なにごともなく目的の場所に辿り着いていた。

義仙は当然のように片肘を枕にして目を閉じ、膳にはなんと酒と肴が用意されていた。

寝そべる義仙の腰を亀一が揉み、その姿を巳助が絵にし、お鳩が三味線を弾いて唄っている。

経歴不明の長屋の主人に挨拶して部屋に入ろうとし、呆気にとられた。

何か場違いなものを見てしまったような居心地の悪さを感じて棒立ちになっていると、

なんと、三ざると義仙がいた。しかも三人がかりで義仙の世話といおうか、相手をしていた。

「おい馬鹿、了助。」

燕が来て、了助の羽織の袖を引っ張った。警戒心を万全にするどころか完全に室内の光景に気

を取られていた。

「おい馬鹿、了助。こっち来いって」

そのまま燕に引っ張られて別室に行くと、燕と同じ韋駄天である鳶一（とびいち）と鷹（たか）がいた。

「あっちの部屋行くと、義仙様にこき使われるぞ。こっちで飯炊き手伝え」

鷹に言われて従いながらも、了助は今見たものがまったく理解できなかった。

「おれたちをこき使う？　あの人が？」

152

「三ざるがそう言ってたんだ。あいつらが相手するから、おれらはこっちにいろってさ」

鳶一が言う。了助は信じがたい気分だった。飯が用意されたときも義仙がいる部屋からはお鳩

の唄が聞こえてきていた。

了助が何だか申し訳ない気分で韋駄天の三人と飯を口に入れていると、くたびれた顔の三ざる

がやって来た。

「ああ、お腹空いた」

三味線を抱えて、ぺたんと尻餅をつくお鳩に、了助が箸と椀と小鉢を揃えてやった。もちろん

巳助と亀一にもそうしてやったが、

「夫婦みてえだぜ」

鷹が妙なことを言ってからかい、了助をまごつかせた。お鳩がきっと鷹を睨んだが、わめく気

力もないらしく、黙って箸を取った。

「義仙さんの飯、持ってかなくていいの?」

了助が訊くと、巳助が肩をすくめた。

「おいらが炊いておいたよ。手酌しながら食うから今日は休めってさ」

「私はこのあともう少し按摩をしてきます」

言いつつ、亀一が両手を閉じたり開いたりした。すでにたっぷり揉まされた様子だ。

「義仙さんのお世話もお務めなのか?」

燕が目を剝いて訊いた。鳶一と鷹が顔を見合わせた。

「おれら、朝から晩まで駆けずり回ってんだぜ?」

鷹が冗談じゃないというように声を上げた。

「あたしらがするから、あんたたちは自分のお務めに精出してなよ」

お鳩が言い、了助に目を向けた。やけに真剣な眼差しだった。

「了助。絶対に義仙様に逆らったら駄目よ。いい？　あの人に何を言われても、逆らわないで。言うことを聞いて」

「別に……逆らう気はないよ」

了助は困惑したが、お鳩の勢いに圧されて素直に承知した。お鳩からすれば、自分はいまだに寺に馴染めず、我が儘に振る舞っているように見えるのだろうかと思った。

お務めのために黙って髪を剃られようとしたんだぞ。心の中でだけそう言い返した。

「約束よ。はい」

お鳩が小指を立てて突き出した。了助はちょっと戸惑いながら応じ、可愛い指に自分の指を絡めた。

たちまち少年たちがにやにやし、指切りげんまん、とお鳩に唱和させられる了助を、互いに肘でつつき合ったりして面白がった。お陰で了助は、わけもなく恥ずかしい気分にさせられたものだ。

飯を終え、片づけて布団を敷いた。お鳩は紺屋町のほうにある三味線の師匠の家に泊まるという。そこも「寺」の一つなのだ。

「おい了助。お前えがお鳩の提灯持ちしてやれよ。お鳩、三味線抱えてんだからさ」

鷹が言うので、了助はその通りにした。

「ねえ、ほんとに言う通りにしてくれる?」

途上、お鳩がまたそう訊いてくるので、よほど信用がないのかと少しがっかりした。

「逆らう気はないよ。すごい人だし」

提灯で足下を照らしてやりながら、

「お前に言われて髪も伸ばしただろ」

と付け加えた。だから信じろというのも変な話だが、それだけお鳩の言葉を信用しているのだとわかってほしかった。

「うん。そうよね。了助を信じてるから」

お鳩がやっと、了助が聞きたかったことを言ってくれた。

「約束守るよ。絶対」

「うん。あのね……」

「ん?」

「あたしのこと好きって言ったじゃない」

急に、了助の心臓が鼓動を打った。なんでそうなるのかわからない。

「ああ、言った……」

答えた途端、うっかり道のでこぼこに足を取られそうになった。またしても警戒心を万全にするどころではない。すぐ隣にいるお鳩に全神経を奪われる思いだった。

「あれ、どういう意味?」

「意味?」

了助はぽかんとなった。お鳩が自分を気にかけてくれる分、それ以上に自分もお鳩を気にかけるようになった。いつの間にか、ごく自然に。それに意味なんてあるのだろうか。

「そう。どういう意味で言ったの?」

「おれ……別に考えてなかった。あんときはただ、お前が大事だと思って。おれ……町奴に捕まって、髪剃られかけた」

「え?」

「そんときは、お前のことばっか考えてた。髪なくなったら、がっかりされるな、とか。でもお前に言われたお務めのために我慢しなきゃとか。義仙さんに助けてもらったけど」

我ながら的外れなことを話していると思ったが他に言葉がなかった。目的地の前に来ると、お鳩が三味線を置いてくるりと振り向き、了助の頭をつかんで引き寄せた。お鳩の顔が真ん前に来た。そうかと思うと、自分の片頬がお鳩の片頬にぴったりくっついていた。この上なくすべすべして、あったかかった。

「あたし嬉しいよ、了助」

すぐ耳元で言われて胸の奥がかっと熱くなった。お鳩が手を離して下がった。了助も頭を上げて見つめた。

「気をつけて帰んなよ。じゃ明日」

「ああ……また明日」

お鳩が三味線を取って戸を開き、

「あたしも好きよ、あんたのこと」

なんとも自然に言って中へ入り、了助が何か言い返す間もなく、戸を閉めてしまった。

その晩は、とにかく帰り道が大変だった。ぼんやりしきりで二度も転びかけた。こんなときに喧嘩を売られたら、わけもわからぬうちに殺される。腰の木剣にふれて気を引き締めようとしたが駄目だった。了助は朦朧とする気分で長屋に戻った。みな寝ており、亀一だけが義仙の部屋にいるようだった。了助は木剣を傍らに置いてさっさと寝ようとした。目を閉じるとたちまちお鳩のことが思い出された。心を置くなと言われても無理だった。何度もお鳩の頬の感触が思い出された。最後の言葉も。

どういう意味かなどまるでわからない。だが幸福な思いに満たされることはわかった。寺の縁の下で父の腕に抱かれて眠っていたときの幼い記憶がよみがえった。三吉と初めて長屋に住むようになったときのことも。

こんな温もりに満たされては、無宿人の身に戻れなくなるという不安がわからなくなったことに気づいた。それが良いことかどうかも考えられなくなり、やがて了助は眠った。

七

諜報は、数日のうちに佳境を迎えた。

売り手と買い手の面子、彼らの住み処、主な連絡手段、そして売り買いの現場に至るまで、綿密に調べ上げられた。

了助たちが長屋に来て四日後の夜、中山がお忍び姿で現れて少年達に指図した。

同じ部屋に、義仙が当然のようにいた。

「売買は明晩。買い手が極楽組傘下となる儀式を兼ねておるゆえ、双方の組の者が残らず集う。場所は、大川（隅田川）の下総側。本所の無縁寺にある万人塚だ」

のちの本所回向院である。大火で死んだ者たちの屍が集められ、回向すなわち死者の冥福を祈る場となっていた。復興途上ゆえお堂も仮設、住持も不定とはいえ、そんな場所に火つけを流行らせんとする連中が集うとは冒瀆きわまりなかった。

このため寺社奉行も、小検使と寺社役同心を総出動させると約束していた。異例といえるほど積極的な加勢である。

問題は大川の対岸だという点だ。七十年かけて築かれた江戸のほとんどが大川の西側である。長らく川の東側は芥捨て場の築地（埋め立て地）に過ぎず、江戸ではなかった。必然、奉行所の管轄ではない。だがその点については、

「案ずることはない」

と中山は断言した。

「明朝、河口にある水戸様のお屋敷に集え。他の拾人衆も呼ぶ。日暮れ前に無縁寺へ向かい、その後は我が指示に逐一従え。よいな」

了助たちはみな、かしこまって承知した。

中山が、部屋の隅で静かに座る義仙を見た。

「貴殿はどうされる気ですか、義仙殿？」

「拾人衆とともにいる」

158

義仙が端的に答えた。中山の指示に従うというようでもあり、逆のようでもある。

中山もそれ以上は質さない。万が一、義仙が賊の逃走に荷担したときは、部下と拾人衆を使って阻止せねばならない。老中と御三家の確執に巻き込まれるなど迷惑至極だが、あくまで賊の追捕こそ使命と心得ていた。

「今宵はよく休め」

中山が、拾人衆に命じて長屋を去った。

翌日、続々と人員が大川河口付近の、水戸家の蔵屋敷に集合した。

水戸家、中山家、阿部家の家臣団。町奉行所および寺社奉行所の手勢。拾人衆。庭が、男達で埋め尽くされるほどの大所帯である。

屋内では光國と中山が、各奉行所の面々とともに人員の配置を念入りに確認している。

「甲賀組の鉄砲隊と思しき者達が多数、無縁寺周辺にて徘徊している様子」

中山が言った。すでに甲賀組の隠密働きについては通知しており、浮き足立つ者はおらず、みな肚の据わった顔をしている。

「売り手と、買い手の不逞浪人どもを、まとめて始末する気であろう」

光國が断言した。各奉行所の面々が喉の奥で唸った。光國の言葉が信じられないのではなく、しかと肝に銘じているのだ。

「幕閣では、江戸鎮撫のため、盗賊とみなさば、評定を待たずして斬捨て銃撃を御免とする役職の是非が評議されているとか」

中山が続けた。忠秋からの情報である。

そのような役職が定められたならば、奉行所の管轄を超越した、人斬り部隊が江戸に出現することになる。後世、実際そのようになるのだが、江戸鎮撫のためと言いながらかえって流血を招く処置には常に賛否がつきまとう。このとき集合した者全員が、そのような役職は否定されるべきとしていた。

「甲賀組の働きをもって、そのような役職を制定せんとするのが一部老中の肚であろう。火つけの賊を捕縛するはむろんのこと、絶対に甲賀組を阻止せねばならん」

これは鉄砲組を止めることを意味する。町奉行所の与力・同心は鉄砲組出身が多く、どうすれば鉄砲を無力化できるか知悉（ちしつ）していた。むろんそのためには決死の覚悟が必要だが、気後れする者は皆無だった。

光國と中山がそうして士気を高めんとしているとき、屋敷の一角では拾人衆が待機していた。三ざる、東海寺の韋駄天三名、ほうぼうの「寺」から呼ばれた子どもら、そして了助である。そこに義仙もおり、相変わらず当然のような顔で、三ざるに自分の世話をさせていた。亀一に肩を揉ませ、目の前で巳助に一帯の地図を描かせ、お鳩に茶を運ばせる。

そんな様子を、他の拾人衆が見て見ぬ振りをするという妙に落ち着かない状態だった。

「なんであの人の世話ばっかしてんだ？」

お鳩が茶を汲みに行くのを見計らって、了助は一緒に部屋を出て尋ねたが、

「あんたは気にしないの」

にべもなく返されて不満を感じた。お鳩が意味もなくこき使われているのは嫌だった。

するとそんな了助の気分を察したか、お鳩がぺたっと両手を了助の頬に当てて言った。

「義仙様を信じないと駄目。いい？」

いつもと逆で、頬をお鳩の手に包まれていた。

それだけで安らかな気分になるものの、何だか無理やり納得させられるようで、釈然としなかった。思わずお鳩の手を取って頬から引っぺがしていた。

「なんであの人なんだ。わかんないよ、おれ」

「じゃ、あたしを信じて」

「え……」

「大事なことなんだから。信じて」

お鳩にそうまで言われたら逆らえなかった。了助は手を離してうなずいた。お鳩が微笑んだ。

「さ、部屋に戻って。きちんとお務めして」

その目が何か切迫したような光をたたえていることに了助は初めて気づいた。

お鳩が、了助の手をぎゅっと握った。すぐに離し、舞の稽古で鍛えた足取りでするすると立ち去った。その後ろ姿を了助は眺めているしかなかった。

やがて日が傾き、男達が少数に分かれて次々に舟に乗り、本所へ向かった。

了助も拾人衆や義仙とともにそうした。対岸に到着してしばらく歩かされ、遠く田畑の向こうに無縁寺の塀がかすかに見える辻で止まり、そこにある小さな寺に配置された。寺社奉行所が手を回しており、了助たちはこぢんまりとした客殿に詰めることとなった。

「よい場所だ」

義仙が狭い境内を眺めて呟いた。景観のことを言っているのではなかった。

「勘解由殿は兵法を知っているな」

拾人衆たちはその意味を知りたがったが、義仙はそれきり壁を向いて坐禅を組んでしまった。

こうなるとこの人物は、壁に溶けるように気配を絶ってしまう。同じ部屋にいてもつい存在を忘れるほどだ。

了助はできれば自分の棒振りを義仙の目で見てもらいたいと思ったが、

「放っとけよ。こき使われるって」

燕達に止められ、できずじまいになった。

日は急速に暮れていった。明暦三年の九月の末は現代の十一月頭である。虫の音は絶え、月は明かりとして頼りない。暗がりが一帯を包み込み、ときおり冷たい風が吹いた。

やがて、深閑とする夜のどこかで、激しい銃撃の音が轟いた。

八

近辺に潜伏した甲賀組の働きを阻止することは、おおむね上首尾となった。事前に配置に予測を立て、念入りに諜報を行った成果である。寺社奉行所が味方したことも幸いし、鉄砲を持った待ち伏せの人員のほとんどを、ことが始まる前に押さえていた。

各奉行所の手勢が提灯を掲げ、

「ご公儀である！ ご公儀である！」

と叫び、木陰や草むら、あるいは百姓小屋に潜んでいた甲賀組の鉄砲足軽を明るみに出した。

市中で鉄砲を持ち歩けば、たとえ務めのためであっても、改めの対象となる。

「我らこそご公儀である！　だいたい、ここは市中ではない！」

鉄砲足軽の中には抗弁する者もいたが、

「架橋の儀だ！　架橋の儀を知らぬか！」

さらに言い返され、目を白黒させた。

大川に橋を架ける一大事業のことだ。火事の際、民衆を避難させるため、大火ののち、幕閣は架橋すべしと決定を下していた。天守閣を再建せず、という決定に次ぐ、江戸再生策の一つである。

すでに架橋の準備がされており、後世、両国橋と呼ばれるその橋の存在によって、川の対岸も、また、このときすでに江戸市中とみなされるようになっていたのである。

「橋だと⁉」

呆気にとられる甲賀組の鉄砲隊を、各奉行所の面々が追い立てて一箇所に集めていった。抵抗の気配を見せる鉄砲足軽には、問答無用で桶の水をぶっかけた。銃の火縄を駄目にさせるためである。水をかけられたほうは憤怒の顔つきになったが、

「鉄砲の改めを拒めば入牢となること存じておろうな！」

命を張って出動した与力・同心の迫力が勝り、鉄砲隊をものの見事に無力化させた。

問題は無縁寺だった。

何万もの遺骸が運ばれ、埋められたそこに、そのとき二十名余の男達が、集合するというよ

り、対峙していたのだった。

正雪絵図の売り手である亀傘組の構成員と、買い手の浪人集団である。

住持不定をいいことに、ほうぼうにかがり火を焚き、塚に尻を乗せて酒杯をかわすなど、怖い

もの知らずも甚だしい様子だった。

「約束の金は揃えたはずだぞ、天傘よ。あれだけの金を渡したのに、絵図一枚だけで極楽組の当

主に会えぬというのか？」

そう言ったのは、垣根兵衛こと鹿賀兵蔵である。しばらく前まで町奴に扮していたが、今は浪

人の出で立ちで、名も古賀兵右衛門などと名乗っている。

「まあ待ちねえ、兵右衛門さんよ。あんたらを蔑ろにしちゃいねえし、それどころか、この亀傘

組と肩を並べさせてやったんだぜ。まずはそのことを祝おうじゃねえの」

そう薄ら笑いを浮かべるのが天傘だった。身なりは良いものの絵に描いたような軽薄さだった。

青黒く浮腫んだ顔をした、細身で小柄の、言動に芯のない、極楽組の惣頭と既知であることだけ

が頼りといった、吹けば飛ぶような男だ。しかしそれが、ともすると双眸に狂気を宿し、何をす

るかわからぬ迫力を総身にみなぎらせるのである。相対した人間はたいてい、その天傘の凶猛さ

に凍りつく。いわば窮鼠の激情の恐ろしさを知るのだ。

旗本の四男坊として生まれ、兄達に折檻されて育った鬱屈を溜めに溜めてきたゆえである。そ

れは長子ではない旗本の子息達に共通の鬱屈だった。中でも苛烈な怒りを蓄え続けてきたことが、

この小男を旗本奴の頭にしていた。

このときも天傘は軽薄に振る舞いながら、万人塚を酒宴の場とするなど、ただ役人の目を逃れ

164

るためとは言い難い、ねじくれた心をあらわにしている。

垣根も、忍として蔭働きをしてきた身である。鬱屈とも無縁ではない。だが天傘とその仲間の醜悪さには耐えがたいものがあった。

万人塚の地なら、誰が死んでも埋めてしまえばいいと言外に告げているのも不愉快だ。自分の逆鱗に触れればそうしてやると環境を舞台装置のように使って主張していた。根が小心者で、狂気を強みにしようという人間にありがちな、なるべく大きなものと一体化しようという気質のなせるわざだった。

「貴殿と通じている極楽組の惣頭は、鶴市というらしいが、つなぎはつくのか?」

垣根がうんざりする気分を隠して質すと、天傘がうるさそうに手を振って言った。

「心配しなさんな。あいつのほうから、おれにつなぎを送って寄越すからよ。大したもんじゃねえの。お上に追っかけられても見事に江戸を出てよ。まだまだどえらいこととして、傾いて見せようってんだから」

「ならば、お前を消して、つなぎを待てばいい話だ」

とうとう垣根が言った。同時に逆手で脇差しを抜き、迅速に天傘の頸へ振るった。

天傘が命を拾ったのは本能のなせるわざだった。口にふくんだ酒を垣根の顔に吹きかけながら、後ろ向きに塚から転がり倒れるようにして逃げたのだ。垣根の殺気を感じた瞬間の行動である。

刀を抜いて応戦しようなどという素振りはかけらも見せず、

「傘開けえ! 傘開けえ!」

妙なことをわめきながら、地べたを這って仲間がいるほうへ逃げ込んでいった。無様でみっと

もないなどと考えもしない心根が、その命を救ったといっていい。

天傘の仲間数名が、言われたとおり大きな傘を一斉に開き、横に向けた。　組の名のゆえんでもある亀甲模様の傘である。　天傘がその陰に転がり込むようにして隠れた。

「撃ちかけーい！」

垣根が目に入った酒をまばたきして流し出しながら叫んだ。

仮堂の陰から、鉄砲足軽たちが走り出た。　迅速に片膝をついて銃を構え、横一列に並ぶ傘の群に、射撃を見舞った。

同時に、浪人たちに紛れていた垣根の仲間四名が一斉に抜刀し、周囲の者たちを手当たり次第に斬っている。　天傘組だろうが、それまで行動をともにしていた浪人仲間だろうが問答無用だった。

銃撃が一帯の静寂を破り、天傘たちをなぎ倒すはずだった。　だが驚くべきことに、傘が火花を散らして弾丸を防いだ。　金板仕込みの鉄傘である。　実用にはほど遠い、戦闘用の盾を、傘に見えるよう仕立てたしろものだ。

傘が並んだまま、するする塚場の外の暗がりへ後退していった。　みな亀のように傘の内側へ引っ込んだままだ。

「何をしておる！　撃ちかけさせよ！」

垣根が怒号を放った。　号令一下、配置した伏兵にも射撃命令が通達されるはずだった。　横と背後から十字に射撃を食わせれば、金板仕込みの傘があろうと全滅は免れない。　中山とその家臣および各奉行所の手勢である。

だが現れたのは提灯の群だった。

166

「一歩遅れたわ！　みな馳せよ馳せよ！」

中山が叫びながら走っている。やはり百人の多勢を統御するのは容易ではなかったとみるべきだろう。

「ご公儀である！　尋常にせよ！」

中山達の声を聞くなり、垣根がすぐさま事態を悟り、仲間へ命じた。

「お前達、そやつらを捨て置き、わしと来い！　鉄砲組は同心どもの頭上に撃ちかけい！」

叫びながら、天傘が消えたほうへ走り出している。四名が血刀を携えて垣根を追った。

後には、斬られて呻く者達、何が起こったかわからず腰が抜けて這う者達が残された。

鉄砲足軽達が弾込めをした銃に替え、中山達の頭上へ撃ちかけた。脅かして足止めするためだ。

さすがに役人を多数射殺しては、甲賀組の存続に関わる。

だが中山達は止まらず、勢いを増して雪崩れ込んだ。鉄砲足軽を片っ端から取り押さえ、負傷者の介抱にあたった。

このとき光國とその配下の武士達は、遁走した亀傘組を追っている。鉄傘を捨てて暗がりへ走り去ったのは五名。残らず捕らえるべくこちらも駆けている。

だが亀傘組の五名が遭遇したのは、光國達でも垣根達でもなかった。路上でおかしな姿勢を取る、黒い羽織姿の少年である。木剣を肩に担ぎ、体を横に向けて、走り来る男達にも臆した様子がなく待ち構えていた。

了助である。中山の配置の妙により、もし無縁寺から逃走された場合の押さえ、ないし追跡のため、拾人衆を辻の寺へ置いたのだ。

「キイイイイヤアアアアーッ！」

了助の口から叫喚が迸った。男達が了助をかわして走るか、抜刀してなぎ倒すか、咄嗟の判断を下すはずだった絶妙の瞬間である。男達が完全に思考を停止し、一様にたたらを踏んでしまった。するると進み出る了助に対し、何の対処も出来なかった。

木剣が唸りを上げて振るわれ、一人が胴を打たれて身をくの字にして真横に吹っ飛んだ。了助は素早く木剣を持ち替え、巧みな摺り足で別の一人に接近した。木剣がそいつの胴を存分に打ち、路傍に激しく転倒させた。

「逃げろ！」

さすがに天傘の判断は速かった。叫ぶなり、道を外れて暗い雑木林に駆け込んでいき、残り二人が慌ててその後を追った。

了助は動かない。拾人衆の面々がすでに三人を追跡していたからだ。了助の背後から、義仙がやってきて横に並んだ。

「間合いをよくとらえている」

義仙が呟くように言った。誉めてくれた。了助はそう思って嬉しくなった。何か教えてくれることを期待したが、そんな場合ではなかった。すぐに光國が提灯を掲げて武士達を引き連れて現れた。

「此奴らの残りは!?」

了助が指さした。「あっちへ。拾人衆が追ってます」

光國がそちらへ向かおうとしたところへ、別の一団が現れた。

168

垣根と四人の男達である。全員が脇差しを抜いており、光國達と遭遇するや、すぐさま左右へ広がった。光國達の足を止め、自分たちが亀傘組を追うためである。

「下がれ！　ご公儀ぞ！」

光國が刀に手をかけて怒鳴った。

「いいえ。こちらもご公儀なんですよ」

低い声で垣根が応じた。

「ご公儀同士の対峙など、愚の骨頂だ！」

光國がわめいた。垣根も同感だというようにうなずいたが退けないと顔が言っていた。

両者の間に、するりと入り込む者がいた。義仙である。なんとも自然な足取りだった。

「私にお任せを。行きなされ」

義仙が言った。光國に対してである。

光國は刀に手をかけたまま思案を巡らせている。任せろと言いつつ背後から垣根とともに来るのでは、という疑いが消えなかった。

義仙は構わず、垣根達に近づいていった。無腰である。一人が戸惑いつつ脇差しをちらつかせて退けようとした。そいつの手首を、義仙はこともなげにつかんでひねった。それだけで男が地に倒れ、気づけば脇差しを奪われていた。

義仙が、奪った脇差しを相手の腹の辺りへ突き込んだ。了助を除く者達みな、男がおのれの脇差しで貫かれ倒れた男が、びくっと身をのけぞらせた。

実際のところ元の鞘に脇差しが納められたに過ぎない。だがそうされた側の衝撃

は刺し貫かれたに等しいらしく、倒れたまま呆然となって声もない様子だ。

「かたじけない、任せた」

光國がやっとその場を離れて雑木林へ駆けた。配下の者たちも光國を追って走った。

了助はその場にとどまり、義仙がするすると移動し、垣根の行く手を阻むのを見た。

「義仙殿……なにゆえここに？」

垣根がその名を口にするのを、了助は聞いた。まさか知り合いとは思わなかった。

義仙が静かに尋ねた。兵衛さんは、壱岐守様のお使いか？」

「さる人々から頼まれて。壱岐守とは大目付の中根正盛のことだ。

垣根は答えず、逆手に握った脇差しの先を振って三人に指示し、義仙を囲ませた。前後左右。

四人が完全に義仙を包囲していた。

全員が脇差しを逆手に握り、柄頭を他方の手の平で押さえ、切っ先を体の前面に突き出す構えを取った。両手の力を使って突き抉るためだ。同時に、刀を極力奪われないようにするための構えでもあった。

「お覚悟」

垣根がぼそりと呟いた。刹那、四人が一斉に義仙へ突きかかった。

このときの義仙ほど静かな佇まいを了助は見たことがなかった。夜気に溶け消えるかのように静かで、それでいて苛烈だった。

義仙が前に出て、右の手刀で、突っ込んでくる垣根の右肩を流した。垣根の体軀そのものを刀身とみなすような受け流しである。

170

同時に、義仙の左の手の平が、垣根の右肘を痛打している。これにより垣根の右手が瞬間的に握力を失って脇差しを放した。

さらに同時に、義仙の右足が軽く垣根の右足を払っていた。これで垣根は脇差しを失ったまま、義仙と位置を替えるようにして前のめりに倒れた。

その垣根の背のすぐ上で、三つの切っ先が交差した。もし義仙が足を払ってやらねば、刃を一身に受けたのは垣根自身だったはずだ。

義仙がくるりと舞うように振り返り、右の手刀を左右の男達の頸へ次々に打ち下ろした。二人が昏倒し、垣根の上に倒れ伏した。

愕然となったのは最後の男である。必殺の包囲で突進した次の瞬間には、目の前で仲間三人が倒れているのだから、悪夢を見ているとしか思えなかっただろう。

義仙はごく自然に手を伸ばしてその男の右手首を取ると、そっとひねった。脇差しの切っ先が正確に鞘の鯉口に当てられた。義仙が他方の手の平で、脇差しの柄をぽんと叩いた。

男の手から脇差しがすっぽ抜け、鞘に、かちんと音を立てて納まった。驚愕のあまり、男がその場にへたり込んだ。

「脇差しは自分で拾ってくれ」

倒れた二人の下から這い出た垣根に、義仙が真面目な調子で言った。それから、感動で痺れきってまん丸に見開いた目に涙さえ浮かべている了助を振り返り、

「お前が打った二人を手当てしてやろう」

まったく何ごとも起こらなかったかのような穏やかさで、そう言った。

「川を渡り、浅草へ逃げ込む気だ！　川へ先回りせよ！」

光國の指示に従い、水戸家の家臣および忠秋がつけた武士達が、雑木林を直進した。

大川の河岸に出るや、ほのかな月明かりの下、川を泳いで渡る二人の賊を見つけた。

「やつらを捕らえよ！」

光國の言下、冷たい急流の川に次々に武士達が飛び込んでいった。

光國はきびすを返し、一人、河岸を上流に向けて走った。　脳裏に古い記憶をよみがえらせながらだった。　悪仲間とつるみ、夜更けに酒を食らって闊歩していた頃の記憶だ。

果たして十年前の記憶の通りのものを見つけていた。　渡し場の小舟である。　それを勝手に拝借し、月下の川で悪仲間と笑い合ったときのことがまざまざと思い出されていた。　仲間を囮にして川に飛び込ませ、自身は舟を求めて駆けけたのだ。

そして今、天傘がその小舟に足を乗せようとしていた。

光國は、堤を駆け下りながら怒鳴った。

「天傘！　谷左馬之介が貴様に用がある！」

はたと天傘が動きを止めた。　光國は荒ぶる息を整えながら近寄った。　手は早くも刀の柄を握り、抜き放っている。

天傘が振り返り、奇矯な笑い声を上げた。

「ははっ、谷公だと？　やっ、ははは！」

「何がおかしい？」

「鶴市からお前がいたと聞いてよ。面白ぇ縁じゃねえか。ええ、谷公よう。いや、水戸の御曹司様」

言いつつ天傘も刀を抜き、上段に振りかぶっている。光國は中段に構え、じりじりと間合いを縮めていった。

「おれも人を斬ったぜ、谷公。ははっ。一人や二人じゃねえんだぜ」

「鶴めもそのように言っておった……。貴様らとの因縁、決着をつけてくれよう」

光國が間合いを詰めんとしたとき、

「子龍様、殺してはなりません！」

中山の声が、どこからともなく飛んだ。

気を取られたのは、光國ではなく天傘のほうだった。思わずといった感じで、堤のほうの暗がりへ目をやった。途端、光國が素早く相手を間合いにとらえ、刀を一閃させた。

かろうじて受けようとした天傘の刀が、ぎーんと鋭い音を立てて折れた。光國の膂力（りょりょく）みなぎる豪剣のなせるわざだ。返す刀で痛撃を見舞うや、まるで蠅叩きに打たれた小蠅のような有様で、天傘がばったり倒れた。

「殺したのですか？」

また中山の声がした。

光國は刀を納めて振り返った。中山であれば提灯の群を従えてなければおかしい。ふーっと息を吐いてから、暗がりへ声をかけた。

「お鳩よ、お前ではないか？」

すぐに反応はなかった。ややあって、堤に三つの小さな影が現れていた。ほのかな月明かりの下、巳助、お鳩、亀一と知れた。

「峰打ちだ。肩は砕けたようだが、斬ってはおらん。なぜわしが殺すと思った?」

三人は答えず、黙って立っている。

「豊後守の様子から、わしを見張っておったことは知れている。本妙寺で新馬という男とわしが話したことを豊後守に報せたか」

「そのことは誰にも話していません」

亀一が言った。

「本当に、そうなんですか?」

巳助が尋ねた。

光國が答えずにいると、

「ずっと黙っている気ですか? もしそうなら私たちにも黙ってろと命じて下さい。絶対に喋りません」

お鳩の、泣いているような声が届いてきた。

光國は、気を失った天傘のそばで、どっかと腰を据え、か細い月を見上げた。

(これが因果応報か)

その思いとともに、声を放った。

「こたびの件で、わしも東海寺に赴き、豊後守と談義することになろう。お前達は、機を見計らい、東海寺でわしが供養する無縁仏の墓があることを了助に伝えよ。墓石の下に碑文を置いてあ

る。そのあと、わしが話す」

しばし月を見つめ続けた。それから堤を見ると、三人の子どもの影は消えていた。

九

大捕物より三日後、東海寺の真新しい講堂で、光國、中山、忠秋、岡両子が集い、一枚の絵図を囲んでいた。

亀傘組が浪人集団に売ろうとした、正雪絵図である。

「これ一つで、我ら、町奉行所、寺社奉行所が、甲賀組とことを構えかねませんでした」

中山が深刻な顔つきで三人を見て言った。

「全ては、極大師と名乗る極楽組の首魁の策である、と亀傘組の天傘が、吐きました」

光國は、深く吐息しつつ頭を下げた。忠秋に対してである。

「豊後守を疑っていたことを、白状し申す。老中が紀州に謀叛の嫌疑をかけ、御三家を御政道から退けるべく、あえて賊を遣わしたやもしれぬ、と疑っておりました」

すると忠秋も同様に頭を下げて言った。

「御三家による将軍の座の簒奪……恥ずかしながら、私も疑わざるを得ませんでした。流行する火つけの背後には、謀叛の意図があるのでは、と……」

頭を下げ合う二人に、中山は腕組みをして目を伏せるばかりである。

岡両子だけが、涼しい顔をして、

「双方、どういった理屈か、お尋ねしたいところなんですがねえ」
と言った。

光國と忠秋が顔を上げ、目を合わせた。

忠秋がうなずき、ついで光國もそうした。

「本妙寺の僧、そしてまた住職から、仔細を聞きました。先の大火の火元は、本妙寺にあらず。かの寺は火元を引き受け、振袖火事の噂も率先して流した、と」

「はい。本妙寺の火元の汚名を請け負うた……全てはそこから始まったのです」

忠秋が、重々しい口調で告げた。

大捕物のあとも、義仙は東海寺の客殿に居座り続けた。

何をするでもなく境内をうろつくか、さもなくば、あてがわれた部屋で坐禅を組んでばかりいる。了助や拾人衆は、はたまた僧に何かを教えてくれるでもなかった。

その日も、了助は義仙の部屋に握り飯と茶を運んだが、特に会話もなかった。膳を下げ、日課の掃除を終えると、棒振りに励んだ。

心を置かない。その不思議な言葉がずっと脳裏にあった。義仙の途方もない技をたびたび見せつけられたのだから当然だった。

どうしたらあんな風に、何の武器も持たず、どんな脅威も無為にしてしまえるのだろう。考えれば考えるほど、今の自分とは遠くかけ離れた境地があるのだと思わされた。そこに一歩でも近づきたいという思いが、いつの間にか了助を夢中にさせていた。

寒空の下、汗みずくになって木剣を振るう。今の自分にはそれしかなかった。だがその先には何かがある。それが了助に、この寺に来て良かったという思いを与えてくれた。

「了助」

ふいに声をかけられた。了助は振りかぶった木剣を止め、そちらを振り返った。

三ざるがいた。巳助、お鳩、亀一が。三人揃って、なぜか真剣な面持ちだった。

「どうしたんだ?」

お鳩が歩み寄って、了助の木剣を握る手にそっと触れた。

「あたしも、あんたが大事だよ、了助」

いきなりそんなことを言われた。了助は目をみはった。だが当然感じるはずの幸福な気分が、なぜか中途半端にぼやけて消えた。三人からやけに緊迫したものを感じるせいだと遅れて気づいた。

「何だよ……」

了助が理由を訊こうとしたとき、亀一が口を開いた。

「それがしは水戸徳川の子龍と申す者。住職にお目通り願いたい。……新馬。谷公。まさか貴様と会うとは、あのとき以来か。谷公……いや、水戸様の御曹司がなんでここに」

「なんだよ、これ」

了助が三人を見渡して言った。巳助は黙って口を引き締めている。お鳩が了助の手をぎゅっと握った。そして亀一が続けた。

「新馬よ、今も鶴市や天傘と通じているのか。なんだって、お前に何の関係があるんだ。あるの

177

だ新馬、因果がお主のもとにわしを辿り着かせたのだ。何の話だ。忘れたとは言わせぬ。あの晩、浅草寺で、わしは貴様らによって、この手で無宿人を死なせた。その無宿人に子がいたとも知らずにな。かような因縁が、わしと貴様を結びつけておるのだ」

了助は、自分の手から何かが落ちるのを感じて、はっとなった。お鳩が触れてくれている手だ。

気づけば、その手が握っていたものを、取り落としていた。

巳助がそれを拾ってくれた。黒い木剣を。それを了助は、お鳩が握るのとは違う手でぼんやり受け取った。

「なんだってんだよ……お前達……」

呆然と言った。わけがわからなかった。頭が痺れて何も考えられなかった。

「来て」

お鳩が手を引いた。了助は引かれるままついていった。巳助と亀一が彼らに続いた。

行き先は寺の無縁仏の墓場だった。大小様々な石が所狭しと置かれている。全て苔むしていた。

いや、一つだけ綺麗に磨かれた石があった。

お鳩がその石の前で、了助の手を離した。

「石の下に、碑があるって」

「いしぶみ……？」

聞き返したが三人は無言のままだった。了助は一方の手で木剣を握ったまま、恐る恐る屈み込んでその墓石に他方の手を当てた。

手に力を込め、丸い石を横へ転がした。

178

土があった。片手でそれを軽くかいた。すぐにそれが現れた。方形の石だった。

「与惣次郎」

石の一面にそう刻まれていた。了助は膝をつき、木剣を傍らに置いて、両手でそれを取って見つめた。

知っている字だった。教わった字だ。何度も練習して書けるようになった父の名だ。

了助は墓石から離れて木の根元に石を置くと、元いた場所に戻って木剣をつかんだ。

何も考えずに、木剣の先端を土に突き込んでいた。両腕に力を込めて木剣を土に突き込んだ。同じ動作を繰り返した。すぐに、三人が鍬と鋤を何振りも抱えて戻ってきた。また木剣を

三ざるの背後に、いつの間にか東海寺の拾人衆が集まってきていた。

伏丸、燕、鳶一、鷹。力自慢の仁太郎と辰吉。まだ幼い春竹、笹十郎、幸松。

一心不乱に木剣で土を掘り返す了助を見て、最初に燕がきびすを返して走った。ついで鳶一と鷹がそうした。

仁太郎と辰吉が鍬を持ち、了助のそばで土を掘った。了助が手を止め、彼らを見た。幼い春竹が、鍬を了助に差し出した。

了助は、木剣を背に回し、帯に差して鍬を取った。

そして、仲間たちと一緒に墓を掘り返していった。

「私の本家筋にあたる屋敷が火元であることはご存じの通りです。これがただの出火であれば、秘事とはならなかったでしょう」

忠秋の言に、光國は深くうなずいた。

「放火であった……と」

「その通りです」

「下手人は?」

「大火ののち、我が上屋敷に、文が届きました。文と言っても、記されたのは、ただ一字と名の

み……『火』の文字と、木之丞の名」

「極大師……極楽組の首魁」

中山が低い声で呟いた。

忠秋がうなずいて続けた。

「私がそれを老中の評議に持ち寄ったところ、伊豆守が申したのです。これは島原で用いた間者

の名であると」

「島原……両火房の言と合致しますな」

今度は光國が言った。

「はい。また、伊豆守はかねてより、江戸市中の脆きところを、配下に調べさせていたとのこと。

いざ敵襲を受けたとき、何が弱みとなるかを。その結論は、冬の時期、北から火を放たれること

でありました」

「まさに大火の火元……」

光國の呟きに、忠秋が目を上げて言った。

「その調査が漏れた。伊豆守はそう断じ、放火の事実ごと葬るべし、と主張したのです。さもな

くば不逞を働く者どもが、江戸を焼かんとしかねませぬ。それを防ぐには江戸の弱点を秘した上で、町割りを変え、その弱点を消すのみ。老中みな賛同し、保科公同席のもと、上様の下知を頂いております」

「……保科公も知ってのことか」

光國は逆に目を膝元に向けた。思えば老中と御三家の確執を未然に回避しようとして働き続けているのが保科正之だった。その意図を汲んでしかるべきだったという思いがわいたが、今それを口にしても仕方なかった。

「なぜ、御曹司様が懸念するように、それが紀州の謀叛と結びついたのでしょうねえ」

岡両子がしれっと言った。この僧が言わんとするところは明らかだった。

「そもそも、老中と御三家に確執があったがゆえ。それを利用されたのです」

光國が、口をつぐむ忠秋に代わって言った。

「木之丞こと、極楽組の極大師は、豊後守の言によれば伊豆守配下の諜者。紀州の謀叛嫌疑の件も詳細に知っておったのでしょう。また、極楽組の鶴市、その知己の天傘、さらにその知己の新馬を通し、本妙寺の火元の一件を知ったのです。そして幕閣と御三家を対立させんとする意図のもと、紀伊藩家臣より絵地図を買い、それにあえて事実と異なる火元を記し、正雪絵図と称してばらまいた……」

そこで岡両子が深々と嘆息してみせた。

「たったそれだけで、ご公儀のために働く人々を、分裂せしめたわけですねえ。ここにいる皆さんまでも……実に恐ろしい」

これに、中山が抗弁した。

「術中に陥ったわけではありません。敵が弄した策は、こうして無に帰しました。この上は伊豆守様にも談判し、木之丞こと極大師の素性を明らかにした上で追捕を……」

ふいに、だん、だん、と足音が響いた。

これは不調法なのではなく、寺の僧が用件を抱えて住職のもとへ駆けてくるときの決まりである。

四人がぴたりと黙り、僧が現れた。元拾人衆の、慧雪という若い僧だ。

「御師様方にお知らせしたきことが」

「どうしましたか?」

岡両子がやんわりと尋ねた。

「拾人衆が、無縁仏の墓を暴きました。仔細は不明ですが、了助が中心となり、なぜか三ざるも集っております。いかがしましょう」

中山も忠秋も眉をひそめるのをよそに、すっと光國が片膝を立てた。

「わしがゆく」

十

土の底にそれが現れ、了助は鍬を使うのをやめて手でかき出した。寺の拾人衆が同じようにしてくれた。

日本の、特に関東の土は酸性が強く、埋められたものを溶かしてしまう。骨も何年も

土中にあれば跡形もなくなる。だがその骸はまだ形を残していた。

いつしか小雨がぱらついており、それが土を柔らかくしてくれた。

泥だらけになろうと了助は気にせず、そこに眠るものを暴いた。手伝っていた拾人衆が、一人

また一人と手を止め、穴から出て行った。掘ることに倦んだのではなく、了助に気を遣ってのこ

とだった。

やがて了助は一人、それと向き合った。埋められてずいぶん経った骸だった。その手を取った。

腕がずたずたになって折れ曲がっていた。明らかに鋭利な刃物で斬られた腕だった。構わずその

腕を抱き、横たわった。

幼い頃の記憶がよみがえった。温かな父の腕に抱かれていた頃のことが。

「おとう」

了助の目から涙が溢れた。

骸に抱かれる了助を、暴いた墓穴の縁に佇む子どもらが、じっと見守っていた。

そこへ、声が飛んだ。

「了助」

子どもらが、一斉に振り返った。

ぱらつく雨の中、光國がいた。

背後には、従者に傘をささせて立つ三人がいる。中山、忠秋、罔両子である。

穴の底の了助は、横たわったまま動かない。

「了助、わしだ。子龍だ」

光國がまた呼びかけた。

了助はゆっくりと瞼（まぶた）を開いた。温かな記憶が遠ざかり、肌を打つ雨が冷たく刺すようだった。

ぼろぼろの骸の手をそっとどけ、横たえた。両膝をついて骸骨を見つめ、合掌した。瞑目（めいもく）はし

なかった。涙は消えていた。

立ち上がって穴の縁に手をかけ、這い上がった。子どもらが了助に手を貸してやった。雨がや

や強くなったのを感じながら、了助は地上に戻り、すぐ近くに立つ大人たちを眺めた。雨のせい

か、薄ぼんやりとして影法師の群のようだと思った。

「了助」

別の声がそばでした。小さな手が、泥だらけの自分の手にふれた。ちらりと見ると、お鳩が泣

きながらこっちを見ていた。なぜ泣いているのか了助にはわからなかった。

「駄目、了助。駄目。お願い」

何が駄目なのか。

よくわからないまま影法師のその眼差しに、光國は胸を衝かれる思いを味わった。

茫々としきった了助のその眼差しに、光國は胸を衝かれる思いを味わった。

眠りから覚めたばかりのいたいけな子どもの目のようでもあり、地獄の亡者（もうじゃ）が暗がりから向け

る目のようでもあった。

まぎれもなく了助がそのような目つきでおのれを見ていることが、恐ろしく応えた。墓を暴く

ため泥まみれになった了助の姿は、光國の想像を絶して、

（因果）

184

おのれの罪科の果てを、知らしめた。

それは万言の悲痛な言葉にまさる一瞥であり、姿であった。おのれの胸を裂いて心の臓を渡し、

それで相手を癒やせるなら今すぐにでもそうしたかった。

了助が、一歩前へ出た。お鳩の手が離れた。

「了助……」

お鳩が呼んだ。了助には聞こえなかった。

「なんで、おとうだったんですか?」

了助が尋ねた。乾ききった声音だった。

「あのとき、わしの手の先に、お前の父がいた」

光國は言った。

背後の面々は、わけが分からないという様子で互いに顔を見合わせている。

「御曹司様の手が……?」

「どういうことですか……?」

「たまたまなのだ。何のゆかりもなく」

光國は、ふーっと細く息を吐いた。身を引き締め、衝撃に備えるためだった。一歩前に出て、

誰もおのれと了助の間に入れぬよう、距離を縮めて言った。

「わしの若き日の過ちを聞いてもらわねばならぬ。常々、そう思うておった。お前と出会うてか

らずっとだ。一切は、わしの咎なのだ」

誰に聞かれようとも構わぬ思いで、光國は全てを話した。

かつて——まだ二十歳になるかならぬかというとき、光國は血気の日々を過ごしていた。水戸家の世子として選ばれたことは、必ずしも喜びをもたらさなかった。不自由と鬱屈の念が常につきまとった。特に光國には病弱だった長兄と早逝した次兄がおり、その兄達を差し置いて世子とみなされたことに申し訳なさを感じ続けた。

そうした鬱屈を爆発させてくれたのが、江戸の町だった。その頃の光國は夜な夜な、屋敷を抜け出し、規律に支配された武士の世界とは異なる場所へと繰り出していた。

そしてそこで、同じ思いの者達と出会った。新馬、天傘、鶴市——そういう表徳を名乗る、ご く若い旗本奴である。これに琴次という者もいたが、本妙寺で新馬と出くわした際、肺を病んで死んだと聞いていた。

その四人は、日が暮れてのち江戸に繰り出すときの、光國の友だった。互いにどんな家の出かも知らない。どんな鬱屈を抱いているか聞いたこともなかった。言葉にせずとも同じ思いでいる。そう信じていた。

だがあるとき、光國が四人と落ち合うと、なぜか浅草寺に連れて行かれた。そこで酒を飲むち、天傘が急にこんなことを言った。

「谷公、良い刀だなあ。前から思ってたんだ。お前さんの差してるそれ、良い刀だって」

事実、それは素晴らしい刀だった。父から与えられたものであり、そもそもは将軍家光から授かった刀なのだ。

しかし四人の意図はただ刀を誉めることではなかった。

「おい、無宿人がいるぜ」

鶴市がだしぬけに言った。　新馬がにやにやした。　琴次が、

「おお、そりゃちょうどいい」

などとぬかした。

いったい何なのか。　光國が眉をひそめていると、天傘がこう言い出した。

「斬ってみてくれよ。　水戸様の刀がどれくらい切れるか見たいんだよ」

光國は凝然となった。　互いに出自など関係のない、自由に振る舞い合える、真に気の置けない仲だと信じていた。　だが違った。

四人とも、旗本の次男か三男か、あるいはそれより下の子らだった。　世子になれない冷や飯食らい。　その冷遇ぶりがどれほど過酷か、光國も話でしか知らなかった。　なんであれ、そんな彼らの中に、世子である自分が交じっていたのである。　そのことに彼らも気づいた。　しかも何かのきっかけで、光國が水戸家の世子だということを知った。　彼らは一様に、馬鹿にされ、裏切られたと信じた。　そして光國に報復してやることを決めた。

「斬ろうぜ、谷公」

新馬が掠れた声で言った。

寺の縁の下で眠る無宿人たちを斬れと言うのだ。　むろん、そんな無法が許されるわけがない。　だから光國には斬れない。　そのことを徹底的に嘲笑ってやる。　それが四人の計算だった。　光國に恥をかかせ、その噂を流す。　二度と夜遊びの場に出てこられないよう、笑いものにする。　傾奇者達にとっての一番の復讐がそれだった。

光國のほうこそ裏切られた思いだった。こんな奴らにいいようにされてたまるものか。そんな怒りがわいた。

「つまらんことを言うやつらだ」

光國が言い返した。わざわざ無宿人を捕まえて、斬れるかどうか迫るなど、誰がどう考えても馬鹿げている。

だが四人はそれで収まらなかった。

「どうしたんだ、谷公。おれたちのために斬ってくれよ。それともまさか、そのご立派な刀の使い方を忘れたんじゃあ、あるまいな」

そんなことまで言われた。血気に満ちる若い武士が、この侮辱を受け流すなど容易ではない。

事実、光國はここで真っ向から応じてしまった。

「そう言えば、まだ試し切りはしていないと考えていたのだ」

ついそう口にしていた。もう後には退けなかった。気づけば、光國は寺の縁の下に眠る無宿人たちにつかみかかり、一人を引きずり出すと、刀を抜き放っていた。

「下らぬ恥のかかせ合いで、退くに退けなくなった……いや、そのような気にさせられたに過ぎぬ。恥ずべきことだ。しかもわしは、その男を斬りに斬った。だが容易には死ななかった。わしの技量が劣っていたからだし、男があまりに毅然とわしに反駁し、わしの剣筋を乱したからだ。そのとき男が口にした言葉は、今もわしの胸中に刻まれておる」

背後にいる中山、忠秋、岡両子は唖然となってこの告白を聞いている。

188

不動智

拾人衆の多くがそうだった。ただ三ざるだけが、みなすでに知っている顔だった。

「その人、なんて言ったんですか？」

了助が尋ねた。小雨が降りしきる中であるにもかかわらず、その声音はますます乾ききって、ざらざらとしていた。

「なぜでございますか、とわしに訊いていた。このような身に落ちぶれたとしても、命を惜しく思うことは万人と同じでございます……と。なのに、なぜこのようなことをするのですか、と」

了助の右手がすっと腰に回され、帯に差した木剣の柄を握っていた。そうするのが当然と心底信じる者に特有の、恐ろしく自然な動作だった。

「おれのおとうも、そう言ってました」

「……やはりか」

「最期におとうの声を聞いたとき、おとうは、そう叫んでました。そのことを、今、ちゃんと思い出しました」

言いながら、了助が木剣を帯から抜いた。

遅れて、拾人衆の面々がはっとなった。

「了助……」

お鳩が手を伸ばしたが、了助がするりと前へ進み出たせいで届かなかった。

「全ては、若きゆえの過ちであった」

光國がいきなり着物をはだけ、諸肌を脱いだ。長身ゆえ細身に見えるが、全身鍛え上げられた分厚い体躯をあらわにしつつ、了助に向かって歩み出た。

189

「子龍様──」

中山が慌てて手を伸ばしたが、これも届かなかった。

「了助よ──」

光國が言いかけたとき、すっと誰かがその目の前に入り込んで来た。

「止まりなされ」

義仙だった。いったいいつの間に現れたのか、光國と了助の間に、ごく自然な様子で佇み、二人の足を止めさせていた。

「そこをどけ！」

光國がわめいた。

だが義仙は聞かず、了助を見つめ、

「心を置くな」

と言った。

了助の木剣を握る手がかすかに震えた。いっとき義仙を見つめ返したが、すぐに視線が、その背後の光國に向けられていた。

「おれのおとうなんですね？」

了助が訊いた。

中山が叫び声を上げた。

「よさんか了助！　子龍様も！　おやめ下さい！」

光國が構わず答えた。

190

「そうだ。それ以外に考えられぬ」

「子龍様！」

「了助やめて！」

中山とお鳩が、それぞれ声を限りに呼んだ。

「おれのおとうを殺したんですか？」

了助が乾いた声で重ねて訊いた。

「そうだ。わしが、お前のおとうを斬った」

光國が、はっきりと告げた。

にわかに、了助が木剣を横ざまに構えた。

その眼前へ、諸肌もあらわに進み出ようとする光國を、中山が背後から抱え止めた。

「何をしているのです！」

「離せ！　了助、わしを打て！」

同じく、お鳩が了助にしがみつこうとしたが、こちらは間に合わなかった。

「キイイイヤアアアーッ！」

血を吐くような叫喚を迸らせながら、了助が跳んでいた。義仙の存在すら眼中になかった。心

の全てが、光國の存在に向かっていた。

なんで光國のような偉い人が、自分に親切にしてくれるのか。なんで無宿人の子に特別な居場

所を与えてくれようとしているのか。怖くて訊けなかったことの答えが全て示されていた。想像

もつかない答えが。そのくせ何もかもに納得がいっていた。

それは裏切りそのものだった。世のあらゆる良心と呼べるものを根底から覆すような、最もあってはならない答えだった。

——地獄だ。

もはや目の前の人間を打ち払うことしか考えられなかった。光國という人間の形をした地獄を木っ端微塵に打ち砕くべきだった。

視界の端で、ちらりと義仙が動くのが見えた。

だがそれまで義仙が見せた技は、どれも自身が攻撃された場合のものだ。目の前で他者が攻撃されてなお発揮されるものとは思いもよらなかった。

気づけば義仙の右手が、木剣を振るおうとする了助の左肘を上から押さえていた。渾身の力で跳んだはずなのに。義仙は当然のように、ぴったり了助に寄り添うように宙に身を置いていた。

ついで義仙の左手が、木剣を握る了助の右手首をつかんだ。

天地が回転した。気づけば了助は地べたに叩きつけられ、手から木剣が奪われていた。

すぐに獣じみた咆哮を放ちながら起き上がろうとしたところへ、暗闇が降ってきた。

義仙が木剣を奪い、「不」の字が刻まれた柄頭を、了助の胸に打ち下ろしたのだ。

了助は肺腑にすさまじい衝撃を受け、そのまま、ことんと気を失った。

「了助！」

お鳩が泣きわめいた。

「退け、貴様ら！　了助にわしを打たせよ！」

光國の叫びに、中山が振りほどかれまいとして腕に力を込めながら猛然と叫び返した。

192

「衆目の中ですよ！　了助が咎人となります！　ご自分が何者かおわかりでしょう！」

「わしが望んでおるのだ！　どけ！」

光國がその膂力のありったけで中山を弾き飛ばした。その光國の胸へ、同じ「不」の字が刻まれた柄頭が突き込まれた。

光國の体がものの見事に仰向けに倒れた。息が詰まり、衝撃で起き上がれもしない。

「ぬ……ぐ……」

それでも渾身の力で上体を起こした。その光國を、義仙が平然と見下ろしていた。

「あの子を、私が買います。よろしいか？」

光國は口をぱくぱくさせ、

「なん……だと……！」

やっとのことでそう返すの、へ、

「了助は悪くない！　あたし達が決めたの！　あたし達が義仙様を呼んだの！」

お鳩のそう叫ぶ声が重なった。

「お前達が……？」

中山が起き上がって目をみはった。

「さる人々、とな……」

忠秋がやっと理解がついたというように義仙を見た。

「三ざるに、というわけですか。何の見返りがあってのことですか？」

岡両子が尋ねるの、へ、

「似顔絵。按摩。三味線」

義仙が木剣をおのれの帯に差しながら、淡々と答えた。

「おいら達で決めたんです」

巳助が、他の拾人衆にその場にいるよう手振りで示し、亀一の肩を押してやりながら光國らへ歩み寄った。

「亀一が、豊後守様に命じられて子龍様の声を聞いたあとで。どうにかしなきゃ、御師様達が争い合おうと思って」

巳助がそう告げ、亀一が付け加えた。

「豊後守様と子龍様だけでなく、了助さんまで、ひどいことになると思ったんです」

「全て、わしの言が、発端か……」

光國が胸を押さえながら地べたに座り直し、倒れたまま動かない了助を見た。

「了助を……どうする気だ」

「鬼を人に返します」

義仙が言って、了助の体をひょいと肩に担いだ。お鳩が走り寄って、だらんと垂れた了助の手を取り、頬に当てた。

「さて。鬼には鬼の住み処がありますが」

「鬼が人に返らねば……どうする」

「どういう……意味だ……」

義仙は首を傾げただけだった。どうとでも想像しろというように。光國は立とうとして片膝を

ついた。膝が震えて直立できなかった。

岡両子が、代わりに義仙へ尋ねた。

「了助さんを買うなら、代金はなんです?」

「極楽組」

中山と忠秋が瞠目した。岡両子が続けて問いかけた。

「了助さんを連れて?」

「因縁ある者が一人います」

岡両子がうなずいた。

「確かに、鶴市という人との因縁については、御曹司様が仰った通りですね。ああ、錦氷ノ介という人も、そうですが。詳しくは了助さんに聞いて下さい」

すっかり了助の身を義仙に預けると決めた口ぶりである。

「待て……勝手に、連れて行くな……」

光國がなおも立とうとした。その肩をまたしても中山がつかんで止めた。

「もはや了助を子龍様のそばに置いてはおけません。何かあれば了助の咎となるのですよ。いったい何がしたいのです。親を斬った詫びに、その息子を育てるとでもいうのですか。我から報復されたいとでも――」

「それ以外に……何が出来る」

光國がきりきりと歯を軋らせて言った。

「それは、この子が決めること。では御免」

義仙が言い、了助を担いで歩き出した。

お鳩の手から、了助の手が離れた。

「了助！　お願いだから、義仙様の言うこと聞くんだよ！　逆らっちゃ駄目だよ！　あたし了助を信じてるからね！　必ずまた会えるって信じてるからね！」

お鳩が懸命に声を放ち続けたが、了助の耳に届いたかは定かではない。誰も義仙を止められなかった。拾人衆が僅かに追ったが、すぐに足を止めていた。追うことはできないと誰もが知っていた。

小雨が煙る中、そうして義仙と了助の姿が、消え去った。

196

六月村

一

四歳の了助は、おとうの腕の中で安らかに眠っていた。

埃っぽい、蜘蛛の巣だらけのお堂の縁の下に、何人もの無宿人が身を横たえている。そのときも今も、貧苦は了助にとって不幸ではなかった。空腹も、屋根がないことも、世を怨んだり、心が荒んだりする理由にはならなかった。了助にとっての不幸は、ただただ、おとうの温もりを失うことだった。

そのおとうの叫びが轟いた。

「このような身に落ちぶれたとしても、命を惜しく思うことは万人と同じでございます！」

ざぶん、と水の音がした。

堀川に身をひたしていた。肌を切るような冷たい水だ。なのに温もりが持続した。顔を上げると、焼けただれた三吉のおやじが微笑んだ。

誰かが了助を抱いてくれていた。

「わしが、お前のおとうを斬った」

198

だしぬけに河岸から声が飛んだ。

火の粉が辺り一面に舞った。赤く輝く鉄の雨だ。ふれれば手をずたずたにされる。

だがその灼爛たる雨の向こうに大きな男の影があった。その男こそ、おとうの仇だった。

——打ち倒す。

激烈な思いに衝き動かされて了助は痺れる両腕を何とか河岸に置いた。

背後で三吉が流れていった。黒焦げの骸が山ほど流れてゆく河岸。了助は大声で三吉を呼んだ。し

かしそれは背から刃を生やす吽慶だった。水面から氷柱のように光るものが生えた。

氷ノ介の箍の外れた笑い声とともに、真っ黒に焼かれ、目を抉られ鼻を削がれた

亡者たちが、鋭い枝葉に貫かれ、もがくほどに刃に切り刻まれていった。

刃の群だ。枝も葉もきらきら光る剣の森が出現し、

すさまじい光景に了助は戦慄し、

——どこもかしこも地獄だ。

そう思ったとき、火の粉も、骸も消えた。

覚醒は一瞬だった。

了助は、おのれが気を失い、そのまま夢の世界へ落ちていたことを悟った。

だが、すぐには動かなかった。瞼も開かず、声も発さない。全身が異常を訴えており、それが

何であるか用心深く探った。

異常の理由は手足の縛めだった。

両手首を背後に回されて縛られ、ご丁寧に、両足首を束ねる縄が、手首の縄につながっている。

まるきり咎人の扱いだった。

うつ伏せで、大きなものの上に乗せられていた。かっ、かっ、という蹄の音と、身の揺れ方から、馬上にいるとわかった。

夢で感じた温もりは、おとうでも三吉でもなかった。馬の体温だった。しとしと雨の音がした。だが背に冷たさは感じない。頬や首に藁の感触がある。簑をかぶせられているのだ。

それ以外にも、体の左側にふれるものがあった。騎手の腿と腰だった。

──誰だ？

という問いを抱く一方、

──逃げられるか？

と自問していた。

全身をばねにして馬から跳び降りることは可能だ。足の裏の感触で、草鞋を履いたままだとわかった。問題は馬から下りたあとだ。両膝で跳んで移動することはできる。現代でいう兎跳びの要領だが、それではすぐに捕まえられるに決まっていた。

刃物がほしい。それがあれば脱兎のごとく逃げ出せる。堀か川に飛び込むのが一番いい。

刃物は騎手が持っている。馬に乗るのは武士だ。両刀を差しているはずだった。

了助は左肩にふれる相手の腿の角度から、刀の位置を探りつつ、これからの行動を克明に想像した。堀か川が近くにあるとわかり次第、背の力で簑をはねのけ、後ろ手で相手の刀の柄を握る。そのまま跳び降りる勢いで刀を抜き、着地するや、すぐさま膝の力で跳んで、水の中へ身を投げ

200

る。

騎手は出遅れるはずだ。馬から降り、どこかに手綱を結わえ、水へ入るために着衣を脱ぐ。残りの刀も鞘ごと抜いて地面に置かねばならない。それだけ間が空けば、了助は余裕をもって水中で縄を切ることができる。あとは潜ったまま遠くまで泳いで逃げればいい。

もし水中で刀を落とせば溺死は必至だ。しかし、他に脱出のすべはない――

「大人しくしていろ」

ぴしりと声が飛び、了助は危うく目を見開きかけた。覚醒した直後から、それこそ大人しく様子を探っていたはずなのに。

「私は刀を持たん。腰に差しているのはお前の木剣だ。こいつの刃を抜くのはひと苦労だろう」

なんだこいつは。了助は、夢で見た剣樹地獄以上に戦慄した。どうして刀を奪おうという考えを悟られたのか。そもそも自分が覚醒したことを、どうやって察知したのか。だいたい木剣の中に本物の刀があることをどうして知っているのか。

身が触れ合っているせいだ。僅かな身動ぎで了助の覚醒を知り、その内心を読んだ。そう考えるしかなかった。

木剣の中に真剣が隠れていることも、相手は知っている。これについては三ざるが教えたのかもしれない。そう。三ざるが――

（了助……）

急に、お鳩の声がよみがえった。

（お願いだから、義仙様の言うこと聞くんだよ！ 逆らっちゃ駄目だよ！）

いったい、いつ聞いたのか。

ずきんと痛みを感じた。胸の奥だった。心臓の辺りから、ずん、ずん、と鈍痛が響いてくる。

実際の負傷ではなく幻痛だった。苛烈な打撃を受けたことを体が覚えているのだ。

いったい誰の一撃か。

――柳生列堂義仙。

その名が飛び出した。今、自分を運んでいる騎手、お鳩が逆らうなと告げた男だ。

たちまち全てよみがえった。雨の中、おとうの墓を掘り返したこと。土中から現れた遺骸に寄り添って横たわっていたこと。

そして、あの光國が、墓穴の底の自分を呼び、はっきりと告白したこと。

「わしが、お前のおとうを斬った」

心臓がどっと鼓動を搏った。動悸ではない。冷たい血が心臓から流れ出した。

しーんと頭が冴え、ひどく無感情になる一方、剣呑な意思がむらむらと黒雲のようにわいてくる。

報復の殺意が、おのれを感情のない一個の刃と化さしめるようだ。過去にも覚えのある心持ちだった。おとうの仇を知ったときの自分が、そのような様相を呈すると了助は知っていた。殺意に満ちた冷たい血が、他の感情を驚くほど抑制し、感覚を研ぎ澄ませた。

――悟られるな。

脱力を心がけ、今しがたかけられた声も聞こえていないふりをした。まだ朦朧としていると思わせ、油断させるためだ。

まず耳で周囲の様子を窺うことに集中した。馬蹄の音からして一頭だけ。義仙の単騎だった。

徒歩で従う者の足音もない。聞こえるのは雑踏と雨音だけだ。理由は不明だが、中山勘解由やそ

の部下に囲まれているのではない。これで脱出できる目算が増した。

そっと薄目を開けて周囲をうかがった。土塀ではなく、木造の建物が見えた。旅籠や問屋の軒

先が並んでいる。雨なのに人通りがあり、商人や職人、あるいは武士たちが、笠をかぶり、泥を

跳ねさせ行き交っていた。

日本橋周辺だろう。品川から江戸市中まで運ばれたのだ。いったいなんのためか。

「そろそろ小伝馬町だ」

また唐突に言われた。なんでいちいち悟られるんだと了助は叫びたくなった。こちらは微動だ

にしていないはずなのに。

――違う。ただの独り言だ。

そう決めてかかった。こちらが朦朧としていると思っているからこそ、うっかり町名など口に

したのだ。

――小伝馬町。

だが遅れて意味を悟り、全身鳥肌が立った。牢屋敷がある町だ。浅草御門の大騒ぎの折に知っ

た、牢屋奉行の石出帯刀のことが思い出された。いかにも律儀な石出の顔が、想像の中で、閻魔

に従う鬼の形相になった。

――おれを牢に入れて、斬る気だ。

牢では他の囚人たちにいたぶられたり病気になったり、とにかくひどい目に遭うと聞いていた。

それで死ぬ者も大勢いるそうだ。

そんなのは嫌だ。おとうを殺した相手に騙されたまま仕返しもできずに死にたくなかった。せめて一度。ただ一度でいい。自分の苦しみを思い知らせるため、渾身の力で相手を打ち据えたい。

そのあとで殺されても構わなかった。

だが牢屋敷に入った時点で逃げられなくなる。猶予はない。了助は簣の下で、目だけせわしく動かした。刃物を売る者、商売で刃物を使う者を探したが、見つからなかった。

晴れていれば路傍で古道具を売る天道ぼしの連中がすぐ見つかったろうが、あいにく雨で棒手振すら見当たらない。大工も休みだ。一帯に住まう職人たちは建具や挟箱など何でも作る。長屋には刃物が沢山あるだろうが手が届かない。そこらの料理屋に飛び込んで包丁を奪うことも考えたが、手足を縛られたまま、ぴょんぴょん跳んでそんな真似ができるとは思えなかった。

絶望的な気分になったとき、向こうから荷を背負った薬売りが足早に来るのが見えた。

鋏。ぱっとその言葉が閃いた。薬売りなら包み紙や薬を刻むための鋏を持っている。そんなので縄が切れるかわからないが、一か八かだった。すれ違う瞬間、馬から跳ね降り、薬売りに体当たりし、そいつが背負った荷の中にある鋏を奪う。そのあとで堀に飛び込むのは同じだ。

いかにも無茶だが、牢に対する恐怖がその無茶にすがりつかせた。

「そんなに降りたいのか?」

義仙がいきなり、右の膝で了助の腰の下を持ち上げるようにした。そのまま蹴り上げられても落馬する。眼前の恐怖から反射的に身を強ばらせて義仙の膝に対抗した。おかげで覚醒していることがすっかりばれた。いや、はなから騙せていなかった。

204

それどころか考えたこと全てを読まれていた。

気づけば薬売りは、はるか後方だ。言いようのない悔しさで身が小刻みに震えた。

と思うと、馬が止まった。義仙が馬を下りて手綱を引き、どこかの門をくぐった。

一瞬、牢屋敷かと思ったが、違った。堀がないし、多数の馬の臭いが鼻をついた。

伝馬屋敷だった。宿場町を行き来するための牛馬を常時用意する場所の一つだ。

小伝馬町や大伝馬町があり、隣接する馬喰町は、産地から馬を仕入れる仲介人の町で、火除地を兼ねた馬場がある。

小伝馬町は宮辺又四郎、大伝馬町は馬込勘解由と佐久間善八という、家康が任命した伝馬役の子孫が代々司った。

日本橋北の一帯は、了助が恐れた牢よりも、むしろ馬の町として知られているのだ。

「柳生列堂義仙だ。中山勘解由どのに馬を貸してもらった。返しておく」

義仙は馬の引き渡し手続きを済ませると、簑をかぶせた了助をおのれの肩に担いだ。

伝馬役人はみな了助のことを尋ねず、見ようともしない。興味がないというより敬して遠ざけるといおうか、罪人に無用な恥辱を与えず、罪の穢れを避けるという態度だ。それが罪人移送時の一般的な態度なのだろう。

なんであれ、今度こそ本当に牢屋敷へ連れて行かれる。しかも義仙の頑丈な腕と肩でしっかり固定され、身をよじることもできない。了助は鉄鎖で丸太に縛りつけられた自分を想像した。筋力の問題ではない。腰の骨を正確にとらえられて動けないのだ。

義仙が向かったのは了助の予想に反し、近隣の長屋の一室だった。了助が寝泊まりしたことも

ある「寺」だ。部屋に上がると、簑に包まれた了助を畳の上に転がした。

「縄を解いてやる。暴れるな」

了助はうなずき、脱力した。

義仙が木剣を腰から抜いて了助のそばに置いた。簑が取られ、土間へ放られた。義仙が縛めを解いていった。

了助は観念したふりを続け、手足に力が戻るのを待ったが、ほとんど痺れていないことに驚いた。血の流れを妨げず、これまた見事に骨のみをとらえて縛めていたからだ。

解けた縄を、義仙がたぐってまとめにかかった。義仙の視線が、了助から縄へ移った。

瞬間、了助は跳ね起きて木剣を握った。

片膝をついた義仙へ木剣を振るうことは考えていない。了助の体が無理だと言っていた。打ちかかっても取り押さえられるだけだ。

だから外へ駆け出そうとした。幸い草鞋は脱がされていない。だが膝に衝撃が生じ、前のめりになって狭い土間に倒れた。義仙が、縄の束で、膝の急所を無造作に打ったのだ。鋭い痛みが走り、右脚全体が痺れた。

木剣を杖にして逃げようとしたが、義仙が縄の束で了助の左腕を打った。これまた肘の急所だった。右膝に続いて左腕が痺れ、その場から動けなくなった。それでも身をぶるぶる震わせ、唸りを発して這おうとする了助へ、義仙が縄を放ってこともなげに言った。

「食事にする。手伝え」

了助は半身を起こし、右手一本で木剣を振るって、義仙の脛を打とうとした。力を十全に発揮

できずとも、そこを打てば痛みを与えられると考えてのことだ。

しかし、義仙がすっと向きを変え、脹ら脛の分厚い筋肉に弾き返された。諦めずに別の角度から振るった。結果は同じだった。

「ちくしょう……ちくしょう！」

土間に倒れたまままわめいた。

義仙は取り合わず、部屋の灯りをつけ、飯炊きの準備をした。米味噌と野菜の用意があり、手早く調理しながら義仙が言った。

「動けるようになったら、手足と顔を洗って手伝え」

禅宗では炊事は古参の僧の仕事で、下位の者は手出しできないんじゃなかったのか。そう言い返したかったが、了助は黙って狭い土間で膝を抱え、壁に背を預けて手足の回復を待った。

義仙を睨むが打ちかかれず、手足の痺れが引いてもむっつりしたまま動けない。情けなかった。

拗ねている子どもと同じだった。

やがて義仙が膳を一人分だけ用意し、部屋に上がった。作法通り米を三粒取って生飯を空じ、食い始めた。見事なほど無音で、目をそらせば誰もいないかと思うほどだ。

「ずいぶんかかるな。飯が冷めるぞ」

義仙が言った。了助はのろのろ立った。

木剣を土間に立てかけ、水瓶の水で手と顔を洗った。草鞋を脱ぎ、足の泥も落とした。

湿って汚れた着物のまま、膳を用意し、相手と向き合った。相手に合わせて生飯を空じた。腹が減っているのはわかるが、空腹感はない。それでも意地で食った。なるべく音を立てないよう

噛みながら考えた。

なぜか義仙には自分を牢に入れる気がない。そもそも子どもは牢屋敷ではなく浅草溜に送られるのだ。なぜここに運ばれたかは不明だが、この調子なら義仙が寝ている隙に逃げられるかもしれない。そんな魂胆がわいた。

義仙が食い終わり、瞑目した。了助が終えるのを待っているのだ。義仙がそうして坐禅を組んでいると、物言わぬ松の木のような威厳があった。昨日までの了助であれば、こんな風になりたいと素直に思ったことだろう。だが今の了助にあるのは逃げる算段だけだ。逃げて報復を果たすにはどうしたらいいか。それ以外に思考が働かなくなっていた。

相手が目を閉じている隙に逃げようか。そう考えたが、体が無理だと判断して動こうとしない。

この男が覚醒している限り、かないっこないのだ。

了助が箸を置いた。音を立てなかったつもりだが、すっと義仙が目を開き、言った。

「お前は私が買った。旅に同行してもらう」

「買ったって……、いくらで？」

了助は呆気にとられ、つい訊いていた。

「後払いだ。代金は、極楽組の錦、鶴、甲斐、極大師」

度肝を抜かれた。偉い大人たちがさんざん苦戦した賊を、一人で捕らえるというのか。とんでもなく無茶な話だが、しかしこの男ならもしや──、と思わされるものもあった。

「お前にも得はある」

「……得？」

208

「お前の父を、水戸家の御曹司が斬った」

了助の心臓が、どっと音を立てた。今しがた食ったものの温かさなど瞬時に腹の中で消えた。頭のてっぺんから足のつま先まで冷え冷えとした血が流れている気がした。

義仙はそんな了助をよそに、こう続けた。

「水戸の御曹司に、お前の父を斬らせた者たちがいる。その一人が極楽組の〝鶴〟だ。少なくとも御曹司はそう言っている」

確かにそうだ。光國をけしかけた一人がたまたま賊として捕らえられ、別の一人も本妙寺の僧だと判明した。二人とも取り調べで極楽組に協力したことを吐いている。そうしたことを了助はお鳩たちから教えてもらった。だからこそ光國は、もう隠しておけないと悟って、本当のことを了助に話したのだ。

「御曹司の話では、お前の父の死に関わった者は五人。うち一人は病で死んだ。一人は御曹司。残り三人は全員、極楽組に関わりがある。これは偶然か?」

了助は眉間に皺を刻んだ。何が言いたいのかよくわからなかった。

「四人が御曹司を使ってお前の父を殺した。そのわけを知りたくはないか?」

義仙が問いを変えた。了助はぽかんとなった。そう考えたことなどなかった。父は理由もなく旗本奴のお遊びで殺された。もしそうではないなら、理由があったことになる。だが無宿人の男を、旗本の子息がわざわざ狙って殺す理由などあるだろうか?

「御曹司は、下らぬ恥のかかせ合いで無辜の民を斬ったことを悔いている。もしさらに利用されたと知れば、お前に木剣で打たれるよりも、よほど打ちのめされることになるだろう」

それは、了助には理解できない武士の理屈だった。だが一方で、義仙の淡々とした言い方には妙な説得力があった。

「お前はただ御曹司に嚙みつき、それが為に命を落としてよいと思っているか？」

また別の質問が来た。そうだ、と答えたかったが、脳裏で別の声が邪魔した。

――命を惜しく思うことは万人と同じ。

まぎれもない、おとうの声だ。野犬のようにとにかく食いつくことを、よしとしない心の声だった。斬首になれば、おとうのもとにゆける。三吉にも会える。少なくとも閻魔さまから二人の消息を聞くことができる。だがそういう考えを否定する声があることに、了助は歯がみし、意味もなく聞き返した。

「おれを牢に入れるんじゃないんですか？」

義仙は首を傾げた。話を聞いていなかったのか、というようだ。

「あの人が、はめられておとうを殺したなんて、どうしてわかるんですか？もう子龍様とは呼べず、あの人、としか言えなかった。

「それを確かめる」

「それで許せと言うんですか？」

「何が許せない？」

「だって、おれのおとうを――」

殺した、と口にすることもできないほどの激情が込み上げ、体が震え出した。

「お前の父を殺したのは御曹司の刀だ。その刀を握っていたのは御曹司だ。そうさせたのは四人

の男たちだ。お前の父をその場にいさせたのは、別の何かだ。お前は、何が許せない？」

何をごちゃごちゃ言っているのか。妙な理屈で罪をうやむやにさせられることへの痛憤（つうふん）で、かえって低い声音（こわね）になって言い返した。

「斬ったのはあの人だ。自分でそう言った。おれによくしてくれたからって……そんなことしたって、おとうは生き返らない。あの人は、おれにもひどいことをした。ずっと……ずっと黙ったまんま、おれに施しをしてた」

「それがお前の怨（うら）みか」

義仙が言ったが、了助には意味不明だ。だから何だ。怨むのをやめろというのか。

「旅に出ることで報いを果たせ。怨みを晴らすことにもなろう。重ねて言うが、あの木剣で御曹司を叩くよりも打ち懲らしめることができる。それが、お前が得るものの一つだ」

「一つ……？」

「もう一つ。旅の仕方を教える。報いを果たしてのち一人で廻国修行（かいこく）に出られる」

それは了助の心の急所をとらえた言い方だった。旅への不思議な憧れを見抜かれているのだ。

きっと岡両子（もうりょうし）から聞いたのだろう。

「……あの人を、おれが打ったりしないように、そんなこと言ってるんですか？」

「いや。きっと打てる」

あっさり義仙が言った。了助はまたわけがわからなくなった。

「お前が〝鶴〟から仔細を聞けば、御曹司は教えてくれと請う。そうなれば、お前は咎めも受けることなく、好きなだけ、いくらでも打てる」

了助には、さっぱりわからない。だが義仙は当たり前だと言いたげだ。これまた了助には理解

できない武士の理屈なのだろう。

「むろん、私とお前の働き次第だ」

義仙が言った。はたと別の疑問がわいた。

「なんで、あなたが働くんですか?」

「三ざるに頼まれた」

ふと記憶がよぎった。巳助の人相書き。亀一の腰揉み。そしてお鳩の三味線だ。それらが報酬

だと、どこかで聞いた気がした。

「また、私の誓願でもある。民と御政道に尽くし、天地人から学びを得る。全てを兼ねる機会は

少ない」

無私の奉公であり、修行にもなるという。こんな達人が何を言うのかと本気で疑問だった。柳

生という、偉い家柄の出のくせに。奉公も修行も今さら必要ないに決まっている。

だが義仙には偽りを述べている様子はなかった。やはり、当然のことを問われるがまま口にし

ている感じがした。

ふと戸口に、若い男が現れた。

「もし、義仙様。手合いの者です」

義仙が立って土間に降り、若い男から大ぶりな包みを受け取った。手合いというからには拾人

衆の一人だろう。包みの他に、

「街道を探っていた者たちからです」

212

小さな竹札を義仙に渡し、すぐに去った。

「膳を片づけてくれ」

義仙が戸を閉め、囲炉裏のそばで包みの中身を広げた。不足がないか調べているのだ。

その間、了助は流しの横に正座してきちんと椀と箸を洗い、元あったところに積んだ。ついつもの行儀の良さでそうしていた。

「こちらに来て、これらのものを見なさい」

義仙が言った。心なしか、こちらも丁寧な感じになっている。

言うとおりにした。並べられているのは二人分の旅支度だった。明らかに大きさが違うのは義仙の分と、了助の分だからだ。

簡素な着替えの他、木綿の手甲や股引、脚絆、袖のない大合羽、帯、旅用の丈夫な着物、風呂敷、肩提げの小ぶりな二つの葛籠、小銭入れ、蠟燭入れ、重たそうな巾着袋。

「これらを身につけたことはあるか?」

了助はかぶりを振った。

「肌を覆うのは日除けと虫除けのため。合羽は埃除けだ。素肌で旅をすれば三日ともたない。日焼けや肌のひび割れ、虫刺されで苦しみ、歩行に支障をきたす。天候によらず必ず笠をかぶり、頭と顔を守る。笠は明日、買おう」

義仙が巾着袋から銭や銀の粒を出した。両替してもらってきたのだという。かなりの額だった。無難に旅するには金が必要で、江戸から京都へは一人につき片道二両(約十五万円)はかかると言われ、了助は目を剥いた。

「小判や交換手形を持ち歩くのは無意味だ。釣りを返せる者がいない。ゆえに最も重い荷は、銭と

なる。早道（小銭入れ）に入れるのは一日分の銭で、残りは総身に隠し持つ」

「隠す？」

「帯や襟などにな。決して、銭を入れた袋を首から吊したり、腹に巻いたりするな。歩くうちに

首や腰を痛めるし、掏りや賊への用心に欠ける。銭をありったけ腹に巻けば動きでそれと悟られ、

よからぬ者につけ狙われる」

了助は帯を手にとった。確かに筒状になっていて銭が入るようになっている。襟も同じだ。蠟

燭入れの底も銭入れだった。他にも、鞘袋やタバコ入れ、褌にまで銭を仕込むという。全身に金

属片を帯びて歩くのだから、確かに相当な重量になる。

「無銭で身軽に旅をする者もいる。道中で働いて稼げばいいという考え方だが、それでは私とお

前のお務めに差し障る」

働きがいつの間にかお務めになっていたが気にならなかった。初めて聞く旅の知恵に、気持ち

を奪われてしまっていた。

「草鞋は三日と経たず履き潰れるため、替えの草鞋を常に葛籠に入れておく。風呂敷を背負うと

きは肩の横側に巻くようにしろ。葛籠と一緒に肩に提げるとすぐに痺れる」

このように基本を教わったあと、用意された往来切手と手形を見せられた。

往来切手は東海寺が発行したもので、岡っ引きが了助の身元を保証すること、了助に万一のこと

があれば東海寺または縁ある寺に葬ること、決して切支丹ではないことが書かれていた。

万一のときの遺品目録に、黒羽織、懐刀、おとうの血に染まった小石のほか、拾人衆として

214

得た報酬と、罔両子の手蹟たる「吹毛剣」の掛け軸も律儀に記されている。いずれも東海寺で保管してくれているのだ。

手形は、北町奉行所が発行したものだ。こちらは人相書きがあった。巳助の手によるものとぐにわかり、じわっと胸に温もりを覚えた。全て、三ざるの計らいだった。お鳩の手の感触を思い、どうしてここまでしてくれるのかと心の中で問うた。

仲間だからだ、と手形から声が聞こえるようだった。拾人衆はみな、こうして助け合って生きている。そのことを改めて感じる一方、やはり自分はそこに属せなかった、という思いもあった。拾人衆の目付たる光國に怨みを抱いて、その一員になれるはずがない。

そんな了助の心情をよそに、義仙が往来切手と手形を脇によけ、小ぶりな葛籠の中を見せた。

手拭い、ぬか袋、房楊枝、空の水筒、替えの草鞋、裁縫道具が入っている。

義仙のほうにはそれらに加え、筆記具、提灯、丸薬入れなどがあり、必要があれば使わせると言ってくれた。

「旅をする者は誰でも、護身のための脇差しを持つことが許される。はしいか?」

「あ、いえ……上手く使えませんし」

了助は言った。旅人の大半が同じ理由で、重くて面倒な佩刀を嫌うという。

「『不』を持っていってもいいですか?」

木剣を指さして訊いた。

「むろんだ」

ほっとした。何よりも頼りになる得物だし、いざとなれば杖代わりにもなってくれる。重たさ

215

という点で少し不安だったが、腰に差し慣れているという自信もあった。

最後に、義仙が若い男から受け取った竹札を見せられた。

「六月一里」

と記されている。一日ではなく一里とは何か。了助には不明だが、

「賊の足取りだ。行って確かめる」

義仙が言うなり竹札を竈に放り込んでしまったので、質問しそびれてしまった。

「道中の礼儀作法は、そのつど教える。洗濯は今済ませて身を整え、今夜はよく寝ておけ」

素直に従い、汚れた着物と褌を着替えると、さすがに爽やかな気持ちになった。洗濯と、水瓶の水を足すため、井戸へ行った。ついでに歯を磨く間、逃げることばかり考えていた。にもかかわらず、そうしなかった。

——あの木剣で御曹司を叩くよりも打ち懲らしめることができる。

それが本当かどうか知りたかったし、何より "鶴" がおとうの死に関わったという事実は無視できなかった。仇は光國一人ではない。残る一人の "鶴" という仇を探すため、

——旅に出る。

そのことが、急に実感された。

おのれの過去と未知の世界が一直線に並んでいるようだった。その道筋から外れてはいけない。神か仏かわからないが見えざる何かにそう言われている気さえした。

それで、逃げずに部屋へ戻った。義仙が布団を敷いてくれており、並んで横になった。

目を閉じると、この義仙という男はどれほど人を斬ったのだろう、という考えがわいた。伏丸

などは、義仙から血の臭いがすると言って怯えていた。了助は鼻ですーっと息をしてみた。血の臭いはしなかった。

刀を持たない蓬髪の修行者。それが了助の目に映る義仙だ。その心の内にはいったい何が秘められているのだろう。

――この人が、錦氷ノ介と出くわしたら、どうするのかな。

極楽組を追うのだから可能性は高いはずだ。二人の対峙を見てみたい。そんな純然たる好奇の念が首をもたげるのを覚えた。

光國に打ちかかろうとしてから、まだ半日しか経っておらず、心が落ち着くはずもない。だがそれでも次に目覚めたとき、今とは異なる心持ちになりそうだという漠然とした予感とともに、了助は眠った。

二

出発は、日本橋本町からとなった。

そこで義仙が笠を買ってくれた。二人して新品の笠をかぶり、雑踏の中を北へ歩いた。木剣も揺れないよう前結びに締めた帯にしっかり差している。身に帯びる全てが、しっくりきた。懐の重さで帯が解けるのを防ぐためだと義仙に教わった。

雨はやんでいる。道は冷たくぬかるんでいるが、久しぶりに気分の好い晴天だった。

自分が旅装束のせいか、いつもより道行く旅人に目がいった。町から町へ、土地から土地へと

旅する者たちの一員として認められたいという思いもわいた。だが、

「旅人を見つめるな。路銀を狙っていると思われる」

義仙に注意され、すれ違う旅人をいちいち振り返って見るのをやめた。

しばらく歩き、浅草御門に来た。

極楽組がここから市外へ逃走したことは各方面の調べから確実だった。義仙について浅草橋を渡ると、ここで起こった闘争が思い出された。極楽組の一人、緋威が橋の上で仕留められたばかりだ。そのときの光國の勇ましい姿がおのずと思い出され、またぞろ心臓が苦しい鼓動を打った。

橋を渡って川沿いに進めば、水戸藩上屋敷がある小石川に行ける。そこで光國を待ち伏せするおのれを想像した。体を冷たい血で満たした自分が木剣を振るうさまを——

つんのめってたたらを踏んだ。橋のたもとの泥溜まりに倒れ込むところだった。想像にとらわれ、摺り足の歩法が乱れたせいだ。

通りがかった人々にくすくす笑われ、了助は恥ずかしさで顔に血が昇るのを覚えた。

「道の穴、木の根、絡まった草といったものに、足を取られぬよう気をつけろ。怪我をするし、疲れが何倍も増す」

「はい、わかりました……」

思わず殊勝な調子で返していた。

雨上がりの道は、牛馬や人の足で穴ぼこだらけになる。ぼんやり歩けば足を取られるのは当たり前だ。ますます恥ずかしくなり、浅草寺へ川沿いに真っ直ぐ進んだ。義仙は雑多な人込みの中を、すいすい歩いている。燕が何

218

にもぶつからず、地表付近を飛び抜けるような軽やかさだ。といって無駄に急ぐ風ではない。傍

目（め）には余裕をもって緩やかに歩いているように見えるし、実際、了助の足に合わせて遅めに歩い

てくれているのだろう。

だがとにかく歩調が弛（ゆる）まない。どんなに混雑し、道がでこぼこしていても、一定の調子で歩ん

でしまう。何でそんな風にできるのかと感心するばかりだ。了助のほうは混雑と悪路に歩調を乱

され、うんざりしている。義仙について行こうとすればするほど、そうなるのだ。この調子で旅

をしたら、自分だけへばって置いて行かれる。

浅草寺が近づき、人通りがまた増えた。誰もが寺の立派な門や出店に注目し、周囲を見ずに動

くため、ぶつかりそうになることははなはだしい。だが義仙は群衆の動きを読みきって、やはり歩

調を乱さず進んでいる。群で飛ぶ鳥が、互いにぶつかって落ちてきたりしないのと同様、きわめ

て自然な動作だった。

その背を苦労して追ううち、ふと、以前言われたことがよみがえった。

――心を置かないんだ。

驚くほど何にも気を取られず、逆に周囲を無視して進もうともしていない。広く注意を向け、

一つに心をとめることがない。だからぶつかりも転びもせず、疲れもしない。

道や人混みばかりか、脳裏に浮かぶ想像、胸中をよぎる思念に、逐一とらわれる自分が、義仙

と同じように動けるわけがない。

――一つことじゃなくて、全部に心を置かなきゃ駄目なんだ。

義仙の言葉を了助なりにかみ砕けば、そういうことになる。決して周囲を見ないのではない。

道を見ながら、人の動きを読み、脳裏の想像を追い、胸中の思念を抱え、しかもどれにも心をとめない。

義仙が告げたとおりだった。報復の旅は同時に、修養の旅になりそうだった。

浅草寺の境内横を過ぎてのちも川沿いに北へ歩いたところで、義仙が言った。

「この辺りで一度、足を休める」

日の傾きは朝五つ（午前八時）頃、出発から半時（一時間）ほどの経過を示している。

距離は一里（約三・九キロ）余りだと義仙が言った。半時で進める距離を一里とするのだから悪路と混雑を考えれば順当な進み方だ。

茶屋に入り、義仙が二人分の餅と茶を頼んでくれた。了助にはご馳走だが、むろん労ってくれているのではなく、適切な休み方と、旅での飲食の仕方を教えてくれるためだ。

「悪い歩き方ではなくなってきたな」

餅を食い終えると、義仙が言った。

「え……はい。ありがとうございます」

了助は小さく頭を下げた。良い歩き方だと言われなかったのがちょっぴり悔しかった。

「不動智の、前後際断を知っているか？」

「いえ……心の置き方のことですか？」

「少し違う。今後のことも以前のことも全て断ち切るという意味だ。今後のこと、以前のことに心を止めれば、今この現在を見失う」

「今この現在？」

「薪は燃えれば灰になる。だが薪はおのれが灰になるとは考えない。灰も、おのれが薪であったとは考えない。薪は薪、灰は灰だ。この先、そう心がけて歩くといい」

すぐには意味が飲み込めなかったが、了助はうなずいて言った。

「はい、義仙様」

自然と、三ざると同じ呼び方をしていた。

義仙もうなずき、言った。

「もう一つ。ここから賊が逃げる先は限られている。追うのは困難ではないはずだが、なぜか捕まらぬ。そのわけを探りながらゆく」

「はい」

「ではそろそろ行こう」

茶屋の者に頼んで水筒の水をいっぱいにしてもらい、再び出発した。

いつしか人混みは嘘のように消え、一面のどかな景色となった。

一帯には、江戸の食糧確保のため、計画的に配置された農地が点在している。米ではなく、季節に合わせた野菜や果物を作るところが多いのは、初物が最も儲かるからだ。

街道は、大川（隅田川）の蛇行に従ってゆるやかに西へ弧を描いている。南千住では、下谷道が合流する。その辺りからまた建途中、刑場で知られる小塚原を過ぎた。

物、人、牛馬が増え始めた。

橋の架橋の成就が祈願されたという熊野神社の辺りまで来ると、街道の両脇は、またもや賑やかな街並みだ。それが橋の向こう側まで続いていた。

千住大橋である。渡った先が千住宿で、日本橋から二里八町（約八・七キロ）、二時（四時間）余りで着けるとされる。だが、混雑と寄り道した分、ずっと遅かった。もうじき正午の昼九つだ。

馬を駆ればすぐだが、了助に騎乗が許可されるわけがない。荷を運ばないのだから人足や馬の提供もなく、おのれの身が頼りだ。

大きな橋の上は、浅草に負けず劣らずの人混みだった。街道と川、すなわち陸運と水運が交差する上、日光参りや参勤交代で大名たちも利用する。賑わって当然だろう。

徳川家光が日光道中初の宿場と定めてより三十年余、千住一帯は、有力商人が集まる重要中継地点として繁栄のさなかにあった。

――油断できない町だ。

了助は歩いてみてそんな感想を抱いた。人と物、そして銭が集まる場所が、穏やかなはずもない。誰もがあくせくしているか、何かを虎視眈々と狙っている。

「誰とも目を合わせるな。特に、旅人を狙う雲助と留女に気をつけろ。何かと面倒だ」

義仙も、そう忠告してくれた。

雲助は、こわもての駕籠かきたちだ。へばった旅人を強引に駕籠に乗せ、何かにつけて銭を要求する上、博奕に誘うなどして身ぐるみ剝ごうとするのだという。

留女は旅籠で働く女たちで、こちらは何人かで一斉に旅人に抱きつき、宿に引きずり込んで無理やり泊めさせるのを常としている。

どちらも強盗じみた手口である。商売をする者たちからしてこうだから、無法者はもっと凶悪だ。花街へと遊びに繰り出す旗本奴も、地元のやくざ者も、すぐ刃傷沙汰に及ぶ。

その一方で、商人たちが歌会を楽しみ、書画陶芸が高値で売買され、漢籍に長じた者たちが学問を興隆させる町でもある。

何もかも盛んで混沌とし、老若男女の血気を逸らせる。そういう意味でも油断できない。ともすると町の空気に飲み込まれ、自分までむやみと昂ぶってしまいそうだ。

加えて、日光・奥州道中と、水戸道中に分かれるということが、またぞろ了助の〝冷たい血〟を刺激した。江戸で光國を待ち伏せすることが難しいなら、水戸へ下るところを狙う手もある

――などと考え、てきめんに歩調を乱すということが二度も三度もあった。

――前も後もない。前も後もない。

教わったばかりのことを口の中で唱え、なんとか平静を保とうとした。光國と初めて出会ってからのことを考えると立ち止まって一歩も進みたくなくなってしまう。逆にこの先、報復するすべがあるという言葉を信じたいほど信じるほど、駆けたいほど血気を覚える。

どちらも今ここでは、ふさわしくないどころか危険を招きかねない心持ちだった。一刻も早く町から出て冷静になりたかった。

だがもうすぐ宿外れというところで義仙が旅籠に入ると言った。泊まるためではない。

「足を洗い、弁当を買う。休憩を取れ」

大きな声で告げながら、留女たちの脇をするりと通って旅籠に入った。女たちも入ってくる者にわざわざ抱きつくことはない。了助もすんなり通ることができた。

たらいのぬるま湯で足を洗い、座敷に上がり、大勢の武士や庶民とともにくつろいだ。

「弁当だけ買って出てもいいんですか?」

「旅籠とは、もともと馬の餌を入れる籠のことだ。それが旅人の膳の意に転じ、食事を出す宿を旅籠と呼ぶようになった」

別に由来を訊いた覚えはなかったが、食事だけでも構わないということらしい。弁当を待つ間も、義仙が旅の心得を話してくれた。

「旅人同士の親睦（しんぼく）など、ないに等しい。むしろ親しく話しかけてくる者を警戒しろ。病人や怪我人とみて、うかつに助けたりもするな。困ったふりをし、助けてくれた相手の荷を盗む者、あるいは人ごとさらう者が大勢いる」

事実、座敷にいる者たちの誰も親しそうではなかった。むしろ互いの警戒心を刺激しない距離を保つよう注意している様子だ。

やがて弁当が出された。卵、切り干し大根、握り飯、干し魚だ。普通、食事は朝夕の一日二食だが、旅人のための昼食だそうな。ちょっと値は張るが体力を保つため買っておいたほうがいいと義仙は言った。

弁当を葛籠に入れて旅籠を後にし、やっと宿外へ出ることができた。

それでもしつこく道沿いの賑わいが続いたが、じきにそれも遠ざかり、雑木林と草っ原ばかりの平坦な道となった。ほどなくして了助の心持ちも落ち着いた。というより、ある種の空無に（くうむ）ひたされていった。ただひたすら歩くことには、人の想念のあり方を変える効果があるのを了助は知った。

都市ではあらゆる時と場所が定められている。物売りが通る道、木戸が閉じる時刻、食事ができる場所、町ごとにありつける仕事。規則に従い、法則を知ることで、飢えや身の危険に直面せ

224

ずに済む。だから飢饉で土地を捨てた流民は、まっしぐらに都市を目指す。
だが街道をゆく者は、都市が保証する全てから離れることになる。何が起こるかわからず、全
てが未知で、危険と隣り合わせになる。

それは了助にとって馴染みあるものであり、同時に、まったく違う世界でもあった。

無宿人だった頃は、貧しさのせいで地べたで眠るしかなかった。それでも都市の恩恵のおかげ
で生き延びられた。

旅はそうではない。おのれの判断と行動が全てだ。旅程を誤れば、人気のない場所で夜になる
こともありうる。潜り込める縁の下や辻堂があるとは限らない。盗賊、野犬、毒虫、風雨、病気、
怪我といったものを、いっぺんに恐れねばならなくなる。食事や部屋を与えてくれる他人が皆無
なら、路銀がいくらあっても無駄だ。実際、そうして命を落とした旅人は山ほどいると義仙は言
った。

そんな緊張感をもって歩き続けることで、

――心を置かず、前もなく、後もない。

そのあり方が、克明に実感された。

真っ直ぐで見通しがよく平坦な道を喜べば、曲がっていて先が見えない悪路道を恨むようにな
る。これだけ歩いたのだと喜ぶ気持ちがあれば、これしかまだ歩いていないのかと憂う気持ちも
わく。

そうではない。今歩くこと、おのれの足が踏んでいるここが、全てであり、無だった。今は一
瞬で消え去る。といって、見失えばどこかに心を置き去りにすることになる。

そうした想念が漠然とだが確かに了助の心を平明にしていった。あの光國が、おとうを斬ったという事実を知ってから僅か一日。ただそれだけで、了助の心は、また違う域に移ろいつつあった。

三

開墾地だが、苦しみばかり伝わってくる。

川の河岸で、渡し船を待つ間、了助はそんな思いを抱いた。幕府の瀬替え（せがえ）（利根川（とねがわ）の河川事業）により、河道を変えられ、水量が増した川だ。

水運を生業（なりわい）とする人々は、水深が増したことでより大規模な輸送が可能になった。

だが河川域に住まう人々にとっては、川が溢れやすくなり、たびたび家や畑の浸水に見舞われることとなった。必然、開墾は過酷となり、あちこちの村の次男三男が、やむをえず行き着く場所とされた。

そんな場所で船を待つうち、ふいに声をかけられていた。

「もし、あんたがた。飴でも買わんかね」

了助はぎょっとした。それまで義仙と自分の二人だけと思っていたのに、気づけばすぐ背後に、小柄な男が立っていたのだ。

背に薬箱みたいな荷を背負った行商風の男だった。つぶらな目をしており、歳は二十にも四十にも見えるという奇妙な印象である。

「不要だ」
　義仙が目も合わさず返した。
「坊主、一つ舐めてみんかね。甘いよ」
　男は意に介さず、にこにこしながら手の上で包みを開いた。何粒もの飴だった。
　了助は思わず口中にわいた唾を飲んだが、義仙の視線を受け、かぶりを振った。
「いらない。悪いけど、いらないよ」
「そうかい。美味しいのにねえ」
　男がこれ見よがしに一粒おのれの口に入れて包みをしまった。気を悪くした様子もなく、むしろいっそう親しげに話しかけてきた。
「いや、すまんね。実は、宇都宮の辺りで盗賊に出くわしてねえ。そんなこともあろうかと、銭を詰めた袋を一つ用意しておいたんだが、そいつを投げ捨てて逃げたわけだ」
「はあ……」
　つい了助は相づちを打ってしまった。
「賊への投げ銭というやつで、そうするともう追っては来ない。あなた方も、同じように用意をしとくといい。またどこかで稼げばいいんだからね。かくいう私も、引っ返して飴売りなどやってから郷に戻るつもりでして」
　異様に人懐っこいのか、何か魂胆があるのかわからない。船が来て渡る間も、盗賊相手に命を取られるなんて損だ、銭を投げるのがいい、と繰り返し忠告してくれた。
　義仙はまったく相手をしない。了助も倣いつつ、男のしつこさに辟易した。

船を下りてもついてくるのではと心配になった。だが岸のこちら側で飴を売って路銀を稼ぐと

かですぐに別れ、了助はほっとした。

「あの男、千住から間を計っていたな」

ふと義仙が言った。

「えっ？」

「この先、差し出されるものは何であれ決して口にしてはならん。いいな」

厳しい言い方だった。了助はわけもわからず、はい、と答えるしかない。

しばらく歩くと街道から村が見えた。

「六月村だ。ここの一里塚番を訪ねる」

義仙が街道から出た。了助も後を追いながら、ふいに合点がいった。日本橋の長屋に現れた若

い男が、義仙に渡した竹札に、

「六月一里」

とあった。あれは六月村の一里塚、という意味だったのだ。わかってしまえばなんてことない

符牒だった。

水害とは無縁の、内陸ののどかな村で、れっきとした幕府直轄領だという。

ただし、一里塚番というのは僅かな捨て扶持を支給される墓守のようなもので、関所の役人な

どとはまったく違うらしい。

義仙が、畑仕事をしている者たちに、その一里塚番の住み処を尋ねたところ、

「ああ、茂治郎の爺さんなら、あっちの宅に住んどるが……今おるかのう。留守がちな人で、し

よっちゅう六町に行っとるのよ」

とのことであった。

「留守の間、宅を空けているのか？」

「飯炊きの婆さんが出入りしとるよ」

義仙が礼を言い、示された場所へ向かった。了助は後に続きながら疑問を口にした。

「近くに町があるんですか？」

「ここから東にある。まだ新しい町だ」

六月村や、近隣の竹の塚、保木間といった村が競って開墾地を広げてできた、飛び地による町だという。

競った理由は、綾瀬川の新たな河道が開削されたからだ。河岸に村域を確保すれば、船による肥料の運搬が可能になる。むろん水害を被る危険を冒すわけで、これまた荒川周辺のように村々の次男三男が送り込まれるのだった。

そんな捨て石じみた人々の暮らしはどんなものだろう。了助はそんな想像をしつつ、義仙とともに茂治郎宅まで来た。

「ごめん。ここに一里塚番はおるか」

義仙が声を上げるのとほぼ同時に、中から腰の曲がった老婆が杖をつきつつ現れ、

「あいにく茂治郎様は昨日から留守でござりまして……。お客様がいらしたら、お泊めしてお食事を出すよう申しつかっております。どうぞお入り下さいまし」

何とも慇懃な調子で促した。

「では遠慮なく」

　義仙が言うので、了助も一緒に宅に入った。典型的な百姓家で、台所を兼ねた土間があり、座敷に大きめの囲炉裏を設えている。

　驚いたことに、竈に火が入れられ、飯炊き釜が蒸気を噴いていた。盆に載せた皿には刻まれた漬け物と、白湯の用意までであった。

　夕食にはまだ早い。昼八つ（午後二時頃）前だ。しかし歩きづめの了助は飯の匂いにすぐさま空腹を刺激され、葛籠に入れた弁当のことを忘れそうになった。

「私たちが来ると知っていたのか？」

　義仙が玄関に座り、荷を置きつつ訊いた。

「茂治郎様からは、お客様がお見えになるだろうと伺っておりましたので、はい」

「六町へは何の用件で赴く？」

「よくは知りませぬが、お務めのためだそうで。村の者に使いを出してもらいますので、明日にはお戻りになるでしょう。さ、今日はくつろいで下さいませ」

「うむ。そうさせてもらう」

　義仙が合羽をたたんだ。了助が草鞋を脱ごうとすると、義仙に手振りで止められた。老婆が釜の蓋を開いて、炊きたての飯をかき混ぜた。たまらなく良い匂いが辺りに漂い、了助は生唾を飲んだ。

「ところで、変装が達者だな、茂治郎」

　座ったまま、義仙が言った。

老婆の動きが、ぴたっと止まった。

了助はあんぐりと大口を開けた。

「若い頃は、女に化けるのが得意な忍（しのび）だったか？　幕命に背いて賊を匿（かくま）い、賊追捕（ついぶ）の任を受けた者たちの通信（つなぎ）を攪乱（かくらん）したわけを話せ」

刹那、腰が曲がった老婆だったはずの人物が消えた。しゃんと腰が立ったかと思うと、竈の角を踏んで跳び上がり、ついで目の前の壁を蹴って、軽々と二人の頭上へ躍り出た。

了助は、一瞬で相手の姿を見失っている。

その了助の眼前で、いつの間にか腰を上げた義仙が、たたんだ合羽を振った。

何かが払われ、土間に突き刺さった。

鋭く光る、くないだ。

平たい爪状の刃物で、了助が初めて見る品だった。相手が跳びながら放ったものだ。義仙に払ってもらわねば胸か腹を貫かれていたと思うと、ぞっとなった。

義仙はすぐさま竈へ駆け、相手と同じようにして跳んでいる。

了助は慌てて木剣を帯から抜きつつ、二人を探して目を上げ、呆気にとられた。一方の手に、土間にあるのと同じ刃を持ち、そ頭上の梁に、先ほどの相手がはりついていた。両脚を梁に絡ませて身を支え、両腕で相手を羽交い締めにしていた。

その背後に、義仙がいた。両脚を梁に絡ませて身を支え、両腕で相手を羽交い締めにしていた。

れを梁に刺して身を支えている。

頭上の梁に、先ほどの相手がはりついていた。

了助は慌てて木剣を帯から抜きつつ、二人を探して目を上げ、呆気にとられた。

義仙はすぐさま竈へ駆け、相手と同じようにして跳んでいる。

ってもらわねば胸か腹を貫かれていたと思うと、ぞっとなった。

平たい爪状の刃物で、了助が初めて見る品だった。相手が跳びながら放ったものだ。義仙に払

鋭く光る、くないだ。

何かが払われ、土間に突き刺さった。

その了助の眼前で、いつの間にか腰を上げた義仙が、たたんだ合羽を振った。

了助は、一瞬で相手の姿を見失っている。

を踏んで跳び上がり、ついで目の前の壁を蹴って、軽々と二人の頭上へ躍り出た。

刹那、腰が曲がった老婆だったはずの人物が消えた。しゃんと腰が立ったかと思うと、竈の角

者たちの通信を攪乱したわけを話せ」

ただ動きを封じるだけではなく、頑丈な腕で首と脇を締めていた。

かひゅぅ……と相手が息を漏らし、ぐったりとなった。

義仙が相手を両腕で捕らえたまま梁から離れ、軽々と両膝を屈めて降り立った。まるで猫のような柔軟さだ。

腕の中の相手は白目を剥き、微動だにしない。刃物は梁に突き刺さったまんまだった。

「了助。そこの簞笥から、縛めに使えるものを探してくれ」

義仙が言った。両腕はなおも用心深く相手を離さずにいる。

了助は草鞋を履いたまま上がって簞笥の引き出しを開き、帯やたすきを何本も見つけた。妙に上等な品だが、深くは考えず、義仙のそばへ持っていった。

「構えていろ。こいつが逃げようとしたら打て」

言われたとおり木剣を構えたが、義仙が腕を離しても相手はぴくりとも動かなかった。それでも義仙は警戒を解かず、手早く相手の手足を縛めた。その体を担ぎ、土間に降りてさらに柱にくくりつけた。

相手のかつらを取り、手拭いで化粧をとった。年配の男の顔が現れた。老爺というほどでもない。せいぜい四十がらみだろう。

義仙が、土間に刺さったくないを抜き、それを用いて、相手の股の間に穴を掘り、相手の褌を解いた。垂れ流しにさせるためだ。それで、やはり相手が男であることが確かとなった。くないを流しに放り、最後に帯紐で猿ぐつわを作って相手の口を縛め、義仙が言った。

「もういいだろう」

了助はやっと木剣を下ろした。何がどうなっているのか不明だが、ひとまず落ち着いた。そう思ったが、まだ終わらなかった。

「ここはこのままにして行くぞ。荷は置いたままだ。戸は閉めておけ」

どこに行くのかと問う間もなかった。荷を置いたまま、きちんと戸を閉めた。

義仙は左右を見回し、竹林があるほうへ視線を定めると、そちらへ向かった。

きっとあの老婆に化けた人物の仲間がいるんだ。そう思い、了助は木剣を引っ提げたまま周囲

へ目を配りながらついていった。

だが竹林に分け入っても、誰もいなかった。やがて義仙が立ち止まったので、了助もそうした。

何も起こらない。さわさわと竹の葉が風に揺れて擦れ合う音がするだけだ。

「あの……なんでここに？」

小声で訊いた。

「姿を現しやすかろうと思ってな」

義仙が、声を大きくして言った。

了助にのみ向けての言葉ではない。やはり近くに誰かがいるのだ。

義仙が右を向いた。つられて了助もそうした。やや離れたところに、気配もなく小柄な男が立

っているのを見て、了助はぎくっとなって木剣を構えた。

船の渡し場で会った飴売りの男だ。今は荷を背負っておらず、だらりと両腕を垂らし、穏やか

な笑みを浮かべて二人を見ている。

「見事なお手並み、感服しました」

男が言った。先ほどの義仙の働きのことだ。どこからか覗いていたらしい。

「一里塚番の茂治郎の仲間か？」

義仙が訊くと、男は深々と溜息をついた。その黒々としたつぶらな目に哀傷の光がきらめいている。

「元を辿れば同胞……になりますか。ただしこの時分、大勢の同胞と袂を分かちましてね」

「出自は?」

「ご推察のことでしょうが、忍です。ずいぶん前に大坂の太閤に蹴散らされましたが」

豊臣秀吉のことだ。関東で豊臣に蹴散らされたといえば北条家と相場が決まっている。

「北条麾下の者か」

「父祖はそうでしたがね」

「貴様は? 賊に遭ったら抵抗せず銭を置いて逃げろと触れ回っているのか?」

「仕える先が見つからず、盗賊の真似をする者が跡を絶たないんです。殺生まで犯させないようにするので精一杯なんですよ」

「殊勝だな」

「いえ。同胞を殺すのが辛いだけです」

さらりと男が返し、かえって了助を呆然とさせた。日頃から罪を犯した同胞を、殺して回っていると言っているに等しいのだ。

「昨今、誰彼構わず、賊になるよう唆す連中がいる。極楽組と名乗る者たちだ」

「耳にしておりますよ。実は、あなたがそうではないかと疑ったんです。何しろ忍も顔負けの身のこなしでしたから」

それで、話しかけて探ろうとしたという。了助は、義仙だけがそう思われたことに妙な悔しさ

234

を覚えた。半日かけて義仙の歩みを学んだつもりだが、到底身についたとは言い難い証拠だった。

「貴様とともに働く者はいるか？」

「それなりに」

男がはぐらかすように言った。

「明朝、六町を訪ねる」

「六町？」

「六月村の一里塚番が行き来している」

「ははあ」

「もしものときは加勢を願いたい」

「はてさて。　明朝ですか」

「そうだ。賊となった者をお上に引き渡し、残った同胞を守れ」

男が頭をかいた。そうすべきだとわかってはいるが……と言いたげな仕草だった。

「連座させられて、私と一族みな、追捕されかねません」

「違うな。極楽組はただの賊ではない。江戸放火を企んだ謀叛人だ。与した連中を放置すれば、それこそ連座となろう」

「そういじめないで下さい」

男が言った。賊になった同胞を捕らえても放置しても、罪に問われるかもしれないのだ。引くも進むもままならない。前にも後にもとられてるんだ。了助はそんな風に思った。だから街道を行ったり来たりし、せめて死人が出ないことを願って、旅人に銭を捨てるよう促して回る。哀

235

れな物乞いに等しいことを男自身よくわかっているはずだった。

「不安なら、私の名を出せ。拾人衆につなぎをつけてやる。悪いようにはならん」

「名をお聞かせ下さるので？」

「柳生の庄の出、列堂義仙」

「や……へえぇ。柳生の御方でしたか。なんとまあ。して、拾人衆とは？」

「幕命に従う諜者だ」

「はあ……それはまた、羨ましいご身分で」

「そちらの名は？」

「名乗るほどの者では……。落ち延びた一党を運悪く託されてしまった男ですよ」

「聞かせてくれ」

男はかぶりを振ったが、義仙がじっと見つめるので、仕方なさそうに名乗った。

「父祖は相州の出、今は松之草村に流れし、風魔の小八兵衛と申します」

四

風魔衆とは相模(さがみ)一帯にいた忍の一党で、頭領は代々「小」の一字を継ぐという。風間、あるいは風摩とも書く。

風魔の小太郎(こたろう)という名の知れた忍の師範がおり、北条氏の配下として活躍したとのことで、

「小八兵衛は、その小太郎の子孫だろう」

と義仙が、竹林を出ながら言った。

宅に戻ると、茂治郎はまだ気絶していた。

了助は、義仙に言われて水汲みと湯沸かしをした。たらいに水を入れて湯を足し、手拭いを浸して身を拭い、垢と埃を落とした。身の手入れを怠らないことも旅の心得だった。これは無宿だった頃の了助の常識とも合致した。

汗疹などをそのままにすると、やがて膿が出て全身に広がり重病になることもある。

その間、一度だけ茂治郎が盛大に屁を鳴らしたが、覚醒した様子はなかった。

囲炉裏を囲み、千住で買った弁当を食った。茂治郎が用意した食事は毒入りだろうということで、釜や椀ごと、庭に埋めてしまった。

食事のあとは口を漱ぎ、囲炉裏端で白湯を飲むなどしてくつろぐだけだ。

ほどよい疲労感があった。日本橋から三里目、理屈では一時半の距離だ。

とはいえ一里塚の間隔は、決して正確でも一定でもない。時間も、悪路や川の渡し、旅籠などへの寄り道で、ずいぶん差が出る。現実には三里余を、三時（六時間）近くかけて歩いてきていた。

気づけば日が傾き、眠気が忍び寄ってくる。うたた寝しても怒られなそうだが、なんだか自分たちのほうが賊になったようで落ち着かなかった。

義仙は平然とした様子で坐し、瞑目して茂治郎の覚醒を待っている。かと思うと、ふいに目を開き、土間に降りて茂治郎の猿ぐつわを外してこう言った。

「そろそろ話す気になったのではないか」

了助もすぐに片膝を立てて身構えた。

茂治郎に反応はなく、気絶したままに見えた。だが、義仙は構わず続けた。

「わけを話すだけでよい。極大師とやらの手口が知りたい。浪人を集めるだけでなく、お役にある者すら荷担せしめるとは、これまでどんな謀叛人にもできなかったことだ」

茂治郎はぴくりともしない。

義仙が、淡々とこんなことを言った。

「私のつれの坊主は、御三家の御曹司に親を殺されてな。ゆえにその御曹司に打ちかかった。だが報復はかなわず、捕らえられかけたところを逃げ延びたのだ」

了助は眉をひそめた。義仙の言うことは半ば事実で、半ば嘘だった。了助は逃げたわけではない。これは逃走の旅ではないはずだ。

「私もずいぶんと人を斬った」

義仙が言った。了助は黙ったまま息を呑んだ。これまた嘘かもしれないが、少なくとも義仙の口調には真に迫るものがあった。

「このような二人連れが訪れたら、極大師はどうすると思うか、貴様に尋ねたい。厄介者が来たとみて追い返すか。それとも手下に加えてもよいとするか」

にたり。茂治郎の顔に、笑みがわいた。

「あの方はね、手下がほしいんじゃない」

茂治郎が目を開き、ぎらぎらとした凶相もあらわに、義仙を見上げた。

「徳川がまこと天下を治めうるか、お試しになっておられるんだ。いいかい。数多の藩主を改易<ruby>改易<rt>かいえき</rt></ruby>し、浪人飢民を生み、賊を跋扈<ruby>跋扈<rt>ばっこ</rt></ruby>させているのは、徳川自身なんだぜ。わかるかい」

「うむ。もっと聞かせてくれ」

「おうよ。それが天下静穏のために避けられぬ道だというなら、徳川が無事に通り越えぬ限り、民は納得せん。また納得せねば、いずれ戦国の世に戻るは必定。ゆえにこそ極大師様は、徳川のため、世のため、天下お試しの大願を抱かれたのだ」

「御政道が正当か糺したいがために、賊を用意してやっているというのか?」

「賊となる覚悟がある者たちさ。由井正雪一党を思い出せ。謀叛を企んだは民のため。結果、徳川は治世を改めたではないか。一揆を起こすとき、血判状を作るのはなんのためだ? 訴えたことで磔にされる者を決めておくのだ」

了助には理解しがたい言い分だが、これは一面、事実だった。

由井正雪という軍学者であった謀叛人を処刑してのち、幕府は浪人の雇用促進や、末期養子の禁の緩和を決定するなど、救済策を打ち出した。それは結局のところ、由井正雪が求めた世直しの法と同様のものだったのである。

同様のことが、しばしば一揆でも起こる。領主が一揆の首謀者を磔にする一方で、訴えを聞き入れ、窮民の救済にあたるのである。

民が世直しを願うなら、そのために死ぬ覚悟がいる。それが世の常であるといえた。

「大いに理があるな」

義仙がうなずいたが、了助には義仙が本音で言っているのかわからない。だが茂治郎はいよよ増長してわめくように言った。

「であろう。謀叛という世直しあってこその御政道よ。御政道あるがゆえの謀叛よ」

「それで貴様は、どんな世直しをした？」

「むろん極大師様の御一党をお助けしたさ」

「留守を装い、つなぎの者を毒殺してか？」

「滅多に殺めはせんよ。眠らせてつなぎの内容を調べ、それを極大師様につなぐだけだ」

「お前たちのつなぎか。どこにいる？」

「六町の飛び地だ。つないでほしいんなら、こいつを解きな。言っとくが、おれなしで行きゃあ怪しまれるぜ」

「まあ待て。私たちが来ると報せたのは誰だ」

「よく知らんが手合いとかいう連中だ」

「殺してはいないのだな？」

「殺しゃ、おれが怪しまれる。口伝えだし、さっさと走ってっちまった。さ、早く解け」

「もう一つ。お前を縛めているその帯は、誰から奪った？」

ひひっ、と茂治郎が甲高い笑い声を上げた。了助は目を丸くした。確かに上等だと思ったが、他の誰かのものとは考えていなかった。

「旗本どもの子を、いく人か片づけてね。千住から馬に乗って来ちゃあ、酔って狼藉を働くから、懲らしめたんだ」

「旗本の子……？」

了助は思わず呟いた。旗本奴を捕まえて殺すなどしたら一帯は大騒ぎになるはずだ。茂治郎が首をねじって了助を見やり、その口から怨念を噴き出すように言った。

「誰も死んだと知らんのよ。親は出奔したと思ってるだろうねぇ。山ん中の小屋に閉じ込めて、寸刻みにしたり、皮を剥いだり、ひと月もふた月も楽しませてくれるのよ。骸は裸にして獣の餌だ。持ってたもんや馬は売っ払う。だぁれもわからん」

了助は完全に凍りついている。

「やつらを懲らしめるたんびによ、すーっと胸の内が綺麗になる思いがすんのよ。最初はわけがわかんなかったが、今じゃ、よお——っくわかる。羨ましいかい、坊主？　お前もやってみてえか——」

「打つな」

義仙がいきなり遮った。

了助は片膝立ちのまま、無意識に木剣を握りしめたところだった。茂治郎がぴたっと喋るのをやめた。

だが義仙に制止された途端、動けなくなった。今、人の姿をした地獄が柱にくくられて、その口から瘴気をもうもうと吐いていた。本気でそう思った。引きずり込まれるのが怖かった。自分が光國を切り刻んで笑っている姿が脳裏のどこかでちらついている——

「なんで……邪魔するんですか……」

了助は木剣を握る手を震わせながら、肩をいからせてうつむいた。

「なんで、そんなに……、おれのすること、邪魔するんですか……」

途中から嗚咽になっていた。どっと涙が溢れ、涙水が情けなく垂れ落ちた。半日の歩きの中で鎮めたはずの激情が一挙に込み上げ、木剣を握るのではなく胸にかき抱いた。硬い感触が、ずた

ずたになった父の骸の腕と重なった。

「おとう……おとう……！」

耐えられず大声で泣いた。今まさに父が寺の縁の下から引きずり出され、なぶり殺されたかのようだ。当時の衝撃が、ときを経て、身も心も激しく揺さぶっていた。

義仙はそんな了助を無言で見ていたが、呆気にとられる茂治郎に、こう尋ねた。

「眠り薬はどこだ」

茂治郎が了助と言ったな。眠り薬はどこだ」

茂治郎が了助から目を離し、険しい顔つきになって義仙をにらんだ。

「その前に、こいつを解きやがれ」

「悪いが、朝までそのままだ。一晩眠って過ごしたほうが楽だろう」

茂治郎がきりきりと歯を軋らせた。唇をまくり上げ、さも悔しげに薬の在処を告げた。

義仙がそれを見つけて白湯に溶かし、怒りで顔を真っ赤にする茂治郎に飲ませた。義仙が座敷に座って待つうち、やがて茂治郎の目がとろんとなり、眠り込んだ。

そのときには了助の激情もいったん収まり、目を真っ赤に腫らして涙を拭っている。

「私たちも寝る。明日に備えろ」

気づけばすっかり夜だった。義仙が寝具を出し、了助も木剣を置いて、のろのろと手伝った。

横になるや、了助をいろんな疲れがいっぺんに襲った。傷心の底で激しい怨みの念が渦巻いているのはわかっていたが、そちらに意識を向けたくなかった。縛られた男が土間にいるという異様な状況であるにもかかわらず、了助は、あっという間に寝入っていた。

242

五

暁闇（ぎょうあん）の中で目覚めた。義仙はもう起きて湯を沸かし、朝食の支度をしていた。粟と野菜の粥だ。茂治郎の食べ物だが二人で遠慮なく食った。茂治郎は身を折り、涎（よだれ）を垂らしながら、いびきをかいている。

食事と用足しを終えて荷支度をし、所持品を全て持って出た。茂治郎は縛めたままだ。了助は義仙に倣って一定の歩調を保つよう努めた。

白々と夜が明ける中、街道脇の東へ延びる水溜まりだらけの悪路を進んだ。

半時ほどで、小さな町に着いた。河川事業で生じた競争のたまものか、小さいなりに繁盛しているらしい。各種の問屋が密集していて、朝から人通りが多かった。

船問屋で、義仙が六月村の村域について尋ね、正確な場所を聞き出した。

町から北へ行くと、川の近くの村域が現れた。点在する田畑は、どれも貧相で、見るからに開墾に苦労していた。それでも村域を主張するため耕し続けねばならないのだ。

川の船着場に隣接して下肥（しもごえ）置き場があり、肥樽から異臭が漂っている。下肥置き場の前の小屋に、いかにも荒っぽそうな男が数人たむろしていた。そちらへ義仙が無造作に歩みゆくので、了助も木剣に手を当て、ついていった。

「ごめん。六月村の茂治郎の使いで来た」

そう告げる義仙へ、男たちの据わった目が向けられた。村民とは思えない目だ。それとも飛び

地にやられた次男三男というのは、このように殺伐とするものなのだろうか。

「入りな」

小屋から声が飛んだ。義仙と了助が入ると、一枚だけの畳の上であぐらをかいた大男が、帳簿を放り出し、干し芋をくちゃくちゃやりながら振り返った。集積された肥樽が放つ臭いの中で食えることに了助は感心させられた。

「なんの使いだって？」

「その前に。おれは風魔の小太郎よ」

「おれか。そちらの名を確認したい」

えっ、と了助は驚きの声を漏らしたが、義仙は平然としている。

「何の用だ？　茂治郎はどうした？」

「縛りつけておいた。もう起きた頃だろう」

「なんだと？」

大男の顔が殺気に満ちた。くわえていた干し芋をぷっと吹き捨て、手を背後に回し、鍔のない長どすをつかんで、すっぱ抜いた。喧嘩っぱやさの見本みたいな男だ。

「そこに膝をつきやがれ！」

大男がわめきながら刃を突き出した。その動きに合わせて義仙がすっと近づき、柄を握る大男の手を撫でるようにして押さえた。次の瞬間には、大男の手をひねり、しごくあっさり長どすを奪っている。

呆然となる大男の眼前で、義仙が片手で長どすを逆さにして床に突き立てた。ぎょっとのけぞ

る大男の手を、一方の手でつかんだままの義仙が、さらにひねった。大男が横倒れになって顔を
畳に押しつけ、足をじたばたさせた。

「痛ぇ！　は、放せ！　腕が折れる！　折れちまう！」

大男が唾を飛ばして絶叫した。義仙が大男を押さえたまま振り返り、言った。

「来るぞ、了助。打ち払え」

了助は大慌てで葛籠を肩から滑り落とし、木剣を抜いて構えた。

「やい、何してやがる！」

一人が小屋に跳び込んできたところへ、

「キイイヤアアーッ！」

了助の叫喚が迸り、木剣が男の胴に叩き込まれ、振り抜かれた。

男が横にくの字になり吹っ飛んで戸の向こうへ消えた。了助はすぐさま木剣の握りを変え、逆
へ振る用意を整えている。

「こらぁ！」

二人目が、怒声を放ちながら短刀を突き出し入ってきた。了助はその腕を打ち砕いた。腕がお
かしな角度にへし折れ、そいつはその場に膝をついて大声で悲鳴を上げた。

おかげで狭い出入り口が塞がれてしまい、小屋の外にいる者たちが、そいつを引きずり出した。

そこら中から加勢が駆けつける足音がした。戸口から見えるだけでも十数人もの男たちが手に手
に刃物や棒を持って集まってきていた。

さすがにその全員を打ち払えるかわからなかったが、了助は臆さず木剣を構えている。戸口の

内側にいる限り、向こうは一人ずつしか、かかってこられない。左右や背後を気にする必要もなかった。何より、やっと存分に木剣を振るうことができたという高揚感で全身が熱くなっていた。

「どけい！　どけい！」

三人目が大きなものを担いで突っ込んできた。梯子だった。それを了助目がけて投げ放った。

了助はうろたえず、左から右へと存分に木剣を振った。梯子が、弾かれるのではなく粉々になって辺りに散らばった。

その破片が額や肩に当たるのも構わず、了助は木剣の握りを変え、右から左へと振り抜いた。そいつがもんどり打って転がったとき、別の集団が現れていた。

小屋の前に扇状に並ぶ男たちの何人かが、背後から飛んで来た何かに首を絡め取られ、引き倒されていった。分銅つきの鎖だ。了助が初めて見る武器だった。

慌てる男たちの頭上へ、今度は霞網が降ってきた。

小屋の天井が軋む音があちこちでした。いつの間にか、小屋の上に複数の人間がのぼっているのだ。そして霞網にとらわれもがく男たちへ、小屋の上から容赦なく石礫を投げて打ち倒していった。

義仙と了助が小屋から出ると、すでに闘争は終わっていた。昏倒した男たちを、覆面をした者

了助は小屋を出て参加すべきか迷ったが、

「あとは彼らに任せておけ」

義仙が、大男の腕を放した。大男は痛みに震えて動けない様子だ。

246

たちが片端から縄で縛めている。

覆面は十人余り。ただ一人、顔をさらす小八兵衛が、歩み寄って言った。

「上手く小屋に集めて頂き、助かりました」

義仙がうなずいた。

「加勢、かたじけない。小屋の中にもう一人いる。風魔の小太郎だそうだ」

小八兵衛が苦い顔をした。

「そう名乗る者を、何人も知っていますよ。箔がつくと思ってその名を使うんです」

そう言って捕らわれた男たちを見やり、

「なんにせよ、あなたを信じて良かった。こいつらを宇都宮からずっと追ってたんです。まさか

ここにいるとは思いませんでした」

「六月村の者たちではないのか？」

「とんでもない。全員、元は忍ですよ」

小八兵衛が言った。「では本来いるはずの村民はどこか。了助はそう考え、背筋が寒くなった。

飛び地の住人を皆殺しにし、そっくり入れ替わったのだ。信じがたい悪行だった。

「誰も気づかずにいた、か」

「ええ。肥樽が村に届くことが大事で、誰が届けているかなんて気にもしません。ここを訪れる

者もなかったんでしょう。哀れですが、この辺じゃ長男以外はそんなものです」

「お上に引き渡す前に、骸のありかを吐かせてくれるか？」

「もちろん。せめて弔ってやらないと」

「頼む。私たちは行かねばならん。つなぎが絶えたと気づかれる前に、近づきたい」

「どこへつなぎをつけていたかわかると？」

義仙が懐から帳簿を出した。大男が持っていたものだった。

「帳簿とみせて、盗品の隠し場所や、つなぎをつける相手を、逐一記していたようだ」

小八兵衛が泣きそうな顔になった。

「そんなの、頭の中にとどめるべきなのに。ろくに符牒も使わず記したっていうんですか。こうまで堕落した忍を雇う大名なんて、いるわけがない」

その顔つきがやけに幼く見えた。二十代にも四十代にも見える不思議な面相だが、実はずっと若いのかもしれなかった。

「いつか扶持が与えられる日が来よう」

義仙が淡々と言った。励ますようでもあり、予言するようでもあった。

「それまで辛抱して待ちますよ」

小八兵衛がほろ苦い調子で言った。

「行先は日光になる」

街道に戻ると義仙が言った。手に入れた帳簿には、奥州道中ではなく、日光道中へのつなぎが記されていたという。了助も日光東照宮（とうしょうぐう）の存在は知っている。江戸幕府の開祖たる神君徳川家康（いえやす）を祀る場所だ。

――御政道あるがゆえの謀叛よ。

248

茂治郎の言葉がおのずと意識された。
天下お試しの大願。了助には到底理解しがたいが、もし本気でそう信じている者たちがいるな
ら、当然向かうべき土地に思われた。

「先々、あの茂治郎のように、地獄に極楽を見出す者たちと出くわすだろう。心せよ」

了助は、淡々と歩む義仙を見ながら、

「義仙様はお強いのに……、なんで誰も斬らないんですか?」

思わずそう訊いていた。茂治郎のような救いのない者を、なぜ始末しないのか。小八兵衛だっ
てきっと何人もそうしているのに。

「私は、郷で学んだことがあまり好きではなかった。だが一つ、好きな教えがあった」

「好きな教え?」

「活人剣（かつじんけん）」

義仙が言った。まるで宝物の名を口にするような、愛情のこもった言い方だった。

「郷でも、現実にそぐわぬ理想に過ぎんとして、本気で研鑽（けんさん）する者も少なかったがな。私は、ど
うにもその教えが好きなのだ」

大事だから大義だから、というのではない。ただ恋い焦（こ）がれていると言うようだった。

了助にはよくわからず、何の感情もわからない。だが義仙ほどの男が、それほど心を傾けている
ものなら、知りたいと思った。

「おれも、教われますか?」

そう尋ねると、

「むろんだ」

義仙は当然のように答えてくれた。

「教えてくれますか?」

「学ぶのは天地人の全てからだ。誰も師にはなれぬ」

お前などには教えてやれないと言われた気がして、ちょっと落ち込みかけたが、

「とはいえ、兄弟子として教えられることはある」

その一言で、ぱっと明るい気持ちになった。

「はい。お願いします」

「まずは、地面から、歩き方を教われ」

「あ……はい」

日本橋からずっと身につけようとしていたことだった。了助は改めておのれが踏みしめる一歩

一歩に気を配りながら、義仙とともに道を進んでいった。

これよりのち──

松之草村の小八兵衛とその妻は、さる大名により、生涯にわたり扶持を得ることとなる。

大名の名は、水戸の二代目藩主、光國。

以後、小八兵衛は水戸領内の盗賊取締りに奔走し、領民は夜盗の不安を抱かずに済むようにな

ったという。

歓喜院の地獄払い

一

　その日、阿部〝豊後守〟忠秋は、待ち伏せに遭った。

　いつものように登城して早々のことである。

　老中は、月ごとの輪番だが、非番の日などあってなきがごとしの年中無休の身だ。各奉行所に持ち込まれる訴訟だけで年に数万件。重大なものだけふるいにかけられ老中決裁になるとはいえ、その数は決して少なくない。

　所司代や大目付らの調査全般、奥祐筆らによる決裁書類の管理一切を監督し、何かしくじりがあれば責任を負う。何より、どの案件を御用取次の手に渡して将軍にお見せすべきか決めねばならず、何一つ気を抜けない。

　残業は必至で、他の役職者が昼四つ（午前十時頃）に登城し、昼八つ（午後二時頃）には下城するのに加えて自邸にも、商人、町の顔役、村の名主などが現れ、様々な嘆願を持ち込む。その場で片

付かぬ案件は、しかるべき者に調査を命じる。

贈物や賄賂のたぐいは、あらゆる手を尽くして拒絶する。　隙を見せぬため趣味は持たず、好み

の物品を手元に置くことも避ける。　さもなくば身を滅ぼし、幕政とおのが子孫を腐敗させかねな

い。　そういう覚悟の持ち主でなければ、職の重みに潰されるか、誰かに弱みを握られるか、さも

なくば怨まれて命を狙われる。

それが、老中職というものだった。

忠秋は、小姓組番頭から六人衆（若年寄）、そして老中へと真っ直ぐに出世した。　その過程で瑕

疵一つ受けず、酷薄な態度になりがちな幕閣の面々に比して、人情と職責を同時に慮る者とし

て際だった評判を誇っている。

三代将軍家光の薨去で六人衆の二人をふくむ五人が殉死追腹を果たし、残された者みな家光の

遺命により四代将軍家綱を補佐することとなったが、小姓組から出世した忠秋が殉死せぬことを

咎める声はついぞ聞かない。

同じ老中の松平〝伊豆守〟信綱が、腹を切らないことを伊豆の豆にかけて　〝きらず（おから）〟

などと誹られたのとは大違いだ。

忠秋を待ち伏せていたのは、他ならぬその信綱だった。

老中の執務室である御用部屋の一角に忠秋が入ると、本来いるはずの奥祐筆がおらず、代わり

に信綱が一人の大柄な旗本とともに座していたのである。

旗本が誰か、すぐにわかった。

昨年、晴れて四代将軍家綱の剣術指南を任されることとなった男だ。

柳生宗冬である。

――剣呑だ。

忠秋はそう思いながらも、にこやかに二人と礼を交わし、堂々と上座についた。剛毅木訥という評判に違わぬ態度である。日々、登城前に肚をくくっているのだ。何が起ころうとも城内で狼狽えたことは一度たりとてない。正月の大火災のときでさえもだ。

「伊豆守殿、主膳殿。ごきげんよう」

二人をとっくり眺めた上で挨拶をした。殿づけで呼ぶのは老中の慣例だが、柳生宗冬には官位がないため通称で呼んだ。老中としては〝その方〟で済ますのが普通であるところを、わざわざ丁重に扱うのは、単に忠秋の性格ゆえで、揶揄の意図はない。

「ごきげんようござる、豊後守殿」

平伏する宗冬をよそに、信綱が淡々と言った。

この男が背筋を伸ばして喋るところを見るたび、忠秋はつい、もそっと情を込めたらどうかと言いたくなる。実際もう数えきれぬほど言ってやったのだが、そのたび信綱はかえって理を重んじ、情を遠ざけてきた。

信綱の性格ゆえであり、忠秋と反目し合う意図はない。むしろ逆だった。二人とも若い頃から互いに足らぬところを補い合いながら幕府安泰に努めてきた。言葉にはせずとも相手の忍苦を察し、粉骨砕身の働きを称え、助力に感謝している。そういう間柄だった。

「双方、務めもあるゆえ、手短に致そう」

信綱が一方的に切り出した。とことん機械的にことを進める性格なのだ。

「大事な用件とみえますな」

254

忠秋は屈託なく、寛いでみせている。

「主膳殿から貴殿に尋ねたきことがある」

信綱が、宗冬を促した。こちらはしっかり畏まって頭を上げ、恭しげに口を開いた。

「恐れながら、お伺いしたき儀が……本来、このような場に足を踏み入れるべき身ではなきこと、重々心得ておりますが……」

「伊豆守殿の考えとあらば無下には出来ますまい。何なりと尋ねなされ」

やんわりと責任は自分と信綱にあると示してやった。

柳生家は、宗冬の父・宗矩の死後、今は亡き三代将軍家光の意向で遺領を分割相続させたため石高が下がり、大名から旗本に格下げとなった事情がある。さらには長兄の三厳が嗣子なく死去して危うく廃絶となりかけたところ、弟の宗冬が自領を返上し、本家を継ぐことをかろうじて許されたのである。

その柳生家を再び大名に復帰させることが宗冬と一族の悲願だった。そのためには一つ一つ地道に功を積み、間違っても咎めを受けるような真似は避けねばならない。

忠秋は、そうした宗冬の気持ちを慮ってやりつつも、さて、どうかわして追い払うか、などと内心では思案をしていた。

「恐れながら、我が弟、列堂義仙のことにござる。というのも、奴は、またしても出奔し、居場所がつかめぬ始末で……。豊後守様であればご存じかも、とのご助言を伊豆守様よりたまわり、お伺いする次第でございます」

「またしてもとは?」

わざとはぐらかすために、尋ね返した。

「奔放と申しますか……父の遺命に従い出家させたものの、一つ所に留まらぬたちで、たびたび寺から姿を消すのです。何度叱責しても聞かず、困り果てております次第で……」

四十半ばの屈強な宗冬が縮こまって訴える様子は哀れなほどであった。

だが、そもそも義仙に父兄の遺領を二百石ばかり寺領として継がせたのみで放置したのは柳生家の責任なのである。

ます大名の地位が遠ざかるので仕方ないという考えなのだろう。宗冬としても負い目があるのだろうが、弟に石高を大きく分与してはます

忠秋が知る限り、領地継承に関し、義仙がこの二十二も歳が離れた兄の宗冬を恨む様子はない。むしろ家から解放された自由の身と信じ、自分は自分、兄は兄と切り分けているのだろう。だが宗冬にとってはそれ自体、お家を蔑ろにする言語道断な態度なのだ。

「廻国修行の許しを得ているのでは？」

またはぐらかした。極楽組という賊を追い、拾人衆（じゅうにんしゅう）たる了助（りょうすけ）をつれて日光（にっこう）道中を進んでいる、と言えば、宗冬はただちに了助を江戸から追っ手を差し向けるはずだ。

そもそもなぜ了助を江戸から連れ出させたか、決して口外できぬ事情がある。御三家たる水戸（みと）徳川家の世子（せいし）が、若気の至りで辻斬りを働いたからだ、などとは到底この場で口にできるものではない。

「それは……、立場を利用し、おのれでおのれに許可状を発行しているに等しく……」

「修行のためならば、御法度には抵触せぬが」

「いったい何の修行かもわからず……」

「そもそもなぜ私が行方を知っていると?」

すると信綱が、無機質そのものといった調子でこう口にした。

「日光道中。六月村。一里塚番」

その件は、忠秋も、市外に配した拾人衆からの報せで知ったばかりだ。

忠秋は眉間に皺を寄せ、信綱をじろりと睨み、肚に力を込めて言った。

「村の一里塚番士が、不逞浪人どもと通じていた件、当然ながら乱を想起させるゆえ厳重に秘すべきことではないか」

牽制である。目的は宗冬を恐懼させて余計な真似をさせないことだ。果たして宗冬が慌てて平伏したが、信綱は動じず言い返した。

「その通りだ。豊後守殿。一件に関わった列堂殿が、いたずらに口外せぬよう釘を刺さねばならぬゆえ、宗冬殿のほうで使いを出してもらうべきであろう」

「私から伝えておるゆえ、無用と存ずる」

「列堂殿は、お主の命で働いていると?」

「いいや。かの御仁は、衆生救済の誓願に従っているだけのこと。たまさか不逞の者に遭遇し、幕政のため働いてくれたに過ぎぬ」

そう口にしながら、忠秋は、信綱がいつ了助のことを口にするか警戒した。信綱であれば、義仙のような誰の配下でもない埒外の人物に、なぜわざわざ拾人衆の一人を預けたか、すでに推測を立てているはずである。

拾人衆は忠秋の直属といってよく、その忠秋が第一に気遣うのは、徳川家のことと決まってい

る。ならば現在、拾人衆の目付となっている徳川光國に何かあり、その始末を義仙に頼んだので

はないか。そういう隠れた因果関係を、息を吸うように読み取るのが信綱という男であることを

忠秋は重々心得ていた。

だが信綱は、忠秋のその警戒をも十分に察しているというように、こう言った。

「主膳殿は、列堂殿の身を案じておるだけだ。もしお主の密命を受けてのことでなければ、使い

をやっても支障ないとみてよいな？　それと主膳殿は、御城の行事のことなどで何かと義仙殿と

相談したいことがあるようなのだ」

行事とは、今年の正月早々に行われた、将軍家綱の剣術始めの儀のことだ。

家光は柳生宗矩から免許皆伝を得てのち指南役を置かなかったが、家綱は父に似て剣術を愛好

し、稽古にも熱心だった。儀の直後に大火があり、今も城内では何かと儀礼や宴が慎まれている

が、家綱は剣術始めの儀を恒例化する意向を示している。

宗冬としてはお家再興のため尽力すべきときであり、その件で実弟と話がしたいと言われれば、

忠秋が止め立てする理由は何もない。理路整然として反論の隙を与えぬ、信綱らしい言い分だっ

た。

忠秋は目元を緩めて鷹揚にうなずいてやったが、このときばかりは信綱への揶揄を込めていた。

わざわざ言い訳を用意してまで柳生を動かそうとする裏に、相当な理由があると透けて見えるぞ、

と無言で示してやったのだ。

「むろん、私がどうこう言うことではござらぬ。が、しかし主膳殿、きっと列堂殿にも考えがあ

ってのことでしょう。お家を離れ、禅僧として修行に打ち込んでいるときに、それを妨げるべき

258

ではありますまい」

だが、宗冬はかえって悲痛な面持ちとなり、

「やつの目に余る奔放ぶりをご存じなら、とても修行に打ち込んでいるなどとは——」

そこへすかさず信綱が遮って言った。

「さらば、修行姿をひと目見るだけでもよかろう。列堂殿も、兄の使いが現れただけで修行ができぬほど心乱されるなどということはあるまい。異存あろうか、豊後守殿」

「ない。お主の言う通りだ、伊豆守殿」

「では、主膳殿が義仙殿に使いを差し向ける件、お構いなしとしてよいかな?」

忠秋は顎に力を込めて、信綱を見つめた。

「構う」という言葉は、武士にとって「決して許さぬ」という厳格な意味を持つ。逆にお構いなしとは、完全な自由を約束する言葉だった。

問題は、信綱がなぜそこまで義仙を止めたいかだ。

義仙を還俗させて家を継がせたい事情があるのか。いや、宗冬にそんな考えは皆無だろう。とにかく義仙が何かでしくじってお家再興に障ることが怖い。それだけだと、宗冬本人を目にした今、断言できる。

では信綱の目的は何か。

十中十、義仙が連れ歩く少年の正体を知ることだ。それも、はっきりわかった。

その少年が深刻な事情を水戸家との間に抱えているとなれば、政治的な価値が生ずる。その価値を忠秋と分かち合うか、さもなくば自分が率先して使う。そうしたことのために、柳生を自分

の使い走りにするのが信綱の魂胆なのだ。

「お構いなしにござる」

忠秋は言った。相手の狙いがわかれば備えることができる。信綱に、了助を奪わせなければいい。そう決めた上での返答だった。

「かたじけなきお言葉、感謝いたします」

忠秋は単に、自分は関係ないと言っただけだが、宗冬は平身低頭してくどくどと感謝を述べ、それから信綱にも許しを得て、後ろ向きに進み、礼を尽くして御用部屋から出ていった。立派な礼の所作ではあったが、どうも卑屈に過ぎるというのが忠秋の所感だ。

信綱はまだ当然のような顔をして座ったままだ。他にも何か用意しているらしい。

「さて、他に何かござるかな、伊豆守殿？」

忠秋はどっしり腰を据えて相手をしてやろうという調子で訊いた。

むろん、城中で互いにそんな余裕はない。これから会って談義せねばならない相手、裁決に取りかからねばならない案件が、山ほど存在するのだ。

「先日、書状を整理していたら、三郎が寄越したものが出てきた」

ぽつりと信綱が言い、忠秋を啞然とさせた。

三郎とは、信綱の次男の幼名で、諱は吉綱。七年前に二十八歳で亡くなった。その際、家臣二人が殉死追腹を切ったことが、将軍家光亡き後も生き存える信綱への誹謗中傷のたねにされたこともあり、滅多なことでは口にできない話題となっていた。

「川越の城下もずいぶん整うてきたなどと懐かしきことが書かれていてな。しばし読みふけって

しまった。子を亡くすとはどのようなことか、わからなんだおのれを悔しく思う」

これは忠秋が、信綱より前に長男を失ったことをいっていた。やがて忠秋が捨て子の保護に熱心となり、〝子拾い忠秋〟とあだ名されるまでになった直接的な理由である。

「珍しく情を口にするではないか」

忠秋が微笑んだ。我ながら、ほろ苦い笑みだった。子への愛情に身分の別はない。だが老中ともなれば、相手の心を揺り動かすことに手段を選ばなくなるものだ。そして信綱は今、おのれ自身の悲痛をたねにしてまで、何かの件で、忠秋を説得しにかかろうとしていた。

「お主らしく直截に口にせよ。我がまなこが涙で濡れるさまが見たいと申すか？」

「逆に、そろそろ涙を拭うてはいかがか。いったいどれほどの数の捨て子を抱えている」

大猷院（家光）様の御遺命に従って育てられ、幕府に報いんとする者達だ。どうせよと？」

「養子に」

「なに？　誰をだ？」

「一切片付くすべがあればと願うておろう」

「言葉に気をつけるがいいぞ、伊豆守殿」

忠秋は今度こそ肚に力を込めて相手を睨み据えた。拾人衆は忠秋にとって全員我が子に等しい。これまで養子に出された多くの子らもふくめてそうだ。その子どもに手を出すなら、あらゆる手を尽くして報復する。そういう態度をはっきりと示してやった。

信綱がその忠秋を眺めてうなずき、言った。

「子らはみな、いずれ養子に出されると信じ、働いておるのだろうと想像しただけのこと」

「であれば何とする。お主が斡旋すると？」

世に養子を求める家は多いとはいえ、忠秋ですら百余人もの養子斡旋が叶うかは心もとなかった。中には養子の口を諦め、寺や尼寺を生涯の住まいと定める子もいるのだ。

「深川の材木商、加藤善右衛門」

信綱がだしぬけに告げた。その人物が何をどうするのか。忠秋は眉をひそめて相手の言葉を待った。だが信綱は腰を上げると、

「では、互いに務めもあるゆえ、これにて失礼」

忠秋が止める間もなく、立ち去った。

　　　二

「養子縁組だと？　拾人衆全員をか？」

光國が大口を開けて聞き返した。

驚くというより、架空の鳥獣の話でも聞かされて呆れるのに似た気分だった。光國は幼少からそのたぐいのものを信じた例しがない。

「豊後守様が仰るには、拾人衆廃止のため伊豆守様に用意があるのではと。ただ、わかるのは材木商の名のみで仔細は不明です」

説明する中山勘解由も、困惑顔だった。

駒込の水戸藩中屋敷に建てられた、通称〝火事小屋御殿〟にいた。

262

光國が火災後の学問復興のため、父に頼み込んで建てさせた書楼である。出入りするのは学者と下男だけだ。何をしているのかと問われても学問談義だと言い張ればよく、密談にはうってつけといえた。

そばに三ざるの巳助、お鳩、亀一が座っている。みな養子と聞いて、ぐっと真面目な顔つきで光國と中山の話に耳を傾けていた。

「ふうむ。つまりその商人が、百余人もの養子を一度に斡旋しうる手だてを持つか否か、我らに調べさせたいのだな、豊後守は」

「あくまで私と拾人衆の務めです、子龍様」

「わしを蚊帳の外に置くのか？」

「ええ、ええ、そう言うと思っていました。せめて私の目の届く所にいて下さい」

これでは立場が逆である。当然のように光國は鼻を鳴らして異議を唱えた。

「わしはお前たちの目付であるぞ。それに柳生が動くとなれば、お主では止められぬ」

「彼らが市中で動く理由はありませんよ。豊後守様いわく、伊豆守様の狙いは、了助という子龍様の弱みをつかむことなのです」

中山が、ぴしゃりと言った。この御曹司を遠回しに論せばかえって口論になる。

たちまち光國はがっくりと肩を落とした。

「この期に及んで、わしが了助に迷惑をかけるというか……。なんたるざまだ……」

呻くように言って畳をつかむや、虎が爪を立てるごとく、めりめりと音を立ててむしり破く様には、中山も三ざるも、つい腰を引いて後ずさる始末だ。

「ならば柳生の手の者は、とっくに日光道中を進んでいるであろう……。わしが日光へ向かうわけにはゆかぬか……」

これは問いではなく呟きだった。

「了助を苦しめないで下さい、御曹司様」

お鳩がきっとなって前に出た。巳助と亀一も次々に加勢して言った。

「手合いどもの願い通り、了助はちゃんと義仙様のもとで働いているんです。御曹司様への怨みを晴らそうとして逃げたりせずに」

「柳生家のことは義仙様や道中にいる私達の仲間にお任せ下さい、子龍様」

中山も元の位置に戻ったが何も言わず、光國がふうーっと頭上へ息吹きを発し、悶々とする胸の内を抑えるのを、冷静に眺めている。

光國が顔を戻し、気を静めて言った。

「すまぬ。そなたらの真心を無為にはせぬ。せめて思う存分、この身を了助に打ち据えさせてやりたいが、それもお預けだ」

三ざるがそろって難しい顔になった。そうさせないことが、それこそ彼らの真心なのだ。さすがに中山が顔をしかめてたしなめた。

「そんなことをしたら了助の首が飛びます」

「誰にも知らせぬ。うっかり死んだ場合は、落馬のたぐいとみなされるように死のう」

「無茶なことを言わないで下さい」

「かように心を定めねばならんほど、おのれを恥じてたまらんのだ。それで？　その材木商の居（きょ

所はつかんでおるのか？」

「はい。深川にて、家臣と拾人衆を配して見張らせ、伊豆守様との間にどのようなつながりがあるか調べさせております」

光國はすぐさま片膝を立てた。

「そやつがまこと、子育の男鬼子母神か、この目で確かめてくれる」

三

また悪夢を見た。

そこかしこから無数の手が伸びてくる夢だ。それは了助が幼い頃、縁の下で眠っていた、おとうに襲いかかった手だった。了助から温もりを奪った手だ。

さらにその後ろからは火にまみれた黒焦げの手が群となって迫った。火でめくれ返って捻れた爪の間から、真っ黒い血をじゅうじゅう音を立てて垂らしながら、了助を業火の地獄に引きずり込もうとする。かと思うと、透き通るように白く凍りついた手の群が足下からぞろぞろと生え伸び、こちらはつかまれば冷たい河に沈められる。

了助はおびただしい手を必死に棒で打ち払うが、手は次々に現れ、この地獄に終わりはないのだと告げるようだ。

その朝は、打ち損なった手が胸元にまで迫る恐怖で目が覚めた。暗い天井を見上げながら、焼けて皮が裂けた手の残像が消えるのを、身をすくめてじっと待った。

やがて動悸が収まり、額に汗が浮いているのを感じた。頭に熱を帯びるのはよくないことだと、隣で寝ている義仙に教えてもらった。頭寒足熱が禅の心得なのである。

了助は額を拭い、また目を閉じ、身の緊張を解くよう努めた。

だいぶ弛緩したところで両脚をぐっと伸ばし、ふうーっと口から息を吐いた。肺が空っぽになるまで吐くと、今度は鼻で息をゆっくりと吸いながら、

――ひとーつ、ふたーつ、みーっつ。

心の中で、数を唱えていった。

七つで息を止め、長々と口から吐き、また鼻で吸いながら数を唱える。一つの呼吸を、とにかくじっくりと行う。

仰臥禅、すなわち寝て行う禅である。呼吸は、下腹を膨らませたり凹ませたりする丹田呼吸(腹式呼吸)を心がける。これにより身を整え、丹田に気を巡らせる。

つまり、動悸を鎮め、横隔膜を下げ、筋肉を弛緩させて血流をよくし、下腹に集中する太陽神経叢を温めることを目的とする。そうすれば太陽神経叢が、五臓六腑の働きを整え、おのずと精神の安定をもたらしてくれるからだ。

このとき重要なのは、脚を伸ばしたり緩めたりし、血流で足先を温めることだという。

下肢がしっかり整わねば、すやすや眠ることもできないというのが禅の基本だ。下肢を流れる血は、脹ら脛が第二の心臓となって、上体へと押し上げられる。足の裏にも神経叢があり、これを温めれば下腹のそれと同じ働きをしてくれるという。

そうしながら、ひたすら心を空にする。

266

何もかも解き放ち、かえりみぬことを、放下着という。そう義仙から教わったとき、

——一切放下。一切劫来。

丹前風呂で出会った勝山が口にした、二つの言葉を思い出したものだ。何もかも放り出し、正

しく諦めたとき、おのれという花が咲く。

勝山はそう言った。吽慶も同様のことを願って木剣に刃を封じたが、彼の息子がその心も命も

引き裂いてしまった。

そうしたことがらも一切心から解き放そうとするうち、身は和らいで温まり、頭はしんと冴え

てきた。仰臥禅が上達すれば、おのれの臍の内にいる阿弥陀仏を感ずるようになる、と義仙は言

った。頭上には浄土が見えると。

了助は到底まだそんな境地には至らないが、効果はてきめんだった。悪夢を思い出しても苛ま

れず、ただ受け入れられる気がする。まさに全身を限無く整え、心気を安定させるための禅だっ

た。

他にも、座って身を整える法もある。頭から薬湯を浴びて、それが身のあらゆる部位に染み込

み、足の裏へ達するさまを想像することで、心を晴らし、身を快然とする。数息観と軟酥の法とい

う二つの法を確立することになる。酥とは、牛などの乳が凝固したもの、現代でいうバターのこ

とだ。古来、大蒜と並んで病人の体力回復に効くとされる薬である。

後年、臨済宗の中興の祖となる白隠は、この二つの治癒の禅を工夫し、現代でいうバターのこ

そうした法が求められるのは、修行に打ち込むほどに、禅病に罹る危険性も増すからだ。禅病

とは、頭がのぼせる一方、手足が冷えて痺れ、それが腰や腹に達するというもので、気力を奪う

こと著しく、阿弥陀仏どころか、わけのわからぬ幻覚や幻聴に襲われることになるという。うつおよび神経症の症状である。

悟ろうとして修行で心身を病めば、魔道に墜ちるばかりである。禅を学ぶなら、まず何よりおのれの健やかさを保たねばならない。それが義仙の教えだった。

了助はその教えに大いに感謝しながら起き上がった。江戸を離れてからというもの、毎日のように悪夢を見たが、そのくせ体はすこぶる元気だった。むしろ自分の中にわだかまっていた悪いものが、毎夜、夢を通して現れてはどこかへ流れ出していく感じがした。

義仙のほうを見ると、まだ寝ているようだった。了助は可能な限り音を立てぬよう気をつけながら、木剣を持って部屋を出た。

厠で用を足し、瓶の水を汲んで顔を洗い、口を雪ぎ、さっぱりしてから、まだ薄暗い庭に出て、いつもの〝棒振りの法〟を行った。

摺り足に独自の工夫を重ねながら、右へ左へ木剣を振るう。それを法と大仰に呼ぶのは、義仙がそのように言ってくれたからだ。

禅の目的は悟ることである。

悟るとは、あらゆるものの内にある仏性に気づくことだ。

言葉では言い表せないそれを感得しうるすべは、一つではない。庭仕事でも、絵画でも、建築でも、剣でもいい。むしろ言葉以外の全てが、悟るための法となり得る。

「お前の棒振りも一つの法だ」

義仙がそう言ってくれたことで、了助のそれはかつてない意味を持つことになった。

268

これまでは、野犬を払い、奴どもを打ちのめし、気分を害するものは何でも退けるという、今あるおのれのための行いだった。摺り足の法や、相撲の体術を知っても、今ある自分が変質することはない。ただ技倆が磨かれるだけである。

だが禅は根本的に違った。自分をどこかへ運んでいく。悟りというよくわからないものを引き寄せようとする。

了助は僧ではない。是が非にも修行を積んでどこかの寺で立身したいとは思っていなかった。ただ純粋に、禅というのはなんだかすごいものだという感動を覚えるのである。

自分の心や体に効果がはっきり現れることがまず面白かったし、このまま工夫を続けたらどうなるんだろうという興味もあった。何より、

——地獄払い。

という、罔両子が示唆した行いを、本当に可能としうる気にさせてくれた。ただ地獄が消えるだけではない。もし悟ることができれば、ご褒美に、阿弥陀様が浄土を見せてくれる。父や三吉が旅立ったはずの場所を。そう思うだけで胸が熱くなり、その分だけ、木剣を振るう鋭さが自然と増した。

「朝から、うるさいねえ」

いきなり不機嫌そうな声がわいた。

了助は足を止め、木剣を地面に置き、声の主へ行儀良く頭を下げた。これまでなら反射的に警戒して身構えていたところだが、今は木剣を手放すことを苦とも思わない。むしろ率先して礼儀を尽くすことで、相手の出鼻を挫けると学んでいる。

果たして、相手は咄嗟に二の句が継げず、背後に引き連れた七、八人の男達ともども馬鹿みたいに突っ立っていた。

声の主は、名を秋田甚五郎といった。

びっくりするくらい太った男で、村の名主でもないくせに大きな邸を持ち、とにかく偉そうに振る舞い、夜な夜な遊び歩く。今も寝床から出てきたのではなく、夜っぴてお務めの相談をしていたと嘘くさいことを言って、これから昼過ぎまで寝こけるのである。

甚五郎は、今いる越ヶ谷・瓦曾根村（いずれも現埼玉県越谷市）の鳥見頭で、一緒にいる連中はみな鳥見衆を称していた。

鷹狩り場の保全と、そこで生息する鳥類の保護に努める、れっきとした役人である。

面倒を見るのは狩り場の鳥だけではない。上野国には鷹の養殖場と定められた御巣鷹山があり、そこから下ろされた、将軍家や御三家に献上する鷹を預かるのも大事な務めだ。

瓦曾根村が擁する紀州藩の鷹狩り場のほか、越ヶ谷一帯には、そのたぐいの施設がほうぼうに存在する。

荒川のそばには、将軍家が鷹狩りの際に泊まる越ヶ谷御殿があり、最も規模が大きい。ただしこちらは、正月の大火で江戸城が焼けたため、解体して、江戸へ運ばせていた。

その作業も甚五郎の管轄だが、どうやら指示を出すだけで、実際に働くのは近隣の村の者だけらしい。

いかに鳥見が大事なお役目だとしても、それだけで他村に対してまで大きな顔ができるものではない。彼らには他に公儀というべき御役目があった。鳥の様子を調べるためと称し、どこにで

も入り込むことだ。

全国の鳥見には、大名の領地や屋敷内に堂々と足を踏み入れ、そこで見聞きしたことをつぶさに将軍に報告するという務めがあるのだった。

奉行所や郡代にとっても、鳥見から得られる情報は値千金である。

実際それで私腹を肥やす鳥見が跡を絶たないが、咎めを受けることはなく、まず黙認される。

それほど幕府から重宝される存在だといえた。

戦国の時代から、鷹狩りは他国の様子を調べるための名目だった。その際、鳥見は村人を動員するお触れ役ともなる。

村人は、獲物を誘導する呼び子をし、草を刈って道を作り、水や食料を提供せねばならない。

労働力も資源も奪われる。村の怨みは、必然、鳥見衆へ向けられがちだ。そのため大名の鷹狩りで疲弊した村が〝鷹狩り一揆〟を起こし、真っ先に鳥見衆を殺害することもあるという。

そうした災難を避けるためにも鳥見頭は普通、礼儀正しく淡々としているものだと義仙は言った。だが秋田甚五郎は全然違った。とにかく威張り散らすし、気に入らないとすぐ怒鳴るか嫌味を言う。このときもそうで、

「なあ、あんたの師匠、若そうに見えるが実は腰の曲がった隠居かなんかかね？ あんたらがただ飯食らって宿場をうろついてる間に、女だってもう日光に着いてるよ」

わざわざ庭石に腰掛けて、ねちねちやり始めた。了助は特に言い返す気もなく、こういうときの対処として、義仙に教えられた通り、合掌して頭を垂れて黙然と聞いている。

僧の真似をしながら、どちらかといえば了助のほうが馬の耳に念仏という感じだ。

ただ、甚五郎の言い分もあながち間違ってはいなかった。

将軍家の日光社参は、片道を四日で踏破する。全長およそ三十六里（約百四十キロ）だから、一日九里（約三十五キロ）を進み、開幕の祖にして東照大権現様たる徳川家康の命日に、ぴたりと到着する。

これとて決して強行軍ではない。むしろ余裕を持った行程といえた。

日光道中のみならず各地の社参に赴く者は、男女とも日に十里か十一里は歩く。下駄の歯など一日で磨り潰して真っ平らになるから常に予備を葛籠に入れておく。それくらいの足腰がなければ、良い働き手になれず、まともな暮らしはできない。それが、この世の常なのだ。

もちろん義仙も了助も、その程度の足腰は備えている。なんなら三日も経たずに日光に着くことだってできただろう。

だが、この旅の目的は社参ではなかった。この道が日光に通じているというだけで、追うべきは江戸放火を企む不逞浪人達なのである。そのことを甚五郎も義仙から説明されているはずだが、どうせ遊び半分のお務めだろうと頭から馬鹿にしていた。豊後守様の名を出されたから泊めてやったが、大名から転落した旗本の、それも僧になるしかなかった末子のお役目など、たかが知れている。いつまでも人の善意にすがっていないで、さっさと出て行ったらどうだ。

そういったことを、ありがたくも説教してやっているのだという口ぶりで述べ立てるうち、それに飽きたか、

「お前のように師匠も恐縮するべきだな」

などと呟き、でかい口をぱかっと開けて大あくびをした。それこそまともに働けるとも思えぬ、

272

いかにも太って鈍った腰を大儀そうに上げ、男達とともに邸内に入っていった。

了助はきちんと合掌したまま頭を下げ続けている。

しっかり丹田呼吸を繰り返し、これも禅だと思って静穏を保ち、やがて顔を上げた。片膝を折って木剣を拾い上げたとき、今度は背後で声がした。

「鳥見頭は、また朝帰りか」

了助は、驚きもしないおのれを自覚した。声が来ると予期していたわけではない。

丹田呼吸が習慣になると、自然と横隔膜が下がり、腰は落ち着き、息が深くなる。すでに血と気が全身を巡っているため動悸が起こりにくく、ひいては動じなくなるのだ。これも義仙の教えどおりだったので、しっかり身につけつつある自分に嬉しくなった。

「はい。早く出ていってほしいそうです」

振り返って言うと、縁側に佇む義仙がうなずいた。それだけで、義仙は甚五郎の意向など気にもしていないが、そろそろ動く頃合いだとみているということが、なんとなくわかった。

「食事を済ませてから旅支度にかかる。弁当ももらおう」

甚五郎が聞いたら、うちは旅籠じゃないんだとでもわめいただろうが、当人は明けゆく空をよそに寝床の中だ。

「はい、義仙様」

了助は木剣を背の後ろで帯に差し、義仙と一緒に台所へ行った。そこで、働き出した下男の水汲みや火焚きを二人で手伝い、自分達の分の食事をもらって、部屋に運んで食った。二人で膳を返しにゆくと、下男が弁当を用意してくれていた。

それだけでなく、丸々とした桃を一つずつ渡してくれた。了助には垂涎の菓子だが、近隣の村から運ばせたもので、どうせ腐るほどあるのだから持って行けといってくれた。越ヶ谷には桃畑もあり、十月は秋の収穫期の直後だった。

了助と義仙はありがたく頂き、部屋に戻って支度をすると秋田邸を後にした。どうせ寝ているのだから、あるじへの挨拶もなしだ。

街道は人通りが多かった。寄り道をせず、真っ直ぐ荒川へ向かった。

川べりには、あらかた解体された御殿がある。その材木を運ぶ人々を横目に、明暦元年（一六五五）に架けられたばかりの、まだ真新しい高欄備えの橋を渡った。

橋も混雑していたが、宿場を抜けて道を進むと、すぐに人の姿もまばらになった。

平地と林と湿地が入り交じる、のどかな風景を眺めながら、下間久里（現埼玉県越谷市）の一里塚まで来た。江戸の日本橋から七里目だ。

下間久里村の一里塚番士の宅に立ち寄ったところ、老年だが矍鑠とした番士が、はきはき受け答えをしてくれた。江戸から逃げた不逞浪人達のことも聞き知っていて、目を光らせてはいるが、それらしい者は見ていないという。

義仙は礼を言い、老人に拾人衆との通信を頼み、了助とともに街道に戻ると、しばしその場に佇んだ。

「やはり断たれたな。　敵も見事だ」

これは極楽組が、各地の仲間と連絡を取り合うことをやめたということだ。ここまで敵の連絡網を頼りに進んできたが、早くも行き止まりにぶつかっていた。

「でも帳簿があるって……」

「六月村は鳴子だ。帳簿に意味はないのだろう」

村の悪党ども自体が鳴子、つまり極楽組の警報装置というわけだ。

異常ありとみるや、すぐさま連絡を断つか、別の連絡網に切り替える。つなぎの帳簿も囮だと

いう。了助は、そこまで周到にことをなすのかと驚くばかりだ。

「なら、どうすればいいんでしょう？」

「敵も、私達が何者か知りたいはずだ。せいぜい、ここにいると示してやろう」

自分達を餌にして敵をおびき出す手である。

了助は胃の底に冷たく重いものを感じた。あの禍々しい隻腕の剣士、錦氷ノ介が現れるところ

を想像したからだ。

緊張で丹田の働きが鈍ると、大の男でも下痢、便秘、食欲不振といった症状に襲われる。どれ

も旅においては体力消耗を招き、命取りとなると義仙から聞かされている。

慌てて丹田呼吸をする了助をよそに、義仙はいささかも気負わぬ様子で街道を眺め渡し、こう

呟いていた。

「それとは別に、そろそろ追ってくる頃だが……、まだそちらの姿もないようだ」

「追ってくるって……、誰がですか？」

「私の兄の使いだ」

「え？　義仙様の……？」

「私が何もせぬよう、閉じ込めたがる兄でな。私や一族への愛情ゆえ、不安にとらわれ、かえっ

て誰をも籠め殺しにしてしまう。そのことを、なかなか悟れぬのだ」

仏道においては、家族や恋人への愛情も、差別や苦悩の源となるため、退けるべきとされている。

だがそこまで峻厳な態度は、まだ了助には到底理解できない。義仙を心配する兄が本当にいるなら、そんな言い方をされたら傷つくのではないかと気になってしまう。了助とて、おとうや三吉のことを思い出せば修行の邪魔になる、などと言われたら、かえって反発がわくだろう。

だが義仙は、そうした点でもとらわれた様子はさっぱり見せず、歩みを再開した。

「行こう。ここに私達が来たことは、すぐに敵味方双方に伝わる」

敵も味方も、我が身に引き寄せる一手である。了助は、ぐっと肚に力を込めてついていった。

しばらく進んで千間堀（新方川）を越え、粕壁（現埼玉県春日部市）へ向かう途中、道沿いにある石造りの鳥居をくぐり、神社の境内にお邪魔した。休憩がてら弁当を食い、甘い桃をゆっくり味わった。了助にとっては至福のひとときだが、今日はさらに別のものが待っていた。

大枝村の鎮守たる香取神社である。

神社の者に許可を得て竹筒に水を足しに行くと、すごいものがそびえ立っているのである。彫刻を施された、素晴らしく立派な山門だった。何もない場所に巨大な物体が忽然と現れたようで、了助は呆然と見入ってしまった。

「せっかく来たのだから少し見物しよう」

義仙が竹筒を葛籠に入れ、笠を頭から外して山門へ向かうので、了助もついていった。

まさか本当に見物するとは思っていない。敵を追う手がかりを得るため、寺の者に話を聞くつ

276

もりだろう。そう考えたが、お堂をひと目見るなり完全に心を奪われてしまった。

美しい瓦屋根、金塗りの廂、朱塗りの柱、そして極彩色の彫刻が数えきれぬほど施されたしろ

もので、豪華絢爛とはまさにこのことだ。

了助はこのようなものを生まれて初めて見た。これまで思い描いてきたどんな浄土よりも神々

しく、実はもう日光社に辿り着いていたのだと言われたら信じてしまっただろう。

妻沼聖天山こと歓喜院聖天堂。かれこれ五百年近い歴史を誇る真言宗の寺院である。

代々、特に忍（現埼玉県行田市）の城主から庇護を受け、再建や造営が重ねられてのち、総仕上

げをさせたのが徳川家康である。造営を監督したのは伊奈〝備前守〟忠次。当時の関東代官衆の

筆頭として、新田を拓き、河川を開削し、寺社を整え、幕府の基盤を確かなものにした人物だ。

多くの村で神のごとく称えられ、備前の名を遺す河や堤は、この近辺では数知れない。

その備前守主導による丹念な造営後も、忍城主による庇護は続いた。

忍は、しばらく幕府直轄領であったが、城代配下の代官だった大河内氏は、その陣屋の敷地を

歓喜院に寄進している。

寛永十年（一六三三）に忍藩となり、三万石を賜った松平信綱が藩主となった。

その信綱の川越藩移封後、忍藩に入ったのが、阿部忠秋だ。以来、忍藩は老中が入る重要拠点

とされ、庇護を受ける歓喜院も栄える一方だった。

了助は義仙からそうした話を聞きながら、大勢の見物客とともにお堂を巡った。

阿部忠秋の名が出たため、やはり手がかりを求めて来たのだと思ったが、見事な彫刻に夢中で

それどころではなくなった。

あらゆる生き物がいた。竜に虎に獅子。飾りのはしばしに顔を覗かせる猿や猫。どれも生きているとしか思えない出来映えだった。

さらに見事なのが奥殿で、そこには人がいた。南面には三聖すなわち釈迦、孔子、老子が一つの瓶から酢を飲んでいる。

「三者の教えは異なれども、全て同じ真理に基づく、ということを示しているのだ」

義仙が、像の意味するところを教えてくれた。

西面には、貴重な水瓶を割って中に落ちた友人を救う司馬温公がおり、どれほど高価な品も人命には替えられない、と告げているのだという。

大羽目板には七福神がいて、軒下の南北西の三面では子どもたちが戯れており、その光景が、痛切に了助の胸を打つこととなった。

神様達が碁に熱中するあまり、大事な持ち物である釣竿や大袋や米俵で子どもたちが遊んでいることにも気づかない。

「争いのない平和な世を示すものだ」

そう義仙に教えられたとたん、了助は鼻の奥につんと熱を感じ、ついで涙がこぼれ、慌てて拭わねばならなかった。

地獄なら多くを見てきた。けれども、極楽を見たのはこれが初めてだった。これが浄土のあり方だ。苦は一切消え、憂き身が浮き身となる。

何より、毘沙門天に踏まれているはずの鬼さえ自由に振る舞い、綺麗な女性たちを手招く様子には感動で胸が一杯になった。鬼ですら浮き身となって遊び戯れる。そんなの想像もしたことが

278

なかった。ここに来ねば、一生そのままだったかもしれない。

了助は感動のあまりお堂を一巡しただけで、すっかり頭がのぼせ、ふらふらになってしまった。

義仙が、造営中の門の辺りで休むよう言ってくれたのでそうした。こちらは翌年完成予定の仁王門で、阿吽像もまだない。

大きな石に座り込みながら、立派な山門があるのにまだ門を作るのかと思うと胸焼けを起こした気分になり、笠を抱え背を丸めてしまった。他にも護摩堂や結願所や神社などもあって参拝客は全てにお参りしようと躍起だが、了助にはとてもそんな余裕はない。

「ここにいろ。私は寺の者に、豊後守様へのつなぎを頼めないか訊いてくる」

はい……と息も絶え絶えで返した。やはり見物目的ではないのだ。

義仙が人混みに消えるのを見送り、晩秋の冷涼な空気で頭を冷やしつつ、息を整えた。見たものをきちんと心に収めようとしたが駄目だった。彫刻の一つ一つを思い出しただけで感情が溢れてどうにかなってしまいそうになる。

極楽は極楽で、地獄と同じくらい受け入れるのが大変だ。ひとまず感動に蓋をし、少しずつ時間をかけて呑み込むしかなさそうだった。

無性に棒振りがしたかったが、人が多すぎて文句を言われそうなのでやめた。代わりに抱えていた笠を置き、木剣を帯から抜いて膝の上に横たえ、坐禅を組んで目を閉じた。

木剣の重みと身が一つになり、さらにおのれの肺の中の空気と、外の空気とが一つになるところを想像した。木剣もおのれも景色の一部となり、何もかもが天地自然に融け込むとき、悟りが訪れるらしい。もちろん簡単に達せる境地ではない。ただ、のぼせた頭の熱を冷気が払ってくれ

る心地よさがあった。そうするうち、足音が近づいてきた。義仙ではない。義仙はほとんど音を

立てずに歩くし、歩調の短さからして大人の男ではなかった。

「もし、あのう……手合いの御方ですか?」

若い娘の声がした。了助が目を開くと、きっちり旅装を整えた娘が、かぶった笠の下から遠慮

がちにこちらを見ていた。

手合いという符牒を使ったからには拾人衆だろう。だが違和感があった。それがなんであるか

漠然と考えながら問い返した。

「なんでそう思ったんですか?」

「お膝の上にあるものを見て……。黒い大きな木剣をお持ちと聞いていましたから」

娘が肩をすぼめて言った。風が吹けばすぐ散ってしまう花のような印象だった。

可憐とは、あどけなく保護を要することをいうが、まさにそんな感じの娘で、思わず対極とい

っていいお鳩を思い出していた。お鳩であれば、了助が問い返した時点で本人と断定し、違うん

ならそう言え、と腹立たしげに言い返すところだ。

了助は、相手の奥ゆかしげな様子に合わせて、丁寧な調子になって言った。

「瓦曾根村の秋田様が、あなたと列堂様をお捜しです」

「はい、拾人衆の六維了助です。えっと……」

「小町と申します。あの鳥見頭が何の用だというのか。さっさと出て行ってほしそうだったのに。

急な報せが江戸から届きでもしたのだろうか。了助は疑問に思ったし、ますます違和感が募っ

たが、自分が考えたところで始まらない。ここで義仙を待っているのだと言おうとしたところへ、

280

当人が旅装の侍を一人連れて戻ってきた。

浅黒い肌をした長身痩躯の侍だ。腰の両刀だけでなく、菰包みの長刀を葛籠と一緒に背負っている。

了助が坐禅を解き、立ち上がって尋ねた。

「義仙様、その方は？」

「蘆田甲三郎。伊豆守様の使いで参った」

侍が率先して名乗り、義仙が、了助の視線を受けてうなずいてみせた。

伊豆守。これまで、拾人衆の直接の差配役である中山勘解由の働きを、何かと妨げる様子を見せてきた老中である。その使いが何の用か。了助の疑問に答えて、義仙が言った。

「この御仁が言うには、お前に養子の口があって、それを報せに来たとのことだ」

四

「つまり、どこの馬の骨かわからぬのだな」

光國が言うと、対面する町人が困惑顔で首をすくめ、そばにいる中山とお鳩に助けを求めるような目を向けた。

「加藤善右衛門さんをご紹介下すったのは、長年うちに出入りする薬問屋でして。長崎についてがあって、薬種の仕入れも得意とかで」

「材木に薬か。手広いな。それほど安く材木を売れるとは、どんな商人だ？」

「さあ、それは……うちはとにかく店の建て直しに必死だったんでございますよ」

光國の詰問にひたすら恐縮するのは、日本橋にある長崎屋のあるじ源右衛門である。

長崎屋は有名な薬屋だが、ある特別な宿屋を営んでいることでも知られている。長崎に来航す

るオランダ人の商館員一行が江戸にのぼる際の宿泊所と定められているのだ。

この年の正月も、ザハリアス・ワーヘナールという商館長が、部下と滞在している。長崎に来航す

を光國も知っていた。それどころか、長崎屋に飛んでいって当人と面会していた。そのこと

オランダ人が人を送り、南蛮の珍品を買ったり、学問や商業の知見を得ようとする。

諸大名が人を送り、南蛮の珍品を買ったり、学問や商業の知見を得ようとする。

オランダ人商館長は朝から晩まで客の相手をする一方、将軍への献上品を管理し、拝謁の準備

をしなければならない。ワーヘナールは無事に将軍家綱へ拝謁したが、贈り物に対する将軍から

の返礼の儀には臨めなかった。

オランダ人の暦では三月となる明暦三年正月の大火で、彼らもまた火に襲われたからだ。長崎

屋も全焼した。オランダ人の世話役である、大目付の井上政重や、長崎奉行の黒川正直のほか、

かつて商館が平戸にあった縁で今も親オランダである平戸藩主の松浦鎮信、いずれも屋敷を火に

のまれた。そのため、ワーヘナールたちは自力で町人に助けを求め、どこぞの小屋で飢えと寒風

に耐えて生き延びたという。

その後、ワーヘナールたちは長崎屋の土蔵の焼け跡から、火で溶けた銀など自分たちの財産の

一部を辛うじて回収し、江戸を去った。今頃は、長崎に到着した交代の商館員などを出迎え、自分達

は出航の準備をしているところだろう。

「オランダの方々が建て直しのために、もっとお支払い下すってたら、とにかく安い材木を探し回ったりせずに済んだのですよ」

源右衛門が言った。ワーヘナールからすれば滞在費用はともかく、長崎屋の再建を担う義理はない。それでもワーヘナールは二千匁(約四百万円)を拠出したらしい。

「四千はいると通詞の方にお頼みしたんです。でなけりゃ次にオランダの方々が来たとき、ちゃんともてなしできませんと」

源右衛門の言い分もわかるが、本来の宿泊費用は百五十匁程度なのだし、ワーヘナールとて損害を被ったに違いないことを考えれば、二千匁は破格の支援といえるだろう。

源右衛門の主張はさておき、

「材木が安価なことには理由があろう。見たところ腐木(ふぼく)を売りつけられた様子はないが」

中山が柱や天井に目を向け言った。

「うちと縁を持てれば損は構わない、なんて言って下すったんです。舶来品を扱いたいんじゃないでしょうかね」

「さもなくば、南蛮人に売りたい品があるのであろうな」

光國が言った。

銀のほかにオランダ人が特にほしがるものといえばそれだった。

光國は否定も肯定もせず、聞き取りを切り上げ、中山とお鳩とともに店を出た。

「はあ。生糸や綿でしょうか」

日本橋で「寺」と定められた長屋に戻る途中、長崎屋を出入りする人間を見張っていた巳助と

亀一が合流した。

「長崎屋源右衛門の名を策に用い、加藤善右衛門本人に狙いを喋らせるのはどうだ？」

光國が部屋に上がるなり提案した。中山も同意見らしく、うなずいてお鳩を見た。

「源右衛門の声を出せるか？」

お鳩がにっこり喉に手を当て、

「加藤善右衛門がなぜ損をしてまで長崎屋と縁を持ちたがるか、聞き出してみせますよ」

いつもの見事な声真似を披露してみせた。

すぐ翌日、策が実行に移された。

源右衛門の行きつけの店の座敷を、中山が家臣に命じて押さえさせ、中山、光國、お鳩が待っ

ていると、やがて隣の部屋に、加藤善右衛門が案内されるのが聞こえた。

階下で商談を終え、一人くつろぎに来たのだ。当然のように遊女を呼ばせている。このところ

深川では、食事、商談、遊び、宿泊の場を、まとめて提供する店が急増していた。

芥捨て場が、築地（埋め立て地）となり、火災の備えとして材木の貯蔵地とされたのが、深川で

ある。そこへ材木商と数多の職人が集まり、大名家も商談のため深川に人を送るようになるや、

にわかに繁栄が始まったのだ。

加藤善右衛門も、濡れ手で粟の商売をものにした男らしく、自分一人を悦ばせるため膳を用意

させ、まずは手酌で楽しみ始めた。

「もし、善右衛門様。長崎屋でございます」

お鳩が、源右衛門の声を襖越しに放つと、加藤善右衛門の手がぴたりと止まった。

284

「こりゃ驚いた。源右衛門さん。いつからそこに……」

「どうぞ振り返らないでおくんなさい。あたしはここにはいません。いいですか」

加藤善右衛門がにやりとして言った。

「さすがオランダ人相手の商売を一手に引き受けなさる方は、やることが違うねえ。ええ、もちろん、こいつはあたしの独り言だ」

「ありがたいことで。その調子で、一つだけ、独り言を口にしちゃくれませんか。あたしも一枚噛ませてもらえるものがあるんでしょう。あたしも一枚噛ませてもらえるのだといいんですがねえ」

「いやはや、こっちこそありがてえこった。実はどう切り出したものか、あたしも悩んでたんです。もちろん、長崎屋さんには、一枚も二枚も噛んで頂かないといけない話です」

「そりゃよかった。で、何を売るんです?」

加藤善右衛門は襖を横に見つつ、手を口元に当て、そこにいない相手に耳打ちするように声をひそめて言った。

「子どもですよ」

お鳩が息を呑み、光國と中山が目を剝いた。

加藤善右衛門は、相手がぎょっとする気配が襖の向こうから伝わってくるのを、むしろ面白がるようにして続けた。

「正月の火事で親をなくしたのが、ずいぶんいますからね。他にも、武蔵国や上野国にもつてがあるんです。あたし、材木の前は、そっちの売り買いで稼いでまして。南蛮人が人を買うときに

出す額といったら、丁稚奉公や遊女の売り買いの比じゃないんです。お上の目が光ってるせいで小さく売るしかないですが、もし源右衛門さんが噛んでくれたら、何十人て数をいっぺんに売りさばいて、ひと財産築けるかもしれねえってもんで」

光國と中山がすっくと立った。珍しく、互いを制止することなく、同時に猛然と襖を蹴倒し、床がたわまんばかりに座敷を震撼させた。

唖然となって凍りつく加藤善右衛門を、光國が憤怒の形相で睨み据えつつ、言った。

「勘解由よ、殺してはならんぞ」

「子龍様こそ、手出しはしないで下さい。私が、仔細を吐かせます」

中山の両袖から、はらりと捕縄が垂れ落ちた。

二つの縄が、真っ黒い蛇のようにとぐろを巻く様に、加藤善右衛門の目が釘付けになった。

五

夕暮れどき、侍と娘を連れて戻った義仙と了助を、甚五郎が手の平を返したような丁重さで迎えた。今朝出た部屋へまた案内し、夕餉を一緒に、などと甚五郎が誘うのを、義仙がきっぱり断った。

「道中、弁当を買いましたのでけっこう」

「では酒などいかがでしょう。ぜひ一献」

「いや、けっこう」

義仙は甚五郎のしつこい誘いを固辞し、了助のほか、侍と娘だけ部屋に入れた。

とはいえ、蘆田甲三郎と名乗る侍も、小町と名乗る娘も、旅装は解かず、越ヶ谷宿に泊まると

のことだ。

「道中お話しした通り、私どもはその子を、江戸に連れ帰るよう命じられております」

甲三郎の言はさておき、了助は何より相手の所作に驚かされていた。

強靱な一本柱を身中に備えたような動きをし、剣士としての腕のほどが如実に窺える。しかも

背負っていた長刀がすごかった。刀身が三尺（九十・九センチ）以上はある。普通の太刀は二尺三

寸（六十九・六九センチ）で、了助の木剣も同程度である。

「この娘と会うたのは、たまたまのこと。豊後守様からも同じ報せがあったのでしょう」

甲三郎はそう言うが、小町のほうは何も知らないに等しかった。

「お務めで、文をお届けしたところ、秋田様からお二人を探すよう言われました」

文の内容も差出人すら知らず、なぜ甚五郎が義仙と了助を呼び戻したかも聞いていないという。

これでは甚五郎に詳しく聞くしかないが、なぜか義仙にその気はないようだった。

「了助は、わけあって私が預かっている。理由もなく、お渡しはできない」

義仙が改めて告げると、甲三郎が意外そうな顔をした。

「老中様の意向が、理由にはならないと？」

「どこの誰が養子をほしがっているかは知らぬが、旅から戻るまで待つようお伝え頂きたい。ひ

と月もかからぬでしょう」

「本当にそう伝えても良いのですか？」

伊豆守の使いを追い払うなど恐れ知らずもいいところだ、と恫喝するようであったが、義仙は取り合わなかった。

辺りが暗くなると甲三郎もいったん折れ、明日また来ると言った。

小町も同様に退室したが、その際、ちらりと義仙の目の色を窺うようにした。奥ゆかしいというのとは違う、妙な目つきだった。

二人が消えると、義仙が何もなかったように弁当を食おうと言うので、了助は従った。

今朝この邸で弁当を作ってもらったのに、甚五郎が振る舞おうとするものを拒む理由について義仙は何も言わない。だが了助には、うすうす察するところがあった。

風呂も借りず、井戸端で冷たい夜気に肌を晒しながら手拭いで身綺麗にした。布団だけはありがたく借りて来て部屋に敷くと、だしぬけに義仙が言った。

「少し出る。私がいるふりをしてくれ」

「義仙様のふりって……」

了助が首を傾げるのをよそに、まず義仙は座布団を二つ丸めて縦に並べ、了助が使うほうの寝具をかぶせた。確かに了助が潜り込んでいるようだった。他方、義仙が使うほうの寝具には、足の辺りに座布団を入れた。上げ底というと変だが、座布団と縦に並ぶように了助が寝れば、義仙の身長に近くなる。

「寝てるおれを攫いに来るから、驚かせて打ち払うってことですか？」

「打つこともなかろう。何もせず、部屋に引き止めておけ。その間、私は人を探す」

「誰を探すんですか？」

「詳しい話ができる誰かだ。お前がこちらで狸寝入りをしたあと、私が出る」

義仙が言って葛籠から新品の草鞋を出した。

了助は木剣を抱え、言われたとおり床についた。義仙が灯りを消し、その気配が絶えた。そこにいるだろうと思ったが、暗がりにはもう誰もいなかった。かすかに戸が閉まる音がし、それで義仙が縁側から出ていったことがわかった。

了助は寝具を引っ張り上げ、頭が少し出るくらいに顔を隠した。うっかり眠らないよう、仰臥禅を行いながら歓喜院で見た極楽の光景を思い出していった。いっぺんに脳裏によみがえらないよう意識して少しずつそうした。さもなくば感動で、すすり泣いてしまうだろう。実際、いとけない子どもたちの遊ぶ姿を思い出すたび目の裏が熱くなった。

ふと廊下で音がした。誰かが部屋に来る。襖が少し開いたのがわかった。覗き込んで二人が寝ているのを確かめているようだ。いや、それだけではなく、どっちが義仙か見定めていた。相手が部屋に入ってきて襖を閉じ、近づいてきたことでそれがわかった。

相手が枕元で膝をついた。了助は顔を寝具で覆っているのに、良い香りを感じた。

「もし……お務めに参りました。よろしければ、他に部屋を用意してあります」

ささやき声がした。退去したはずの小町の声だ。確かに打ち倒す必要はなさそうだが、

「もし……」

寝具の上から肩の辺りに手を置かれると、思わず動悸がした。それと同時に、勝山に抱かれたときの甘やかな安らぎが去来し、ふーっと息をつきながら、そのときと同じように、はっきりと拒否の意思を込め

ほとんど条件反射的にお鳩の顔がよぎった。それと同時に、勝山に抱かれたときの甘やかな安らぎが去来し、ふーっと息をつきながら、そのときと同じように、はっきりと拒否の意思を込め

て寝具をまくり、肩に置かれた手をやんわりと払った。

「拾人衆に、そんなお務めはないんだ。拾人衆のふりをしろって、誰に言われた？」

小町が目を丸くした。

当然ながら旅装ではない。闇でもそれとわかる白い襦袢姿だ。膝をついたその姿はいっそう可憐で、そしてそれ以上に、おかしな雰囲気があった。

「まあ……」

と呟いた息が妙に熱く、色めかしい。頭が左右に揺れ、表情は朦朧とし、今にもくずおれそうな危うさだ。

了助は戸惑い、まさか毒でも飲んだのかと理屈の通らぬことを思いながら、ともかく義仙に言われたとおりにすると決めて言った。

「義仙様はいない。戻ってくるまで、おれとこの部屋にいるんだ。いいか？」

「あい……」

小町の綺麗な唇の間から、よだれが一筋垂れ落ちた。いきなり両手で襦袢を左右にはだけ、汗の浮いた肌があらわとなった。了助の目の前で、乳房と張り詰めたような尖りが揺れ動き、滑らかな腹が激しく波打ったかと思うと、荒い息が降り注いできた。

了助が唖然となるのをよそに、小町の裸体が懐に滑り込んできた。不覚だった。相手が刺客だったら急所を好きなようにさせて死んでいたかもしれない。

ちょうど寝具をまくったままの腕を開いた体勢である。相手が刺客だったら急所を好きなようにさせて死んでいたかもしれないという点では似たようなものだったが、抱えていた木剣の存在が

290

幸いした。それが二人の間にあることで、ぴったり密着せずに済んだ。

しかし小町は遮二無二なって迫り、胸乳を木剣に押しつけ、尖りが了助の胸元を幾度もかすめた。背けた頬に、執拗に唇を押しつけられ、かと思うと宙に泳がせたままの右手を取られ、相手の股に挟み込まれた。

びっくりするような熱が伝わってきた。そのくせ、ぐっしょり濡れそぼち、ぬめりを帯びている。了助には初めての感触だが、知識は備えていた。風呂務めのとき客や湯女たちの談笑を、さんざん聞かされたせいだ。

だから小町が、了助の手に、股の柔らかいところを激しく擦りつけてきたときも、慌てて振り払おうとはしなかった。相手の好きにさせ、その動きから望んでいるであろう角度を察し、そのようにしてやった。

小町は哀れっぽく喘ぐや、息を詰めるということを繰り返した。やがてひときわ激しく尻を振りたくったかと思うと、唐突にのけぞり、ぴんと全身を張り詰めさせた。しばらくそのまま小刻みに震えていたが、大きく吐息しながら嘘のように弛緩した。

胸元に押しつけられていた唇が離れた。小町はぐったりと了助の肩に顔を埋め、深い呼吸を繰り返した。了助は動かず、相手の息が整うのを待ち、それから小声でこう尋ねた。

「四つめでも飲まされたのか?」

媚薬のことだ。江戸日本橋の米沢町二丁目にある「四目屋」が、そのたぐいの品を長崎で仕入れて売り始めたことからそう呼ばれるが、実際は湯島でも深川でも売られている。これも風呂務めで得た知識だった。

阿閉の命令。だが、内心の焦りはむしろ深まっていた。

一方、山名豊国のほうに目を向けた。女を抱くのに夢中で、この男の顔などおよそ覚えていなかった。

そもそもの始まりは、人数を集めろと命じられたことだった。いくさに使うのだから腕の立つ者を集めよと言われ、何も考えずに集めた。

一軒ごとに町の人足を訪ね歩いた。寺の坊主にも声をかけた。浪人も、刀を持った男なら誰でもいいと言われ、

「城に入ってもらいたい」

そう告げると、たいていの者は難しい顔をした。

山名豊国の命令を聞いて、そのまま人を集めて回った。

「いったいどういうことだ」

「城に入れと言われてな」

「それで、何をするんだ」

「さて、何をするのやら」

「そんなこともわからんで、よく人を集めてくるな」

「わしもわからんのだ」

「おぬしはどうして城に入る気になったのだ」

「いや、それはな……」

ふと口をつぐんだ。自分でもなぜ城に入ろうと思ったのか、よくわからなかった。いや、よくよく考えれば、城に入れと言われたから入るのだ、というだけのことだった。それ以上の理由など、どこにもないのだった。

とかいうあの男のほうが娘に手籠めにされてるよ」

笑い声がいくつも起こった。　障子越しに見える人影の間隔から十人程度だと見当をつけ、左手で戸をがらりと開け放った。

部屋がしんと静まり返った。

全部で十一人いた。奥の上座に秋田甚五郎。そのそばに蘆田甲三郎と、もう一人、見覚えのある覆面をした浪人風の男がいた。

盃や肴を口に運びかけた鳥見衆らしい男達が八人。みな傍らに棒や短刀などを置いている。頃合いを見て義仙を捕らえるか殺しに行く気だったのだろう。

了助は木剣を肩に担ぎ、摺り足で半円を描くようにして踏み込んだ。男達の反応が遅れたのは、その動きがまるで舞のようで、芸事でも披露しに来たかと錯覚したからだろう。

次の瞬間、了助は木剣を真横へ振り抜いた。

叫喚もなく、力みもなければ予備動作すらほぼないに等しい、これまでで最も静かで、最も激烈な一撃だった。

左側にいた男がその一振りを胸に食らい、部屋の端まですっ飛んで壁に激突し、漆喰の破片を飛散させた。男は白目を剝いて畳に倒れ、微動だにしない。

大の男が簡単に宙を舞った。その信じがたい光景に男達が呆気にとられ、また反応が遅れた。

その間に、了助は悠々と木剣の握りを変え、右にいた一人を打ち飛ばした。そいつも宙を飛んで襖を破き、隣室の端まで転がっていって動かなくなった。

了助は淀みなく、いたずらに声を上げることもなく、天然自然の所作で右へ左へ木剣を振るい、

男達を次々に打ち払っていった。突如として吹き荒ぶ旋風そのものだが、了助自身は平静そのものだった。心を置かず、部屋にいる全員を見るともなく見ながら、円を描くように部屋を巡り、間合いに入った者へ石火の機の一撃を放った。

それも義仙から教わった不動智の一つだ。火打ち石を打てば、瞬時に火花を噴くがごとく、まったく間を置かぬ即応の妙をいう。

地獄を払うという一念で木剣を振りながら、このときしきりと脳裏をよぎったのは、なんとあの極楽で遊ぶ子どもらの姿だった。心は彼らのように軽やかに戯れながら、身は地獄を巡り悲憤に満ちている。その狭間にあるほかないという、我ながら不思議なほど超然とした思いが、遅滞なき所作の原動力となっていた。

男達も慌てて武器を振り回し、あるいはそこらにある物を了助に投げつけるが、どれも当たらない。瞬く間に了助の位置も姿勢も変わるからだ。

もともと野犬払いのための棒振りであるから、一箇所で踏ん張って戦うなどということは、なから考えていない。とにかく囲まれないよう動き回り、群を追い払うか自分が食い殺されるかだったが、今では了助のほうが野生の獣じみて俊敏きわまりなかった。

わめき散らして短刀を突き出す男の腕を打ち払ってへし折った。こんなはずがないと言いたげな顔をする男の腹を打ち抜き、吹っ飛ばした。男が障子をぶち破って廊下で跳ね、中庭に転がり倒れたところで、部屋をぐるりと巡り終えていた。

背後には七人の男達が倒れ、今、庭に一人転がり、そばで裸足の甚五郎がわなわな震えている。近くにはとっくに庭に逃れた甲三郎がいて、腰の二刀には手をかけず、あの長刀を抜き打ちに構

えており、その背後で、覆面の男が厩のほうへ駆けていくのが見えた。

了助は、木剣を右肩に担いだ姿勢で淀みなく庭に降り、甚五郎と甲三郎へ近寄った。

甲三郎のゆるゆるとした呼吸を感じた。その鋭い呼気と同時に、斬撃が閃いた。

了助の歩みに初めて変化が起こった。ぱっと飛び退き、おのれの喉があった辺りを剣尖が走り抜けるのを感じた。

そこまで届くのか、と驚くような備え無き心持ちだったら、今この一瞬で喉首を裂かれて死んでいたろう。

甲三郎が長刀の鞘を捨てて上段に構え、はたと向きを変えた。

その視線の先に、いつの間にか義仙の姿があった。両手で、二人の侍の襟首をつかんで立たせている。義仙が手を離すと、二人がぐにゃりと膝をつき、朦朧と頭を左右に揺らした。彼らも、あいようを吸わされた様子である。

「極楽組の一芝居、楽しませてもらった」

義仙が言うと、甲三郎が白い歯を見せた。笑うようでいて、目が憎悪で光っていた。

「貴様らに我らを止めること能わぬぞ」

「さて。能わぬか否か試してみよう」

無造作に義仙が歩み出し、了助も合わせてそうした。甚五郎がひっと悲鳴をこぼす横で、甲三郎が唇を捲り、迎え撃たんとするかに見えたが、転瞬、鞘を拾い上げて走った。

同じとき、蹄の音がわいた。

「乗れ、甲斐！」

覆面の男が馬で現れた。甲三郎が走りながら易々と長刀を鞘に納め、その背に乗った。

義仙が足を止めた。了助が叫んだ。

「鶴！」

覆面の男が振り返って了助を見た。

やはりそうだった。撃たれた氷ノ介を馬に乗せて逃がし、光國との因縁をほのめかした男だ。

かつて鶴市と名乗り、今は極楽組の惣頭の一人、鶴とみなされている。

「なんで、おれのおとうを斬らせた！」

男が返したのは、けたたましい哄笑だった。そのまま了助の問いには答えず、馬首を巡らせ疾

駆し去った。

「馬を借りますか？」

了助が、茫然自失の甚五郎を見て訊いた。貸せと言えば素直にそうしてくれそうだ。

「奴らはまた来る。ここの始末が先だ」

義仙が言って邸を見た。廊下に襦袢を羽織った小町がいて、驚きと感動がない交ぜになった潤

んだ目を了助に向けていた。

六

その日、待ち伏せされたのは信綱のほうだった。

御用部屋に入ると、上座も下座もなく、ど真ん中に忠秋が座っていた。その怒りの眼差しをよ

296

そに、信綱が上座につき、言った。

「筑後守が、オランダ人に人を売る者がいることをつかみ、調査をしていた」

筑後守とは、大目付の井上政重のことである。

宗門改役として切支丹弾圧に辣腕を振るう前は、寛永十五年（一六三八）の島原の乱で信綱と同じく九州に渡って鎮定の功を上げている。いわば信綱腹心の配下の一人といえた。

「人買いが、拾人衆の養子の口か？」

「はて。そう申した覚えはない。そういえば筑後守が、自分の代わりに、お主が解決してくれたと感謝をしていたな」

ふうーっと忠秋が息をつき、かぶりを振って呆れる思いをあらわにしつつ言った。

「瓦曾根村の鳥見頭も、人の売り買いをしておった。その売買を極楽組が嗅ぎつけ、鳥見頭を操ってさらに悪事に引き込んだのだ。果ては宗冬殿が遣わした柳生の二人に阿片を吸わせて喋らせ、お主の使いを騙った」

「お主と配下の働きには頭が下がる」

「拾人衆を廃止せんがため、子を南蛮人に売り飛ばす気はなく、加藤善右衛門の名を出したは、こちらの注意を引き、足止めする策に過ぎぬ。あくまで狙いは、義仙殿が連れる子を手中に収めること。　相違ないな？」

「お主が御遺命と信じ、育てきれぬ子どもを抱えながら、おのれの家を差し置いて水戸家を気遣うのを辛く思うがゆえ、そろそろ考え直してはと忠告したまでだ」

「大猷院様は水戸家を信じ、肝煎りの拾人衆の目付とされた。身命を賭して従うまでよ」

「私も同じだ、豊後守殿。御遺命に従い、上様のため、必ずや務めを果たす」

忠秋が目を細めた。

「お主、いったい何をする気だ？」

信綱がふいに微笑んだ。能面のようだった顔が嘘のように和らぎ、言った。

「上様のため、禍いを根絶やしにする。我が務め、妨げてくれるなよ、豊後守殿」

七

石造りの鳥居の前にいた。大枝村の香取神社の鳥居だ。

了助は歓喜院をまた見たいと思ったが、そうしなかった。どうせ感動に呑まれるだけだった。

旅から生きて戻ったら、そのときまた見て何を感じるか知りたいと思った。

「あの、なんで嘘だとわかったんですか？」

小町が訊いた。了助は肩をすくめた。

旅をする自分が例外なのだ。

「岡両子っていう人に訊いてみな」

小町が逃げ出さないよう言った。

「なんで、親切にしてくれるんですか？」

「おれも親切にされたからだ」

「私、尼になるんですか？」

「なりたきゃなれるよ」

「いやです」

「じゃあそう言えばいいよ」

小町が不安そうに見つめ返したとき、鳥居の向こうから旅装の僧が来た。

義仙が頭を下げた。僧も頭を下げ、小町へうなずきかけた。東海寺へ連れて行き、忠秋の保護のもと拾人衆として保護する。そういう手筈だった。

「また会えますか?」

小町が最後に、了助へ訊いた。

「寺にいてくれたらな。たぶんすぐ戻る」

これが効いたらしく、小町が微笑んだ。

「待ってます」

了助はうなずいた。小町が何度も振り返って了助と義仙に頭を下げつつ、僧とともに江戸へ向かうのを見送った。

「あの娘のため、男達を打ったか」

義仙が呟いた。小町の心を縛るものを打ち払うためにしたのかと言っていた。

子どもは自分を買った相手に支配され、逃げられないと信じ込むものだ。了助はその支配的存在を、木っ端微塵に打ち砕いたに等しかった。

「ただ、地獄を感じて、払いたかったんです」

義仙がうなずき、街道を進み始めた。了助も傍らについて歩きながら、こう続けた。

「そうしたら、初めて浄土を感じました」

「地獄を払えば、おのずとそうなるものだ」

当然のように言われて、目を丸くした。

「義仙様も、感じたりするんですか?」

「菩薩を」

「おれにも感じられますか?」

笠の下で義仙がちらりと笑みを浮かべた。じきそうなると言うようでもあり、まだまだ道は遠いと言うようでもあった。

どちらともつかぬ笑みがなぜか嬉しかった。こうだと断定されるより、ずっと知りたい気持ちを刺激される。怨みにまみれて旅が始まったが、いつの間にかまったく異なる心持ちへといざなわれながら、了助は師とともに歩んでいった。

宇都宮の釣天井

一

はらり、と枯れ葉が宙を舞って肩をかすめた。

了助（りょうすけ）は義仙（ぎせん）と並んで穏やかに禅を行いながら、一葉の向こう側にあるものをしみじみと感じ取っていた。

葉があれば木があり、その木が根を張れる大地がある。大地を潤（うるお）す川の音が——関東の大暴れ川たる利根川（とねがわ）と数多（あまた）の水路を流れる水の音が——聞こえてくる。

風もない快晴の旅日和だ。まだ昼のはずだが、太陽が早くも中天を過ぎたのが肌で感じられた。

日ごとに夜が長くなり、空気は冷えて乾き、人にも木にも等しく厳しい冬の到来を告げている。

頭上で葉を落とすのは、そうした四季の移ろいを何度数えてきたか知れない、立派な榎（えのき）だった。

栗橋宿（くりはし）（現埼玉県久喜市）の手前、小右衛門村（こえもん）の一里塚に植えられた、江戸より十三里目に位置する塚木である。

小右衛門とは、一帯の新田を開墾（かいこん）した者の名だ。

302

村の鎮守たる八幡神社は、小右衛門下組という氏子衆の氏神で、この氏子衆が一里塚番を兼ね
ている。

後年、幕府は道中奉行を設けて五街道の整備を任せるが、この頃はまだ在地の諸衆に維持を任
せ、ときに江戸との連絡役になってもらうほかなかった。といっても、今は氏子衆に頼むべきこ
ともなく、義仙と了助はただ一里塚のそばで禅を行っている。

いや、気配を消して隠れていた。

徳川家康が全国の街道に一里塚を築くよう命じたのは、慶長九年（一六〇四）のことだ。明暦三
年（一六五七）の今、塚木はとんでもなく立派に生長している。

根映えのする木といわれるだけあって、美しくどっしりと張られた根と幹の陰に入ると、街道
からはまったく見えない。

塚木は、杉や檜もあるが、たいていは榎だ。街道をゆく者にとって榎は目印という以上に、無
言で出迎え、見送り、動かぬ道連れとなってくれる頼もしい存在だった。

義仙からは、夏に日陰を作ってくれる木だから「榎」と書くと覚えればよいと教わった。また、
榎と鍬で対になっているのだと。榎の枝は、鍬の柄になる。木と鉄、夏と秋。読み書きの練習に
はもってこいだ。

ついでに実は甘くて美味しい。綺麗に熟した橙色の小ぶりな果実を、よく一里塚番士がわけて
くれる。榎は餌の木ともいい、鳥の餌づけにも使われる。

そんな榎に、義仙は気配をすっかり融け込ませていた。驚くべき澄明さだ。

頑張って同じようになろうとするが、雑念を全て消すなど無理だった。むしろ最近は禅を行う

303

たび、おとうの屍が現れた。

穴の底で骨となったおとうと一緒に横たわり、頭上からは極楽組の〝鶴〟の哄笑が浴びせられる。すると肚の底に冷たい怒りが霜柱のように広がり、背筋を粟立たせるのだ。まるで腹の中に刃を何本も呑み込んだようで、それを吐き出したくて仕方ないが、そうしてしまえば自分もおとうも剣樹地獄に落ちて刃に貫かれてしまう気がした。まるで自分が、おとうを地獄に引きずり込むようで怖かった。生者が死者をそうするというのは奇妙だが、それが了助の実感であり懼れだった。

どうすればいいか義仙に相談すると、

「地獄の在処がわかっているのなら、それを温かなもので囲むといい」

と教わった。

最初はどうしていいかわからなかった。だがあるときふとその感じをつかんだ。

囲炉裏や竈で火を閉じ込めておくように、心の地獄を、別の心でくるむのだと。

冷たいおとうの屍の感触を、温かなおとうの腕を思い出すことで遠ざけ、地獄を隔てることができていた。他にも良い思い出でそうした。道ばたで食べ物を分かち合い、縁の下で抱き合って眠る。貧しさの中でも、どれだけ無宿人の子が幸福だったか。おとうが殺されたあと、三吉のおやじさんがどれだけ慈しんでくれたか。そうしたことを、光國や〝鶴〟や、おとうの死に関わった者たちみなに教えたかった。

それは、込み上げる怒りが、彼らに思い知らせてやれと命じるのとはまったく異なる心の働きだった。

304

ゆるやかな禅の呼吸を繰り返しながら、その心がどこかへいってしまわないよう祈ったとき、義仙が呟いた。

「そろそろ関所に着く」

すぐ先の栗橋宿にある、日光道中ゆいいつの関所のことだ。

誰が着くか。　義仙を追ってきた柳生の二人だ。

鳥見衆の阿片でぐにゃぐにゃにされた男たちである。名は狭川尚房と出淵俊嗣。狭川が先輩らしく、どちらも義仙より年上だ。義仙は彼らと柳生の道場の一つで面識を持ったという。刀を抜いてでも私

「兄の門弟だ。どちらも兄から命じられたことは何でもやり遂げようとする。

を江戸に帰そうとするだろう」

了助と義仙が小右衛門村に宿を求めたのは昨日の夕暮れどきである。

朝早くに粕壁（現埼玉県春日部市）を発ち、杉戸、幸手（いずれも現埼玉県）を越え、五里十三町（約二十一キロ）を一気に進みきったことになる。ただし速度としては普通で、町の娘でもこれくらい歩くし、飛脚や拾人衆の〝韋駄天〟などは倍以上の速さで走る。

了助と義仙は極楽組の行方を調べるため各地で足を止めざるを得なかったが、鳥見衆の一件で大きな手掛かりを得ることとなった。

ほかでもない。彼らが何かと好む阿片の入手先だ。

義仙は役人が駆けつけてくるまでの間、鳥見頭をしっかり尋問していた。阿片の使用も子どもを年手下を一人残らず叩き伏せられた鳥見頭は、案外ぺらぺらと喋った。

季奉公と言い張って買うのも、厳密には御法度ではないという開き直りがそうさせたのだろう。

何より、極楽組が江戸で大罪となる悪事を重ねた連中だという認識が薄く、わけありの浪人たちとしか思っていなかったらしい。

義仙の興味は、鳥見衆と極楽組をつなげたものが、なんであるかだった。

彼らをつなげたのは一人の医者だ。

薬に詳しい医者を、極楽組が鳥見頭に紹介したのである。鳥見衆の注文に従い、煙にして吸えるよう阿片の調合もしたらしい。それが彼らへの賄賂ともなった。

そこまで極楽組に協力する医者がいるとなれば、重要な役目を担っている可能性が高い。街道を行き来する医者は、連絡役にはうってつけだし、極楽組に負傷者や病人が出れば治療を頼むこともできる。

特に、生き残っている極楽組の惣頭四人のうち錦氷ノ介は光國に銃で撃たれている。まだ生きているならどこかで傷を癒やすはずだ。医者のもとでそうしている可能性は大だった。

医者は街道を行ったり来たりして病や怪我で倒れた旅人の世話をしているが、住居は間々田宿（現栃木県小山市）の近くにあるらしい。

間々田宿は関所の向こう側で、これも示唆を与えてくれることとなった。これまで極楽組に関所を越えるすべがあるか不明だったが、

「その医者の協力で、手形を得ているのだろうな」

というのが義仙の読みだった。

もしそうなら、関所の手前で極楽組を探すのは無意味となる。

それで一気に進んだのだが、今こうして一里塚の陰でじっとしているのは、義仙を追う柳生の

306

二人をかわすためだ。

鳥見頭いわく、二人とも酩酊とそのあとの船酔いのような状態から回復するのに丸一日かかるとのことだった。

その一日で彼らを遠ざけたが、義仙と了助を追うことはたやすい。街道は一本道だし、二人が江戸との連絡を保とうとすれば、おのずと報せを頼める相手は限られ、そのつど足跡を残すことになる。

江戸に人を送るのは、たやすいことではない。謝礼も必要で、次から次に送れば、こちらの路銀があっという間に尽きる。

捨て子を拾って江戸の拾人衆に預ける「寺」が街道沿いに点在しているが、彼らとて江戸との連絡は、在地の有力な諸衆に頼まねばならない。道中奉行が設置される以前は、このように藩を越境しての連絡に不便が伴うのが当たり前だった。

必然、義仙と了助がどこで江戸に連絡をつけるか、だいたいの見当がつく。

その上、柳生宗冬の背後には伊豆守がいるのだから諸衆に嘘をついてごまかせとも言えない。

さすがに柳生や伊豆守に目をつけられてでも義仙や了助に便宜をはかる義理などないのだ。

ではどうするか。義仙の答えは単純だった。

「追い越させる」

柳生の二人は回復し次第、夜を徹して追って来る。そして義仙と了助が一日通して歩きつめたこと、また朝には出発したことを、今いる村で知る。

まさか関所の手前でじっとしているとは夢にも思わないだろう。とっくに関所を越えたと判断

し、道を急ぐ。

本当に関所を越えたか調べるには、通行手形の確認の記録を閲覧するしかないし、柳生の二人にそんな権限はなかった。

男と子どもの二人連れが来なかったかと訊いて回るのも無意味だ。

そんな旅人は大勢いるし、そもそも誰が誰の連れか、判別が難しい。旅人同士は無言が普通だからだ。

「彼らの念頭にあるのは、腕ずくででも私を連れ戻さねばならないということだ」

了助にはいまひとつわからないが、どうも義仙が、柳生家のためにならないことをしでかすのではと恐れているらしい。

了助からすれば義仙がそんなことをするはずもない。刀も持たず民の暮らしを脅かす悪党を追っているのである。なんの文句があるのかと言いたいくらいだった。

だが追ってくる二人に、そんな理屈は通らないと義仙は言った。

義仙のほうは、彼らを撃退する気はさらさらなかった。そうしたところで追っ手が倍々に増えるだけだという。それより、今にも捕まえられそうなのに、実際は姿を見ることもできない、という状態を巧みに保つほうが得策なのだと。

そんなことができるのだろうかと疑問に思う了助をよそに、義仙は座って目を閉じたまま、追っ手の考えをすっかり読みきっている様子である。

「渡し船を下りた頃だな。休まず古河（現茨城県古河市）まで進むだろう」

などと、鳥が地上を見下ろすかのようなことを呟くのだ。

308

もちろん口から出任せではない。義仙が、人を追うすべに長けていることは、これまでの旅で明らかである。無駄な探索をまったくしない。義仙と極楽組の知恵比べは、互いにぎりぎりでせめぎ合っているというところだ。

当然、義仙も極楽組も、自分を追う相手の動きを読むことに優れている。了助には疑問でも、義仙には自明なのである。

「そろそろ我々も進もう」

そう言われて素直に目を開き、意識してゆっくりと禅の姿勢を解いた。

空気が冷たい中でも、体が温かく柔らかいままでいることに了助は満足した。正しく禅を行えている証拠だからだ。

禅は一つ間違えれば人を殺す。体ががちがちに強ばり、腰も肩も痛みで動かせなくなる。胃腸に血が通わず働きが滞り、気持ちは鬱屈して旅どころではなくなる。了助はここに来て自分がなぜ廻国修行に惹かれていたかを知った。おとうの死や、三吉のおやじさんが死んだ大火の地獄を、心のどこに置くべきか、日に日に確かになってゆくのだ。

旅はそのための、最も過酷で、そして最良のすべといってよかった。先へ進むことができる自分でいる努力をするだけで、心が浄められていく。了助はここに来て自分がなぜ廻国修行に惹か

まともに立てるということが、すなわち正しい禅を行えている証しだった。その正しさを保つことで、身を健やかに、心を澄明にする。それが禅だった。

膝に置いていた木剣を腰の後ろに差し、義仙とともに街道へ出ると、了助は榎に向かって手を合わせて一礼した。考えてしたことではなく自然な所作だった。義仙がそれを見て、ちらりと榎

に目礼し、きびすを返した。

水路と田畑の間を進むうち、関所につきものの刑場が見えてきた。手形を持たず進もうとすれば関所破りとみなされ、死罪と決まっている。その前を通ったとき、竹矢来で囲われた敷地は空っぽだった。敷地のそばには、刑に処された者たちを供養する地蔵が置かれていた。義仙が地蔵に目礼するので、了助も拝んだ。罪人を焼き殺してのち供養する炮烙地蔵である。

とはどういう気分だろうと思いながら。

極楽組は江戸市中で放火を企んだのだから捕まれば火焙りだ。そういう目に遭わせてやりたいと思えばまた自分の中から地獄が溢れ出しそうで怖かった。きっと多くの人がそうだから、こういうところでは地蔵を祀るんだ。そう思った。

しばらく寺々が並ぶ道が続き、やがて利根川の岸辺に築かれた宿場町が忽然と現れた。栗橋宿である。対岸の中田宿（現茨城県古河市）と二つで一つの合宿とされる宿場町で、問屋なども両岸の宿が半月交替で行う。旅籠は二十軒以上、定住者は千五百人を下らない。繁盛するというより、武蔵国と下総国を行き来するため近隣から人が蝟集せざるを得ないといった感じだ。

坂東太郎こと利根川は、土地の人々と関東の代官がともに治水と開墾という飽くなき格闘を続ける大河だ。この宿で橋を架けることは許されていない。江戸防備のためである。ゆいいつ将軍様が渡るときだけ船橋が築かれるそうだが、五十艘あまりの船を並べて橋を組むのに三年かかるらしい。

310

了助は船の渡しの順番を待ちながら、対岸までの遠さに呆気にとられていた。これまで見た最
も大きな川は当然ながら大川（隅田川）だが、優に数倍はある。

そんな巨大な川を相手にしてきたからか、在地の人々はみな肝の据わった顔つきをしている。
番士ばかりか、野菜売りの百姓ですら気骨のある面構えで、江戸の町奴などものともしないだろ
うと思わされた。そのせいか宿場町全体が粛々としており、憂さを晴らすためだけにおかしなこ
とをする者など一人も見なかった。

河面を滑る寒風にさらされたが、関所はどこも人いきれで暑いくらいだ。荷運びの者たちなど
褌一丁で汗をかいている。

関所での手続きも難なく進み、通行手形を認めてもらえた。了助は義仙と一緒に舟に乗ったが、漕ぎ手
舟つき場にゆき、ほどなくして渡しの順番がきた。了助は義仙と一緒に舟に乗ったが、漕ぎ手
のとんでもなくがっしりとした体軀には、これがまさに大河というものを相手にする人々なのだ
と思わされ、ちょっと見とれてしまった。

渡し場は、特に川幅の狭いところに設けられているはずだが、川に舟を呑まれるのではと不安
を感じるほど広かった。

それで川ばかり見ていたのだが、義仙が顔を上げて遠くを眺めるので、ついそちらを見ると、
彼方に大きな山があった。

「筑波山だ。あの向こうに水戸藩がある」

義仙が了助の視線を察して言った。

光國の顔が脳裏をよぎったが、了助の予想に反して怒りはそれほど強くわからなかった。ただ悲

しかった。

おとうを斬ったのが光國だとしても、今はあの〝鶴〟の哄笑のほうに心をかきむしられるような思いがした。

おとうを光國に斬らせた誰かがいるのでは、といったことを義仙は口にした。

そんな理屈などあるものかと思っているが、今では、そうかもしれないと考えるようになっている。どう考えても光國がおとうを斬る理由がほかになかった。だがそうだとすれば、斬ったほうも斬られたほうも、そして残された自分も、誰かの命が無惨に奪われたにもかかわらず、誰もおのれの意思でことに臨んでいなかったことになる。誰もかれもが操られていたというのはむしろ哀れに過ぎる。光國が血気を溢れさせ、たまたま斬ったというほうが気が楽になるほど、嫌な気分にさせられるのだ。

雄大な山河が、そんな気分を多少なりとも宥めてくれるのを期待して眺めるうち、対岸に着いていた。

中田宿である。了助の心が晴れることはなくとも、町の賑わいに出くわせば余計なことを考える暇はなくなる。ぼんやりしている者から、掏摸の餌食になり、旅籠に引きずり込もうとする留女たちにつかまり、荷車に足を轢かれる。加えていつどんな諍いに巻き込まれるかわからない。

宿場では決して警戒を解かないのが旅の鉄則だ。

渡し場を離れるや左右から、鮒の甘露煮を売る声を浴びた。義仙が滋養がつくといって、旅籠でそれを食わせてくれたが、甘塩っぱくてなんとも美味だった。

一帯はとにかく鯉や鮒だらけだ。たとえば栗橋宿の総鎮守である八坂神社などは、祀るべき神

様が鯉と亀に運ばれてきたという。

榎が物言わぬ旅人の道連れなら、鯉や鮒は利根川の使者だ。食うことで滋養を得る以上に、何かの加護が得られるのではと思わされた。

旅の体力をつけるための昼食を終え、寺社の並ぶ街道へ出た。この辺りは会津藩の庇護を受ける寺が多く、奥州街道との分岐点が近いことを示している。

義仙と了助は、円光寺という臨済宗南禅寺派の寺に入り、そこで義仙が江戸への通信を頼んだ。

手掛かりとなる医者の名を追っていることを伝えるためである。

もし義仙と了助が極楽組に返り討ちに遭って死んだときは、残された手掛かりをもとに新たな追っ手が放たれることになる。

街道に戻り、中田の松原を通過した。古河藩主だった永井〝信濃守〟尚政が三十年ほど前に植えた松並木で、びっくりするくらい美しかった。

冬でも青々と細い葉を生やすが、幹には菰が巻かれている。丁寧に冬支度をしてやらねば枯れてしまうらしい。手間がかかるゆえ塚木に使われることはあまりない木だ。

中田から野木（現栃木県）までは古河藩の領域で、松並木を過ぎてしばらく進むと原町に入り、一里塚が見えた。江戸から十六里目だった。

その先には古河城の番所がある。古河城はかつて北条家の城だったこともあるが、徳川家のものになってのち譜代大名が入り、今は土井家の居城となっている。

了助は義仙に言われ、原町の一里塚でまた榎の陰に隠れて禅を行った。

古河宿に到着した柳生の二人が、義仙を探して「寺」や当地の役人を訪ねた結果、追い越した

と悟って慌てて戻ってくる頃だというのである。

それをやり過ごすため一刻余りもたっぷり禅を行った。

柳生の二人は、まさに右往左往である。彼らはやむを得ず、中田で宿を求めるだろうというのが義仙の読みだった。極楽組もこんな風に自分たちの追跡をかわし続けているのだろうか。それはつまるところ彼らがすぐそばにいることを意味する。その手掛かりとなる医者がこの先にいると思うと気が逸り、無性に膝の上の木剣を握って振りたくなるのを我慢しなければならなかった。

「では行こう」

義仙に言われ、了助は反射的にさっと立ち上がり、節々の強ばりを感じて顔をしかめた。気が急(せ)くと、すぐに禅の行いが悪くなるのだ。ゆったりとしているようで一切無駄な挙動がない義仙を見ても学びながら街道に戻り、古河城を横目に歩んだ。

将軍様の日光社参では二日目にこの古河で宿泊するのが通例だという。他方で了助が義仙ともに江戸を発ってから半月余が過ぎていた。

古河宿に着くと、ものすごい人の群に出くわした。定住者は二千とも三千ともいい、何十軒といういう旅籠が連なっている。

古河城へ食料を運ぶ肴町(さかなまち)通りの付近で本陣を訪ねた。どの町も医者は台帳に記録されることが多いからだ。果たして、木ノ又雲山(きのまたうんざん)の名を義仙が告げると、

「ああ、あの人か。腕の良い医者だ」

本陣に勤める侍が教えてくれた。

一時、宿場の近くにある徳星寺(とくしょうじ)という寺に居住し、街道で病人や怪我人を診ていたという。

314

義仙が礼を言い、二人でその徳星寺を訪れた。古河藩に入った土井利勝が城の鬼門除けとして庇護した寺である。そこでも木ノ又雲山を知る僧がいて、

「よく旅をする方で。しばらく江戸にいたそうですが、今は間々田にいるとか」

鳥見頭が告げたのと同じ間々田の地名が出た。ぐっと手応えを感じ、了助はいよいよ相手が近いと思いながら、義仙とともにまた街道へ出た。

「まるで案内されているようだ」

ぽつっと義仙が呟き、了助をきょとんとさせた。

「案内？」

「そう感じただけだ。杞憂なら良いが」

それきり義仙は黙り、了助も同様についていった。

古河から野木へ入り、また別の松原を過ぎ、見渡す限りの田畑の狭間を進んで乙女（現栃木県小山市）の一里塚に至った。江戸から十八里目である。

その先の乙女八幡宮で医者の話を聞き、ようやく住居が特定できた。渡良瀬川の支流である思川の乙女河岸と街道の間辺り、泉龍寺と龍昌寺の間にある炭焼き屋の家を買い取り、今は宿場町で出た病人の面倒を看ているという。

義仙と了助は間々田の本陣まで行くと、まず問屋場で宿を得た。

それから宿を出て少しばかり道を戻り、またしても榎の根元に座した。塚木とは違い、江戸と日光のちょうど中間地点に植えられた榎である。間の榎と呼ばれていたのが、いつしか逢の榎となり、縁結びの木とされるようになったという。縁を求める様々な御誓

願の札が幹に貼られており、

「極楽組との縁を祈って坐すとしよう」

根元に座して義仙が呟き、ふ、と笑った。

了助は、義仙が冗談を言うところだと解釈して小さくうなずいた。どう返していいかわからなかったが、それだ

け追跡に手応えがあるということだと解釈して小さくうなずいた。

禅を組むと、田畑の向こうにぽつんと建つ百姓家を眺めることができた。竹垣に囲まれた庭に

野菜が植えられ、炭焼き小屋がやや離れたところにある。

「街道から来る者を屋内から見ることができるし、木々に隠れて川へゆき、思川から発して江戸

川へ着くこともできる」

思川の乙女河岸一帯は舟運が盛んだ。かつて関ヶ原に向かう徳川家康も、ここから兵を舟で運

んだという。以来、治水が続けられる舟運の要所だった。

「たまさか得た家にしては、大した砦だ」

義仙が評したとき、その家から、ぬっと大柄な男が姿を現した。了助は思わず背後の榎を連想

した。木ノ又雲山。その名にふさわしい体軀の持ち主だ。

剃髪し、暗い色の十徳を上着にしている。徒歩医者である。御免駕籠に乗る乗物医者であれば、

名を染め抜いた腹掛けをする供が付き添うが、男に供はない。薬箱も自分で提げ、のしのしと大

股で街道へ出ると、本陣や問屋場のあるほうへ進んでいった。何かを警戒する様子はなく、義仙

と了助の前を通り過ぎたが、こっちを見ようともしなかった。

問題は家の中だった。医者のもとに病人がいるという情報もある。あの錦氷ノ介が匿われてい

316

るかもしれないと思うと、了助は肚の底にひやりとするものを感じた。

と、家の縁側に人が見えた。どうやら若い男だ。よろよろと這いつくばるようにして厠へゆき、

それからまた同じように部屋へ戻った。いかにも体が辛くて仕方なさそうだ。

問題は、遠目でも、両手があることが見て取れることだった。つまり氷ノ介ではない。

了助は安堵と失望の混じった吐息をこぼした。義仙のほうは淡々と監視を続けている。

確認できたのは結局その病人らしい男だけだった。あと家内に何人いるかわからないまま、医

者が戻ってきた。紙で包んだものの束を確認しながら歩いており、往診のついでに薬を買い足し

てきたという感じで、そのまま家に入っていった。

じっとひとところにいて見張っていては相手に怪しまれるのではと了助は思ったが、むしろそ

れが義仙の狙いだった。

日が暮れ始めると、また医者が出てきた。今度は義仙と了助を見ながら真っ直ぐ歩いてくる。

義仙が平然としたまま動かないので了助もそうした。

医者が二人の前まで来て言った。

「もしや医者をお求めですかな?」

人を安心させる穏やかな声だ。大きな黒い目が、夕焼けの光を呑みつつ深沈(しんちん)とした色を湛えて

いる。役に立てることがあればどこへでも赴こうという心構えが、どっしりした姿から伝わって

きた。病人からすれば、この上なくありがたい相手だろう。

「お一人で医者の務めを?」

義仙が尋ね返した。

「供がいるときもあります。　旅から旅への暮らしが多いもので、そのつど人手を探しているのですよ」

「なぜ町ではなく街道で人助けを？」

「旅人が道半ばで倒れるのは無念ですからな。　せめて旅をまっとうできるよう、手助けしてやりたいと思うのです」

「今もあちらの家で誰かの手助けを？」

「ええ。介抱を頼まれたもので」

「頼んだのは極楽組かな？」

義仙がずばり問うたが、雲山はその名の通りいささかも動じず、こう答えた。

「そんなふうに自分たちを呼んでおりましたな。　鶴市と甲斐と名乗る浪人たちです」

「一人は火傷顔を覆面で——」

「ええ、ええ。その通りです」

「極大師や、錦と名乗る者たちは？」

「さて、その方々は存じませぬが……」

了助は目を丸くした。これは敵が二手に分かれたことを意味する。深手を負った足手まといの錦が、仲間の手で始末されてしまう可能性もあるというのが義仙の考えだ。もしそうなら、安心すべきか無念に思うべきか、了助にはわからなかった。

「我々は、江戸で火つけを行った極楽組の者たちを捕らえるため、ここに来た」

義仙が言うと、雲山がひどく平静な調子で返した。

「私は、病んだり怪我をしたりした旅人を介抱するだけでしてな。どんな悪事を働いたかは聞いておりません」

「家にいるのはそちらと病人だけか?」

「ええ。他には誰も」

「病人と話がしたいが、よいかな?」

「さて本人に訊いて下され。さ、こちらへ」

雲山がきびすを返した。義仙がおもむろについていき、了助も従った。

「旅の埃で家を汚してはすまない。縁側から声をかけさせてくれないか」

義仙が言った。これは当然、襲撃を警戒してのことだ。雲山の言葉が偽りなら、この家は虎口（ここう）だった。極楽組の者たちが一斉に飛び出してくるかも知れない。

「ではこちらへ」

雲山を先頭に、薄暗くなった庭を通って縁側に来た。了助は背の木剣を握りしめながら義仙のあとについていった。

「もし。和田（わだ）様。起きられますか?」

雲山が部屋へ声をかけた。襲撃の気配はなかった。

「ああ……うむ。どうしたのです……」

弱々しい声とともに障子が開き、青い顔の髷（まげ）もほつれた若い男が現れた。やはり錦氷ノ介（さゆ）ではない。布団のそばの盆に、白湯（さゆ）と薬の用意があり、部屋の奥には着物と旅装がかけられているのが見えた。

「こちらの方々が、和田様にお話があると」

若い男が訝しげに義仙と了助を見た。

「はて……安藤家の使いとも見えぬが」

「安藤家?」

義仙が聞き返した。

「四千五百石の旗本……安藤彦四郎様のお家です。わ……私の名は、和田右京亮。だ、代官として、当家の知行がある、武蔵国は那珂郡の、小平村（現埼玉県本庄市）に、遣わされています……」

痛む腹を手で押さえ、呻きがちとはいえ、武士らしくきちっと名乗った。

「私は柳生義仙。こちらは供の六維了助。江戸より極楽組という、放火や様々な悪事を働く者たちを追ってきました」

「ご、極楽組……?」

「組の者が、貴殿の介抱を、こちらの雲山殿に頼んだのでは?」

「お、同じ旅籠に、いただけの男たちです……。確かに、腹を痛めたところを、介抱されたが……、なんの縁もない相手です……」

義仙と了助は、顔を見合わせた。極楽組がただの親切心でやったはずがない。何か意図がある。

だがその意図が不明だった。

「なぜ日光道中に?」

義仙が、右京亮と名乗る男に顔を戻して問うた。

那珂郡小平村は、利根川をずっと西へ進んだところにある。舟運を利用すれば栗橋・中田の宿

320

場まで半日だが、代官が任地を離れるとはよほどのことだろう。

「て、手紙……」

右京亮が呻きつつ告げたとき、

「誰かおるか！」

戸口でわめき声がし、かと思うと、提灯を持った侍たちが八名ばかり、ずかずかと庭へ入ってきた。

了助は、柳生の二人が仲間を連れてきたのかと思ったが、違った。

狭川も出淵もいないし、みな旅装ではなく派手派手しい衣裳に身を包んでいる。まるで江戸の旗本奴が、日光道中まで出張ってきたようだ。

雲山が、ずいっと彼らの前に立った。刀を差した侍をまったく恐れていない様子だ。

「どちら様でございましょうか？」

「わしは、奥平……」

先ほどわめいた先頭の若い侍が、言いかけて口をつぐんだ。

目が義仙と了助に向けられている。凶猛な顔つきだった。平然と人を斬るたぐいの人間であることが一目でわかった。

「どうでもよい。そこの男をもらい受ける。邪魔立てすればただではおかぬ」

右京亮が、慌てて声を上げた。

「な、なにゆえに？　私は、安藤家の……」

「貴様が誰かはわかっておる」

若い侍が、雲山の脇をすり抜けようとしたところへ、今度は義仙が立ち塞がった。

「貴様、どかぬか！」

若い侍が提灯を他の者に持たせ、他方の手を刀の柄にかけた。

義仙が手振りで、雲山と了助に下がるよう指示しながら、淡々と返した。

「それがしは柳生義仙。相手はお旗本のご家臣であり、しかも病身。それをどこへ攫おうという

のか伺いたい」

後ろの侍たちが、柳生の名を聞いて顔を見交わした。だが若い侍は構わず、

「無礼者！」

叫びざま抜刀し、義仙を袈裟がけに斬り伏せようとした。その手を、義仙がぱっとつかみ止め

て横へひねり、おのれの腰を、どん、と若い侍の腰に叩きつけるようにした。

若い侍は跳ね飛ばされて横倒しになりかけたものの、大股でばたばたと踏ん張った。

そのときには手から刀が消えており、若い侍がそのことに気づいて瞠目したところへ、義仙が

すっと間合いを詰め、奪った刀を無造作に突き込んだ。

若い侍が凝然と凍りついた。他の侍たちが、うおっと悲鳴のような声を上げた。若い侍が刀で

貫かれたと思ったのだ。

だが若い侍は無傷だった。その刀が腰の鞘に綺麗に納まっている。義仙得意の鞘返しである。

神がかりといっていい技倆に、侍たち全員が度肝を抜かれた顔で後ずさった。

雲山も和田も、驚きに打たれて、ただ目をみはるばかりである。

「江戸の御老中に報せねばならぬゆえ、一同、仔細をお聞かせ願う」

義仙が言うと、侍たちの顔色がまた変わった。若い侍が即きびすを返し、

「ゆくぞ。父に確かめる」

侍たちに言って、全員で立ち去った。

「お見事」

雲山が感嘆のこもった呟きをこぼした。

「あの者たちは？　奥平、と言ったようでしたが」

「はてさて。何が何やら」

義仙が、右京亮を見た。同感だと顔が言っていた。ますますもって混迷する事態に、了助もた

だ眉をひそめるばかりだった。

二

「了助ったら、可哀想な娘を拾って寄越すことがお務めだなんて思ってるんですかねっ。あたし

が行師になるのがいいなんてっ。どういうつもりなんですかっ」

お鳩がぎゃんぎゃん吠えた。

光國と中山勘解由は、困り顔で腕組みしている。

駒込の水戸藩中屋敷にある書楼で、光國が、二人から報告を受けているところだった。

いちいち子どもの顔見たさに東海寺へ赴く阿部忠秋に付き合うのは大変だ。それで近頃は、もっ

323

ぱら拾人衆の韋駄天を近隣に配し、何かあれば中山を自邸に来させて話を聞くようになっていた。

「極楽組とその傘下の者どもから救ったのだから、殊勝なことではないか」

光國が宥めるが、お鳩は我慢ならない様子だ。

「了助が真面目に働いてるのは、そりゃわかってますけど。でもなんです、あの小町って子。了助さんはどうしてる、いつ戻るって、しょっちゅう訊いてきて、うっとうしいったらありゃしないんですからっ」

中山が苦笑を呑み込むため、口元に拳を当てて咳払いし、お鳩を遮った。

「行師のことは一考する。それよりもまず、子龍様にご報告することがあろう」

「お旗本の件でしたら、亀一がお務めで調べているところですっ」

お鳩が、むすっと言った。

「本当に安藤家が関わっているのか?」

「ええ。少なくとも和田右京亮を家臣として抱え、代官にしたのは本当です」

「して、和田右京亮とは何者だ?」

「まだわかりませんが、奥平のほうは、やはり大名家と判明しました」

「宇都宮藩の……?」

「はい。奥平〝美作守〟忠昌様の子息、昌能様とのこと。歳は二十五ほどで、同齢の士と徒党を組み、評判では少々……」

「少々どころか、暴れ者で有名ではないか。わしも、御城や祝宴の場で挨拶をしたことがあるが、間違っても風流人とは言えぬゆえ、到底つるむ気になれなかったほどだ」

324

「確かに、悪評については、どこかの御曹司様より格段に聞こえが悪いですがね」

ずけずけと中山が言った。昔の光圀とて暴れ者で知られていたのである。

普段であればその程度の皮肉は歯牙にもかけないが、このときは光圀も胸にぐさりとくるものがあった。何しろ話題のどこかに必ず了助の存在があるのだ。その思いを顔に出さぬよう我慢して命じた。

「奥平の世子と、極楽組が介抱した者の関係を調べよ。わしも父や諸家にあたる」

承知、と中山が素直に応じた。暴れ者の奥平昌能が江戸にはいないため、光圀が正面切って激突することはないと安心しているのだ。

中山とお鳩が退出すると、入れ違いに左近が来て、丁寧に結ばれた文を差し出した。

「姫様が詠まれた歌です」

うむ、とうなずいて光圀は受け取り、

「すぐに返す。待っていてくれ」

文机に向かい、さらさらと返歌をしたためたが、途中で手が止まってしまった。

光圀にとってはいつもの泰姫とのやり取りである。泰姫が詠む詩歌はときに奔放で、定石をまったく無視したものが送られてくることがあった。また、大火ののちは死にまつわるものも多く、胸をつかれる思いをさせられることもある。それでも返せなかったことは一度もない。にもかかわらず何かに心を堰き止められていた。

「御曹司様？」

左近が不思議そうに首を傾げた。

「姫は室にいるのか？」

「はい。みなですごろくなどを……」

「わしも混ぜてもらえるか訊いてくれ」

「えっ……？　は、はい、ただいま」

左近がびっくりした顔で小走りに廊下を去っていった。光國は返歌をひとまず書き終え、たた

んだ。

戻ってきた左近が正座して言った。

「あの、姫様が、喜んでお迎えしますと」

「ありがたい」

光國は文を手に、左近のあとについて泰姫の室に入った。

「みなで楽しんでおるところ失礼——」

言いかけて唖然となった。がらんとした部屋には泰姫しかいない。気づけば左近まで姿を消し

ていた。

「どうぞこちらへ、旦那様」

泰姫がにっこり手招いた。むむ、と光國が変な呟きを返しながらそばに座り、返歌を差し出し

た。泰姫がそれを受け取り、一読してたたむと襟の内側に差し入れた。

それから、いつものきらきらした目で光國を見つめた。

「……すごろくは終いか？」

「はい。何かわたくしにお話ししたいことがおおありなのでしょう？」

光國は苦笑した。泰姫は鋭いというより透徹としていて、ともにいるだけで心身が南蛮の硝子壺のごとく透けてしまう気がした。

「うむ。旅に出た了助のことでな。立派に働いておる。その分だけ、わしは恥を知る。悪仲間の前で恥をかきたくない一心で働いた悪事のつけが、これだ……」

「恥は辛いものですか？」

「うむ……。いや、まことに辛苦を抱える者を差し置き、わしが辛いなどとは……」

「罪滅ぼしがしたいのですか？」

「さようだ。が、そのすべてとない」

「では閨に参りましょう」

「──なんだと？」

呆然となる光國をよそに、泰姫のほうは早くも裾（すそ）を押さえて膝を上げようとしている。慌てて手を取って止めようとしたが、逆に引っ張られて立たされた。小柄な姫に、はるかに図体のでかい自分のほうが軽々と持ち上げられてしまうという不可思議な目に遭った。

「待て、本気か？」

「はい。これも供養です、旦那様」

「なんの供養だ」

「亡き方々の。そのために子をお授け下さいませ。拾い子を大勢抱えるのはそれからです、旦那様」

泰姫のこうした飛躍に直面するたび、二の句が継げず逆らえなくなってしまうのだが、今回も

327

そうだった。

人を殺した分だけ子をなせぬというのは、人倫にそぐわぬ乱暴な理屈である。だが逆にそれを否定することもできない。子をなせなどというのは、人倫にそぐわぬ乱暴な理屈である。だが逆にそれを否定することもできない。子をなしたとき、それこそおのれの恥は極限にまで深まるのではないか。そう思うだけで意気阻喪するものがある。そして泰姫はそんなことは許されないといっていた。罪滅ぼしの前に、罪を目の当たりにしろというようだ。

そんなことを考えるうち、気づけば光國は泰姫に引きずられるようにして閨に入らされ、あとは骨抜きだった。

三

「紛糾しておる」

父の頼房が言った。いつものごとく水戸藩上屋敷の茶室である。

はあ、と光國は肚の力が抜けた声を返した。日が翳るまで泰姫のいう、供養といおうか罪滅ぼしの行いに呑み込まれたのだ。

「なんだ、その気の抜けた顔は」

頼房が言ったが、口調は咎めていなかった。むしろ笑いをかみ殺しているといっていい。光國が泰姫に閨へ引っ張り込まれたと家人から聞いたのだろう。

光國は、ぐっと身に力を入れて言った。

「なんでもありません。紛糾とは奥平家と安藤家が、ということでしょうか」

328

「奥平家、土井家、安藤家、伊豆守、豊後守だ。

宇都宮藩と古河藩が揃って、旗本の安藤家に、和田右京亮の引き渡しを求めているというのである。伊豆守こと信綱や、豊後守こと忠秋が、調停に努める一方、互いの思惑を読もうとしていた。そこに、肥後守こと保科正之がいるのは、譜代大名と大身旗本との間に確執を生じさせないためだ。

「諸家がそこまでこじれるとは、いったい和田右京亮とは何者ですか?」

「本多 "上野介" 正純の孫だ」

頼房の言葉に、光國が思わずのけぞった。それほど衝撃をもたらす名だった。

徳川家康に仕えた武将の一人にして、前宇都宮藩主、そして江戸幕府の元老中である。

だが、ことごとに二代将軍秀忠に逆らって怒りを買い、最期は出羽国で子の正勝とともに幽閉され、ろくに光を浴びることもできぬ状態で十三年も過ごした末に、死んだという。なお子の正勝は、正純より七年も早く衰弱して死んでいる。

この過酷な処置の裏には、将軍の日光社参の際、本多正純が宇都宮城にて秀忠を暗殺せんとした、という噂があったが、

「宇都宮城の釣天井、ですか。将軍と家臣を皆殺しにするため普請させたとか」

光國が言うと、頼房は鼻で笑った。

「馬鹿な噂だ。宇都宮に戻った奥平忠昌も、結局そのようなものは見つけておらん」

「確か、奥平家は一度移封で……」

「古河に移された。代わりに入った本多正純のことを、恨んだ者もいよう。盛徳院様などは、当

時、本多正純の父の正信が、謀略をもって宇都宮城を奥平から奪った、と言って怒り狂うておっ
たわ」

盛徳院こと加納御前は徳川家康の長女で、今の宇都宮藩主・奥平忠昌の祖母だ。

「実際のところは……」

「うるさがたの古参である本多正純を、従順にするための移封であった。謀叛の疑いがあったの
は事実だが、それゆえに改易されたわけではない。本多正純が宇都宮を返上すると言い出し、つ
いで与えられた出羽もいらぬ、と辞したことで、今度は面目を失った将軍のほうが怒り狂うたわ
けだ」

二代将軍秀忠を憤怒させた結果、宇都宮藩には奥平家、古河藩には土井家が入り、幕閣からは
古参一派が排斥されたという。

「正純の子の正勝には、長男と次男がいた。長男は安平家、次男は尾張犬山藩が抱えた」

「長男の右京亮は、なぜよりにもよって因縁のある地に一人で……?」

「安藤が言うには、祖父の遺品が見つかったゆえ渡す、という手紙を受け取ったらしい。だが奥
平も土井も、そのような手紙は出していないそうだ」

「しかし、右京亮は手紙を信じた、と」

「いや、道中で不審に思うたようだ。間々田にて、安藤彦四郎へ、ことの次第を確かめてほしい
と手紙を出しておる。安藤彦四郎は、和田右京亮の潔白の証拠であるとして、その手紙を幕閣に
提出した」

「右京亮への手紙……極楽組の仕業とお考えですか?」

「火と煙を上げるのが得意な連中だ。そういう真似をしたとして不思議はなかろう。奥平は、正純の孫が謀叛人と結託したのではと恐れている。当地にいる子息の昌能が、見つけ次第に斬るかもしれん。もしそうなれば、安藤彦四郎は抗議のため腹を斬るであろうよ」

「目も当てられませんな」

「奥平によれば、すでに不逞浪人が藩境に参集しているらしい」

「島原のごとき騒ぎを起こさんとしているらしい」

「島原の……。極楽組の首魁である極大師は、あの乱の生き残りらしいと極楽組の配下であった者が言っていました」

「過去の乱のごとく宇都宮城をのっとられるとは思わぬが、領内で決起を許せ、奥平が腹を斬ることになりかねん。土井も、隣国に乱が起こる恐れあらば、問答無用で右京亮を始末すべしと言うておる」

「手を打たねばなりません。極楽組の狙いは、市井に擾乱を生み、幕府に内紛を起こすこと。奥平と土井を抑えねば、敵の思うつぼでしょう」

「といって、御三家が前へ出ては、余計に紛糾しかねん。紀州家にかけられた謀叛の嫌疑のこともある。御三家が、本多正純の二の舞となってはならん」

「私から、この事態を止めうる人物に話をしたいと思います。よいですか父上?」

「よかろう。貴様から話せ。それにしても……、極楽組というやから、幕府の内情をずいぶんと頼房は迷う様子もなくうなずき返した。知っている。いや、知りすぎている、な」

光國もうなずいた。脳裏にそのわけを知るであろう男たちの顔が浮かんでいた。

大目付の中根正盛と、伊豆守信綱の顔が。

四

「釣天井?」

了助はぽかんとなった。天井が落ちてくるということが、まったく想像できず、思わず頭上の梁を見てしまった。

「初めて聞いたとき、私も同じように天井を見ました。今はただ眉に唾をつけます」

右京亮が、くくっと喉で笑って、白湯をすすった。相変わらず辛そうだが、数日前に比べ、だいぶ血色が戻っている。

「正直、祖父の顔など覚えてもいません。祖父に仕えていた者たちから聞いた限り、意地を張って、世相の移り変わりを認めなかったようです。泰平の世で、政などよりも合戦をすべしと言われたら、将軍様だって困ってしまうでしょう」

これはかつて徳川家が大坂の陣で豊臣家を打倒してのち、豊臣秀頼に嫁いでいた秀忠の娘・千姫が、本多忠刻に再嫁することとなった際の一件である。

千姫を大坂城から救出した坂崎直盛が、どうしたことか千姫の身柄を奪取しようとし、逆に、屋敷を徳川幕府の軍勢に包囲されたのである。

幕閣は、坂崎直盛が切腹すれば家督相続を許すと持ちかけ、他ならぬ坂崎家の家臣団に始末を

332

つけさせようとした。これに反対したのが本多正純で、不忠を促すより、天下の御政道のため正々堂々と軍を放って踏み潰すべし、と主張したという。

だが結局、坂崎直盛の首は、家臣の手で幕閣に渡されることとなった。

「祖父は万事が、そんな調子だったとか。将軍様の面目を潰してでも通すほど価値のある意地だったのか……父は、祖父の手で地獄へ引きずり落とされて死んだようなものです」

淡々と乾ききった声で語る右京亮に、義仙が言った。

「その意地に惹かれる荒き者たちもいる」

「ええ……。受け取った手紙に従って、千駄塚（現栃木県小山市）の極楽寺を訪ねようとしたら、付近の宿に荒武者気取りの浪人がずいぶんいました。そいつらが、宿の者に、極楽寺への道を尋ねるので、おかしいと思ったんです」

「浪人が集まる様子に不審を覚えたと？」

「ええ。それと宿の者が言うには、破れ寺に浪人が住みついて、勝手に極楽寺と呼んでいるんだそうです。さすがに奇妙だと思うでしょう」

「そして引き返したところ病になった」

「はい。同じ宿にいた鶴市と甲斐という浪人に介抱され、雲山さんに預けられました」

「隻眼隻腕の男や老人はいなかったのだな」

「ええ。見ていません」

「ところで、先日から薬を飲んでいないようだが」

「もう必要ないと雲山さんが……」

右京亮がちらりと部屋の薬簞笥を見た。

すると義仙が立って、その引き出しを片端から開き、中身を数粒ずつ手に取った。

「どの薬を飲んだかわかるか？」

「ええと……これですね」

義仙が、右京亮が指さしたものをつまんで、他はまとめて盆に落とした。

それから土間へ行き、一握りの米を握って戻ってくると、それを棚の引き出しの一つにさらさらと入れた。それから引き出しごと引っこ抜き、揺らして米と薬を混ぜ、縁側に出て、中身を庭にまき散らした。

了助も右京亮も、義仙が何をしているのかわからなかった。すぐに雀が何羽も庭に舞い降り、まかれた米をついばむのを、みなで黙って見守った。

雀が一羽、地面で羽をばたつかせて悶え始めた。二羽目、三羽目と同様の状態になるや、他の雀が一斉に飛び去ったが、さらに数羽が落ちてきて悶えた。

「化毒丸だな。健康な者に使えば、ああなる」

義仙が言って、了助と右京亮を愕然とさせた。化毒丸とはヒ素をふくむ劇薬で、梅毒や破傷風の治療に用いる。毒をもって毒を攻む、とは宋の禅書『嘉泰普灯録』にある言葉だが、健やかな者には無用の薬だ。

右京亮が口元を手で覆い、縁側に這い出て、げえっと吐いた。

了助が、その背をさすってやった。

「木ノ又雲山が戻らない」

334

義仙が街道のほうを見て呟いた。雲山は、昼に宿場へ行くと言って、出ていったままだ。空は、そろそろ夕焼け色だった。

「ここは危うい。和田殿を私たちの宿へ運ぶ。了助、お前は使いに出てくれ」

「使い？　どこにですか？」

「乙女村の一里塚だ。まだ見張っているだろう。人手が足らぬと言って連れてこい」

誰のことかすぐにわかった。了助は、義仙の言葉に従い、土間で草鞋を履くと木剣をしっかり背に差し、走った。

街道を江戸方面に向かって駆け、日が暮れる前に、乙女村に着いていた。

そこの一里塚の塚木もまた榎だ。鳥居と石灯籠があり、そのそばで柳生の二人が座って街道を来る者を見張っている。まさか二度もやり過ごされたとは思っていない様子だ。

「狭川様、出淵様」

了助が背後から名を呼ぶと、二人とも発条仕掛けのように立って振り返った。

「人手が足らないので来て下さい、と義仙様が仰っています」

二人がまじまじと了助を見つめ、それから溜息をついた。彼らも義仙の策にはまったとうすうす察していたのだろう。

二人を連れて間々田の宿へ行くと、義仙が布団を敷いて右京亮を介抱していた。

「来たか狭川、出淵。加勢を願う」

「お待ち下され。いったい何ごとです」

狭川がわめいた。

「この御仁は、本多上野介の孫だ。宇都宮藩と古河藩から謀叛を疑われている。そう仕組んだのは極楽組という一党であり、今まさに兵を参集させている。防がねば、当地で乱が起こりかねん。わかってくれ」

義仙の真剣な口ぶりに、たちまち二人の顔つきが変わった。

「どうせよと?」

出淵が訊いた。

「私と了助が戻るまで、こちらの和田殿を匿っていてくれ。たとえ藩兵相手でもだ」

「どこへ行かれると?」

狭川の問いに、義仙が答えた。

「極楽寺」

五

宿で借りた提灯の灯りを頼りに、藩境にある千駄塚村の道標をみつけた。そこで参道付近で街道から逸れ、畦道を進んだ。

寺を探したところ、すぐにそれとわかった。枯れた草地の向こうの、やや高い位置に、ぽつんと灯りが見える。近づくにつれて灯りが大きくなり、丘上に建てられた寺とわかったところで、義仙が提灯の火を吹き消した。了助もそうして、ともに進んだ。

低い唸るような声が響いてくる。念仏を唱えているらしいが、声が多すぎてまるで山風の唸り

336

のようだった。

義仙とともに丘をぐるりと回り、手頃な杉の木を見つけると、二人で手を貸し合いながらそれ

にのぼって枝に足をかけ、寺を見た。

堂内に人が密集していた。開け放たれた戸の間から見えるだけでも、てんでばらばらの出で立

ちをした男たちが三、四十人はいる。半ば壁で見えないことを考えれば、その倍はいるとみなす

べきだった。

「野武士が寺をのっとり根城にするか。応仁の乱の世がごとき有様だな」

義仙はあくまで平淡さを保っているが、了助には戦慄すべき光景だった。

百人近い賊である。しかも寺に集って念誦しているだけでは役人も咎めようがない。

こいつらが一斉に右京亮を奪いにきたらどうなるか。野犬の群のように追い払えるわけがない。

防ごうとしても踏み潰されるだけだ。

めいめい蠟燭を掲げ、盃を干し、槍を額に当てるといったことをしつつ一心に念誦するそこに、

聞き知った声が混じった。

「幾多の勇士を思い起こせ。原城の乱あればこそ、暴虐の藩主は改易となった。由井正雪の謀叛

あればこそ、末期養子が許され、公儀は貧苦浪人の救済に傾いた。本多正純公がかの城で将軍様

を弑逆せんとしたのも同じこと。正純公の子孫をお迎えし、原城がごとき乱を起こさば、きっと

お前たちにふさわしき死に場所を得て、幕府はいっそうの世直しをはかるであろう」

おびただしい念誦のさなかであっても、よく通る声を放ちながら、人々の間をのし歩く僧形の

男が見えた。見知った男だった。十徳をまとった木ノ又雲山だ。

「なるほど。極の字にちなんで木、ノ、又か。みごとに欺かれたな」

義仙の呟きに、了助は頭が真っ白になった。

この数日ずっと一緒にいた医者が、極楽組の首魁たる極大師だというのか。信じられなかった。髪と髭を剃り落としても面影は残るはずだ。なのにあの医者は、まったく別人だった。

江戸から消える前、みざるの巳助がその顔をはっきり見て取り、人相書きを描いたのに。

「変装の達者は、わざと異なる顔を見せて幻惑する。街道の医者として当地で信用を得ながら、江戸では賊として働いていたのだろう。他にいくつも異なる顔を持っていたとしても、不思議はないな」

そう言うと義仙が木を降り始めた。了助も慌ててそうした。一人で取り残されて敵に見つかれば死ぬしかない。

「宿に戻るぞ」

義仙が言って、暗がりを進んだ。了助も片手で背の木剣の柄を握りしめ、足元に気をつけつつ可能な限り足早に進んだ。

街道に出て、ほっと息をついたが、義仙は足を止めず問屋場のほうへ向かうので了助も急いで傍らにつき従った。

「和田殿を今すぐ任地の小平村へ戻さねばならん。多勢に無勢だ。藩兵が出てきて騒ぎになれば、極楽組の望む目となる」

はい、と返したが、難儀きわまることだった。

夜間の通行を禁じるため矢来柵を設けるところもあるし、右京亮には移動する体力がなく、夜

中に頼める駕籠かきなど強盗と紙一重である。下手をすれば林の中に運ばれて身ぐるみ剝がれる。

義仙と了助、あるいは柳生の二人とともに、右京亮を担いで三里（約十二キロ）先の中田へ戻り、舟に乗せる。その背後から賊が群れなして殺到すると思うだけで戦慄した。

だが、間々田宿本陣に近づくや、また別のものに、ぞっとさせられた。

建物から噴き出す、皓々たる火の輝きだった。

問屋場で火が起こっており、半鐘の音が激しく鳴り響いている。

「あれがつけ火なら、極楽組の鶴市と甲斐が、右京亮を奪いに来たのだろう」

義仙が言いながら駆けた。了助も背の木剣を握ったまま追った。

宿場は大騒ぎだった。義仙と了助の宿のすぐ裏手側にある蔵が燃え上がっており、土地の若者たちが延焼を防ぐため隣接する家屋の引き倒しに躍起になっている。

宿も引き倒しの対象だった。ということは右京亮も柳生二人も屋外へ避難したはずだ。

義仙はいったん立ち止まって周囲を見渡し、すぐに思川のほうへ駆けた。

「牛馬か舟だ。おそらく舟だろう」

動けぬ右京亮をどう移動させるかは極楽組にとっても問題だ。義仙は、彼らが舟を使うとみたが、これが正解だった。

川へ続く道の途上で、右京亮がへたり込んでいるのが見えた。その近くで柳生二人が剣を構え、三人の男と対峙している。そして、もう一人。そいつが、呆けたような笑みを浮かべながら振り返る

と、了助は反射的に足を止めていた。

錦氷ノ介であった。

白濁した右目が遠くの火で光っており、むしろそちらの目で物を見ているのではと思わされた。身は痩せて棒のようだが、抜き身の脇差しを握る手をだらりと垂らし、義手代わりの鎌で総髪からこぼれた髪をなでつけている姿は、どんな屈強な男よりも了助の危機感を刺激した。

それでも後ずさりせずに済んだのは、義仙が歩調を緩め、息を整えつつ、するると氷ノ介へ向かっていったからだ。

「ああ、あなた。父上と一緒にいた」

氷ノ介が、向かってくる義仙を完全に無視し、了助に向かって言った。

と思いきや、瞬時のうちにその身を旋回させていた。脇差しの切っ先が、恐ろしく遠い間合いを越え、義仙の頸筋へ走った。

義仙は、狼狽（うろた）えることなく半身（はんみ）になってその刃をかわした。いや、ほんの僅かだが、かわしきれなかった。義仙がおのれの頸筋を撫でる動作で、そこに傷を負ったことがわかった。浅手とはいえ、義仙が負傷するなど、了助には信じがたい光景だ。

「よく斬れる刀だ」

義仙が、いささかも動じずに言った。

「骨喰藤四郎（ほねばみとうしろう）です」

氷ノ介が嬉しそうに笑って、またつま先立って旋回した。

瞬間、氷ノ介の体が激しく宙を舞っていた。

義仙も即座に間合いを詰め、氷ノ介の手を取り、刀を奪いつつ投げを打とうとしたのだ。そう

340

と悟った氷ノ介が、自ら宙へ身を投げて義仙の手をもぎ離し、驚くほどの距離を取って軽やかに着地した。

しかも、ただ離れただけでなく、またもや義仙に手傷を負わせていた。義仙が片頬を撫でて言った。

「鎌のほうは、刀ほどではないな」

氷ノ介が、投げから逃げつつ、左の鎌で義仙の首を掻き切ろうとしたのだ。

柳生二人は、おのおの鶴市と甲斐を相手に緊迫の対峙を続けている。

じりじりと間合いを詰めたり取ったりし、にわかに激しい音を立てて打ち合うや、ぱっと互いに立ち位置を変えてまた対峙するということを繰り返している。

三対三だ。自分を入れれば三対四。そう思って木剣を肩に担ぐ了助へ、

「了助。和田殿を連れて逃げろ」

義仙が鋭く言った。それがお前の役割だと告げる、厳しい調子だった。

「はい!」

了助は逆らわず、右京亮に駆け寄って肩を貸した。

義仙たちが賊を防いでくれているうちに逃げるのだ。賊のほうは焦るし、それで隙も生じるだろう。火事がおさまれば、逃走に懸命になるのは賊のほうだ。

よろよろ歩く右京亮とともに、川へ向かった。街道ではない。藩兵がいればそちらに右京亮を奪われるかもしれなかった。逃げるなら舟だった。賊が使うはずのものを首尾良く見つけられなくとも、舟運が盛んな川なら渡し舟の一つや二つはあるはずだ。そう信じて右京亮の身を支えな

がら、息を切らして河岸に辿り着いた。

舟があった。何艘も並んでいる。了助は思わず心の中で快哉の声を上げながら、右京亮を引きずるようにして渡し船のそばに連れて行き、それに載せた。

ごろりと右京亮が舟底に転がり喘いだ。

了助もぜえぜえ言いながら木剣を帯に差し、渾身の力を込めて舟を押した。氷のように冷たかった。

構わず手と胸を押し当て、川岸から水面へ滑り落とした。

舟が離れる前に急いで跳び乗り、ぐらぐら揺れる舟の底に右京亮ともどもへばりついた。川は凍るような冷たさだ。落ちれば手足がかじかんで動けなくなる。

了助は大火のときに飛び込んだ堀の水を思い出していた。三吉のおやじさんは命を賭して自分を火と水から守り続けてくれた。自分も同じように誰かを守ろうとしていることが急に誇らしくなったとき、岸から声が放たれていた。

「浅草寺（せんそうじ）の小僧！」

その一言で、全身の血がさっと冷えるのを感じた。今しがた抱いた誇りが遠ざかり、手はおのずと木剣を握っていた。

「無宿人の餓鬼（がき）が親の仇討ちに来たんだろうが!? 教えてやる！ あの御曹司をおれがはめてやった！ お前のおやじを、滅多斬りにさせてやった！ お前のおやじは役に立ってくれたぜ！

このおれが、御三家の弱みを握れたんだからなあ！」

鶴市の傲然（ごうぜん）たる叫びが、川面に響き渡るようだった。

義仙や柳生二人の誰かが斃（たお）れたのか、それとも賊の誰かが二人分戦っているのかはわからなか

342

った。どうであれ、鶴市の言葉は、まさに地獄の入り口だった。

「お前のおやじがどんな風にみっともなく命乞いをしたか教えてやる！」

みっともないわけがあるか。おとうは面と向かってお前たちを諭そうとした。怖くてたまらなかったはずなのに。命を惜しむ思いは万人が同じだ。そう、無宿人でありながら旗本どもに言い切った。

そう叫び返したかったが、歯を食いしばって耐えた。

叫べば地獄だ。相手は暗くてこちらの位置がわからないから、こちらに声を上げさせようとしているのだ。そしてそれ以上に、了助の心が、応じるなと告げていた。そっちに行ってはいけない。地獄に従えば、おとうの魂も一緒にそうさせることになるぞ。

だがそれでも悔しくて辛くて、木剣を握らぬ手で舟底に爪を立てていると、右京亮が手を重ね、小声でささやいた。

「それでいいんだ。あんな遠吠えに、何を言い返すことがある」

了助の身から力が抜けた。涙がぽつぽつ落ちていった。

ぎゅっと瞼を閉じて涙を追いやり、そろそろと顔を上げた。川も河岸も真っ暗だった。鶴市の声はもう聞こえない。どうやら十分遠ざかったようだ。

了助は身を起こして竿を取った。これまた冷たいそれを我慢して握り、舟を対岸へ向かって押していった。

誰かが火を焚いているのが見えた。右京亮は寒さで震えている。温めてやりたくてそちらへ向かったのが、間違いだった。

対岸に舟先がつくなり、火の周囲にいた男たちがわっと集まってきた。きらきらした衣裳に、了助と右京亮が愕然となった。

慌てて竿で舟を中流へ押し返そうとしたが遅かった。その竿をつかまれ、別の男が船先に足を乗せた。気づけば目の前に、男たちが突き出す白刃の群があった。

その群の真ん中から、若い侍が現れた。雲山の家で義仙に刀を奪われた若い侍だ。

「なんだ貴様？ あの火傷面の使いか？ さっさとどいて、そやつを渡せ」

どうやら極楽組は右京亮を藩主側に差し出す気だったらしい。了助は左手で竿を持ったまま、右手で背の木剣を握っこれでは賊の手助けをしたことになる。とにかく舟を岸から離す。刺されたり斬られたりする覚悟でやってやる。

そう腹を据えた。それは地獄の入り口とは異なる心だった。ずっと穏やかで何にも惑わぬ澄明さがあった。

その心のままに叫喚を上げて木剣を振るおうとする寸前、別の声がわいた。

「待たれよ！」

同時に、ものすごい音が響いた。

なんと、法螺貝の音である。ついで太鼓の音まで轟き始めた。

ぎょっとなる侍たちの前に、騎乗の侍数名が、徒歩の者たちを大勢連れて現れた。

驚くべきことに、侍たちはもとより、全員が甲冑を着ている。その場にいる誰もが初めて見る、戦の出で立ちであった。

侍たちはもとより、了助も右京亮も、鎧武者の一団を前にして言葉もない。

ひときわ立派な鎧を着た武者が、馬を下りて毅然と告げた。

「保科家家臣、小原五郎右衛門。肥後守様より会津城代家老に言いつけがあり馳せ参じた。和田右京亮は公儀お預けの身であり、我らが護衛を致す」

「保科公だと!?　無断で我が藩に兵を寄越したというのか」

「むろん、将軍様のご意向に従ってのこと。お父上も承知の上でござる。家臣の刀を納めさせなされ。お父上を謀叛人にしたいのですか」

「なっ……お……、お前ら、さっさとせい!」

昌能の配下の者たちが慌てて刀を納めるのをよそに、小原と名乗った侍が舟に近寄り、了助へ言った。

「お務めご苦労。和田殿をこちらへ」

了助は、やっと我に返った。

「は、はい!　あの、賊が川のあちらに!　義仙様と柳生の方々が斬り合いを!　それと千駄塚の寺に何十人も賊が!」

小原がたちまち峻厳たる顔つきになった。

「舟を集め、ただちに渡河せよ!　泳げる者から先にゆき、賊を追い払え!」

大音声で命を発するや、男たちが喊声を上げて、鎧姿のまま次々に極寒の川へ入っていった。これには鬼河童とあだ名された了助もびっくりしたし、その機敏さに昌能たちはすっかり居すくまっている。

近隣の渡しの者たちが呼び出されて舟を出し、兵馬が続々と川を渡った。了助と右京亮もそうさせてもらったが、昌能たちは許されず、置いてけぼりにされた。

対岸では泳ぎ渡ったずぶ濡れの兵たちが全身から湯気をたちのぼらせて渡河地点を守っていた。

了助と右京亮が再び元の岸に降りると、そこへ義仙と柳生の二名が、先駆けの兵たちとともにやって来て、二人をほっとさせた。

義仙は首と頬の浅手のほか傷はなく、了助は大いに安堵したが、柳生の一人、出淵が左腕に布を巻いて顔をしかめていた。

「あの方、斬られたのですか？」

「甲斐にな。命に別状ないが、それで鶴市を走らせてしまったのが悔しいのだ。よく和田殿を守ってくれたな」

「いえ。あちらのお侍様たちが……」

小原が舟を下り、馬を供に任せてこちらへ歩みつつ、義仙が頭を下げようとするのを手振りで止めた。

「火急ゆえ、儀礼無用。斬り合った賊はいずこに？」

「渡河の気配を察して逃げ、こちらもあえて追いませんでした」

「では、賊が集うという寺へ案内して頂きたい」

義仙が承知すると、小原が兵に進行を命じた。右京亮と柳生二人は、護衛の兵とともにその場に残っている。

問屋場の火はおさまったようだが、街道の混雑を避けて畦道を早足に進んだ。

了助は隊列をなしての歩行を初めて味わった。全体に合わせて体が勝手に動くようで、旅とは違う歩みだった。旅人は常に疲労を気にするが、軍勢が火を掲げて進むさまには、それを忘れさ

346

せる昂揚があった。きっと大名行列に参加するというのは、こういうものなのだろうと思った。

千駄塚へ到達したところで火が消された。

暗がりの中、兵が丘を取り巻いた。義仙とともに後方に下がりながら了助は生唾を呑んだ。浅^{あさ}草^{くさ}の御門で見た大騒動のことが思い出されたが、これはそれ以上の何かだった。

まさしく合戦だ。今しもそれが始まる、というとき、どん！　と轟音がわいた。

寺の鐘が鳴ったのではない。何かが崩れ落ちたような音だ。

同時に寺の灯りがほぼ消えた。小原の指示で、兵が丘をのぼっていった。義仙が邪魔にならぬよう丘の中腹までついていった。了助も緊張しながらそうした。

寺は静かだった。誰もいないのではと思われたが、そうではなかった。かすかな呻き声がいくつも聞こえた。

中を覗^{のぞ}き込んだ兵が、驚きの叫び声を上げた。

「釣天井!?」

小原が馬を下りて駆けた。

義仙がさりげなくその後ろにつき、了助も追っていってそれを見た。地獄絵図だった。天井から落ちてきたらしい、巨大な格子に大石をいくつも乗せたものが、中にいた者たちの五体を、ぐしゃぐしゃに粉砕していた。血の海のまっただ中で、雲山が平然と座して蠟燭を掲げた。自分がいるところだけ何も落ちてこない仕掛けだった。

がん、と何かに殴られるような衝撃を覚えた。呻き声もすぐに途絶えた。奥のほうで蠟燭の火が点^{とも}った。

雲山が立ち上がって言った。

「極楽組棟梁、極大師である。当地に来られたは、いずこの士か、お聞かせ願う」

「肥後守様の臣、小原五郎右衛門。これは、いったいなんの真似だ？」

「この泰平の世で、荒武者たらんとする七十二名を、一網打尽にいたしたまで。これらの首を土産に、御老中様に、お伝え願いたい。この勢多木之丞が策、首尾は上々なりと」

六

「極楽組の首魁が、降ったのですか？」

瞑目して尋ねる光國へ、

「さて。ことはそう容易ではない様子」

保科正之が、静かに言った。そのくせ何が容易でないのか説明することもなく、ゆるゆると茶を点てている。

「またしても伊豆守預かりと？」

つい、苛立ちを込めて口にした。正之を責めても仕方ないのだが、そうせずにはいられないところが我ながら未熟だった。

だが、正之がそれに対して告げた言葉は、光國の想像を超えていた。

「いえ。御曹司様お預けになるでしょう」

「なんですと？　私に……？　なにゆえ……」

「伊豆守が申すには、極大師なる者の望みとか。組の者を改心させ、あるいは銃弾を浴びせ、あ

348